KB182997

가시나무 꽃이 필 때

가시나무 꽃이 필 때

2024년 12월 5일 초판 1쇄 발행
2024년 12월 17일 초판 1쇄 발행

지은이 | 전정희
펴낸이 | 孫貞順

펴낸곳 | 도서출판 작가
(03756) 서울 서대문구 북아현로6길 50
전화 | 02)365-8111~2 팩스 | 02)365-8110
이메일 | cultura@cultura.co.kr
홈페이지 | www.cultura.co.kr
등록번호 | 제13-630호(2000. 2. 9.)

편집 | 손희 김치성 설재원
디자인 | 오경은 이동홍
영업 | 박영민
관리 | 이용승

ISBN 979-11-94366-13-3 03810

값 16,000원

전정희
장편소설

작가

프롤로그

창밖에 늦은 가을비가 내리고 있다. 차가운 빗방울이 창문을 두드리듯, 필자의 마음에도 비가 내린다. 오랜 세월 묻어두었던 이야기를 쓰고 나면 후련할 줄 알았는데 오히려 마음이 편하지 않고 한없이 가라앉는다.

이 글을 쓰면서 내내 떠오른 고사성어가 있었다. 바로 '자두연기煮豆燃萁'다. 주로 형제간에 서로 다투고 죽이려 하는 것을 비유할 때 많이 쓰인다. 조조의 아들 조식이 지은 '칠보지시七步之詩'에서 유래한다.

중국 위나라 조조에게는 뛰어난 아들 조비와 조식이 있었다. 원래 조조는 둘째 아들을 후계자로 정하고 싶을 정도로 조식을 총애했다. 이를 눈치챈 맏아들 조비는 항상 동생을 경계했다.

조조의 뒤를 이어 왕위에 오른 조비는 어느 날, 조식에게 일곱 걸음을 걷는 동안 시를 한 수 지어보라고 명한다. 만약 짓지 못한다면 국법으로 처리하겠다고 으름장을 놓았다. 조비는 조식을 죽일 생각이었다. 그러나 조식은 즉시 발걸음을 옮기면서 시를 지었다.

콩을 삶는데 콩깍지로 불을 때니 [煮豆燃豆萁]
콩이 솥 안에서 우는구나 [豆在釜中泣]
본래 같은 뿌리에서 나왔거늘 [本是同根生]
어찌 급히 삶아대는가? [相煎何太急]

한 뿌리에서 자란 콩깍지를 태워 콩을 삶는 상황에 빗대어, 한 어머니에게서 태어난 형에게 핍박받는 자신의 처지를 한탄한 것이다. 조비는 이 시를 듣고 부끄러워하며 동생을 살려주었다. 이때부터 '자두연기'는 형제간에 서로 다투는 것을 비유하는 고사성어로 사용되고 있다.

물론 『가시나무 꽃이 필 때』는 사실에 바탕을 둔 글이 아니라 엄연한 소설이다. 그러나 아직도 우리 주변에는 재산을 가지고 싸우는 가정이 많은 듯하다.

상속 문제로 얽히고설킨 형제들과의 관계는 더는 회복할 수 없는 골짜기를 만든다. 믿었던 가족의 배신, 그리고 자신의 순진함을 탓해야 했던 순간들. 상처는 깊고 시간이 지나도 아물지 않는다.

이 글의 주인공은 형제의 배신으로 아파하지만 어린 시절부터 함께 자랐던 기억은 분명 실체로 존재하고 가족이라는 울타리는 더욱 굳건히 유지되어야 한다고 생각한다.

주인공은 화해의 손을 내밀고 결국 피할 수 없다면 받아들이는 쪽을 택한다. 용서하지 못할 것 같았던 그들에게 마음을 열어보려는 것은 단순한 선택이 아니라 생존을 위한 주인공의 마지막 몸부림이다.

주인공은 자신을 위해 남겨진 삶을 위해 끊어진 관계를 이어간다. 그 길의 끝에 무엇이 있을지 더는 망설이지 않는다.

이 소설에서 쓰인 제목은 호랑가시꽃을 의미한다. 호랑가시꽃은 11월경 꽃을 피우는데 끝에 가시가 있다. 그래서 예쁘다고 덥석 잡았다가는 낭패를 본다고 한다.

바라기는 이 소설이 가시를 만져 다치는 소설이 아니라 꽃을 보고 마음의 평안을 얻는 소설이 되기를 바란다.

끝으로 책을 내기까지 여러 방면으로 애써 준 관계자 여러분과 가족에게 진심으로 감사의 마음을 전한다.

2024년 11월

전정희

차례

가시나무 꽃이 필 때

상속 청구권 통지서

가족들이 모두 출근하고 난 월요일 아침, 은하는 커피를 한 잔 내려 거실 소파에 앉았다. 아무도 없는 빈집의 고즈넉함이 좋았다. 은하는 커피를 마시며 창밖을 내다보았다. 추석이 끝났는데도 날씨가 아직 여름이었다. 확실히 요즘은 봄 가을이 점점 짧아지고 있었다. 이대로 가다가는 봄과 가을은 없어지고 땀이 줄줄 흐르는 여름과 추운 겨울만 남는 건 아닐까? 그런 생각이 들었다.

은하는 거실 탁자 위에 놓인 상속 청구권 통지서를 바라보았다. 갑자기 날아든 상속 청구권 통지서 때문에 은하는 마음이 심란했다. 아버지의 재산은 큰오빠 부부가 모두 빼

돌리고 남은 게 없는 줄 알았는데 통지서는 아직 은하가 찾아올 재산이 남아 있음을 말해주고 있었다.

아버지가 돌아가신 후 남은 재산이 하나도 없고, 유산 상속을 포기하는 게 최선이라는 큰오빠의 말만 믿고 위임장과 인감도장을 큰오빠한테 맡긴 게 잘못이었다. 설마 큰오빠가 작은오빠를 비롯해 언니와 은하, 그리고 동생까지 속이리라고는 상상도 하지 못한 일이었다.

큰오빠는 우리가 동의한 것에만 위임장을 사용하지 않고 식구 수대로 막도장을 파서 남은 재산을 모두 마음대로 팔아 혼자서 착복했다. 그때를 떠올리며 더는 큰오빠에게 당하지 않을 것이라고 은하는 입술을 깨물었다. 자신의 집에서 천덕꾸러기 신세를 면치 못하는 동생 은선과 남편 잘못 만나 평생 고생만 하다가 지금은 속 썩이는 자식 때문에 희망 없이 사는 언니를 위해서라도 어떻게든 지켜내야 할 재산이었다.

며칠 전 원주에 사는 은미 언니에게 전화가 왔다.

"얘, 나한테 이상한 통지서가 한 장 왔는데 이게 도대체 뭔지 모르겠다."

동해를 떠나 원주에서 간병인을 시작한 언니는 평소 아들이 하도 속을 썩여 여기저기서 날아오는 소환장이 많았다. 그러나 지금 하나밖에 없는 아들 민우는 서울구치소에서 복역 중이었다.

"가게 주인 여자가 뭔가 중요한 서류가 왔다고 자꾸 전화가 와서 잠깐 시간을 내서 동해에 들렀는데, 열어보니 민우와 관계된 건 아닌 거 같고, 우리 아버지가 가지고 있던 땅이 도로가 된단다. 이의가 없으면 아버지 땅 명의가 큰오빠한테 넘어가니 협의하라는데 이게 도대체 무슨 소리냐? 우리 재산은 큰오빠가 이미 다 해 먹은 거 아니었어?"

언니의 말만으로는 은하도 무슨 내용인지 알 길이 없었다. 그런데 다음 날 은하와 동생 은선에게도 같은 통지서가 날아들었다. 언니 말대로 아버지 명의의 땅이 큰오빠 명의로 변경되는 데 이의 없으면 도장을 찍으라는 내용이었다. 은하는 그 길로 작은오빠에게 전화를 걸었다.

"그렇지 않아도 나도 너와 통화하고 싶었다."

"오빠도 통지서 받았지요? 이게 도대체 무슨 내용이에요? 현우가 변호사니 무슨 내용인지 잘 알 거 아니에요?"

작은오빠 아들 현우는 로스쿨을 졸업하고 변호사 시험에 합격해 최근 큰 법률회사에 입사했다.

"현우가 알아봤는데 아버지가 남긴 땅이 더 남아 있나 보더라. 그런데 그새 돈 냄새 하나는 기가 막히게 맞는 그 인간 같지도 않은 놈이 먼저 선수를 쳐서 그 땅을 자기 명의로 돌리려고 손 쓴 것 같아. 아직도 우리가 핫바지로 보이나 보다. 내 변호사 아들이 눈 시퍼렇게 뜨고 있는데 그 벼락을 맞을 놈이 어디서 개수작을 부리는지 모르겠다."

작은오빠가 말하는 '돈 냄새를 기가 막히게 맞는 그 인간 같지도 않은 놈'은 큰오빠를 지칭하는 거였다. 이야기를 정리해 보면 큰오빠가 미처 모르고 있던 땅이 이번에 도로로 편입되면서 큰오빠가 제일 먼저 이 사실을 알게 되었는데 옛날에 했던 방식대로 자기 명의로 바꾸려고 우리 인감도장을 새로 새겨서 서류를 접수한 모양이었다. 작은오빠 말처럼 이번에도 우리를 감쪽같이 속이고 혼자서 땅을 차지하고 싶었으나 최근 우리 형제가 동의한 동의서와 위임장이 필요했기에 남은 형제들에게 일괄적으로 통지서가 날아든 것이었다. 이제 큰오빠도 이 사실을 알았을 것이고 앞으로 우리에게 어떻게 나올지 궁금했다.

"아무튼 자세한 내막은 동해로 가봐야 알 것 같다. 너 시간이 되면 먼저 가서 땅이 얼마나 되는지, 어디쯤 있는지 한 번 좀 알아봐라. 우리 현우가 가면 좋겠지만 현우가 워낙 바빠서……. 나도 어떻게든 시간을 내서 현우와 함께 가 볼 테니 은하 네가 먼저 가서 좀 보고 왔으면 좋겠다."

"내가 가더라도 뭘 알아야 소용이 있지, 그래도 작은오빠가 나보다 낫겠지."

"별소릴 다한다. 내가 그렇게 잘 알았으면 그때 칼 들고 그놈 죽이겠다고 무식하게 덤빌 게 아니라 차분하게 재산

반환 청구 소송이라도 냈겠지. 법에는 법인데 그것도 모르고 청구 소송 시간이 다 지나도록 이만 갈고 있었던 걸 생각하면 지금도 내 머리칼을 쥐어뜯고 싶다. 더군다나 나쁜 놈은 그놈인데 칼 들고 덤빈 죄로 유치장에 갇혔잖냐, 아무튼 그때만 떠올리면 지금도 혈압이 올라서 뒷목 잡고 쓰러지게 생겼다. 일단 네가 가서 보고 다시 통화하자."

은하는 고민이었다. 자신이 동해에 가 본들 무엇을 알아올 수 있을까 싶었다. 평소 고향은 잊고 살았다. 아니, 잊고 살고 싶었다는 표현이 더 정확했다. 어머니가 돌아가신 뒤 고향은 그리운 곳이라기보다 기억에 떠올리고 싶지 않은 공간으로 각인되었다. 큰오빠를 제외한 남은 4형제의 공통된 마음이 그랬다. 그러나 어디까지나 고향은 고향이었다. 은하는 썩 내키지 않았으나 이렇게 등 떠밀려서라도 언젠가는 가봐야 하는 숙제로 남아 있는 고향에 이번 기회에 가볼까 하는 생각도 들었다.

은하는 휴대전화기의 코레일 앱을 열어 기차표를 예매하고 쏘카 앱에서 승용차를 예약했다. 집은 묵호역에서 훨씬 가까웠으나 묵호역에는 쏘카가 없었다. 어차피 승용차로는 묵호에서 동해가 얼마 되지 않는 거리라 동해역에서 쏘카를 이용하기로 했다. 차를 몰고 가면 좋은데 아무래도 먼 길이라 혼자 운전하기가 부담스러웠다. 은선에게 같이 가자고 하니 고개를 절레절레 흔들었다. 은선도 고향을 떠난 지 꽤 오랜 시간이 흘렀지만, 큰오빠 가족들에게 하도 시달려서인지 그쪽으로는 아예 고개조차 돌리기 싫어하는 것 같았다. 은하는 은선의 심정을 백 번 이해하기에 그냥 혼자 가기로 마음먹었다.

"길어야 이틀이니까, 나 없는 동안 우리 딸들 부탁한다. 형부 밥도 좀 차려주면 좋고."

"걱정하지 마 언니, 내가 안 해서 그렇지 큰오빠 집에서 살림을 15년 넘게 했잖아."

은선의 말을 들으니 은하는 또 가슴이 미어졌다.

"아무튼 조카들하고 싸우지 말고, 특히 민아 빵 사다 놓는 거 잊지 마."

은하는 간단한 짐을 꾸려 청량리역으로 향했다. 역에 도착해 기차를 타기 전에 평소 즐겨 먹는 커피 한 잔을 샀다. 기차가 출발하기 10분 전, 은하는 개찰구를 지나 열차를 타는 곳으로 에스컬레이터를 타고 내려갔다. 평소에는 혼자 여행할 때 창가 쪽보다 복도 쪽을 선호했으나 이번에는 창가 쪽으로 표를 예매했다. 안쪽으로 들어가 자리를 잡고 앉아 창밖을 바라보았다. 크리스마스가 지나고 이제 새해가 코앞이었다. 기차는 평일이라 사람이 많지 않았으나 연말이라 그런지 차분하지 않고 뭔가 들떠 있는 분위기였다.

은하는 커피를 한 모금 마셨다. 따뜻하고 달달한 커피가 입안을 가득 채웠다. 익숙한 맛의 커피를 마시면 기분이 좋아야 하는데 마음이 무거워서인지 기분이 한없이 가라앉았다. 커피를 몇 모금 마시자 기차가 출발했다.

양평을 지나고부터 잎이 모두 떨어진 나무와 진작 추수를 끝낸 을씨년스러운 논밭이 펼쳐졌다. 단풍철에는 온갖 빛깔로 물들어 사람을 유혹하던 나무들은 앙상한 가지를 드러내고 있었다.

서울에는 아직 첫눈이 내리지 않았으나 강원도는 이미 몇 차례 눈이 내려서인지 새하얀 눈으로 덮인 논밭이 이어졌다. 사람의 발길이 닿지 않은 눈이 부드러운 햇빛에 반짝이며 고요하고 매혹적인 분위기를 연출했다. 기차는 이름 모를 다리를 건너갔다. 아직 얼어붙지 않은 강은 햇볕에 반사되어 찰랑거리고 멀리 아담한 산의 실루엣이 눈에 들어왔다. 능선에도 채 녹지 않은 눈이 눈부시게 빛나고 있었다. 강원도행 기차는 유난히 터널이 많았다. 실내가 건조해서인지 눈이 뻑뻑해서 기차가 터널을 통과할 때마다 은하는 눈을 감았다. 규칙적으로 덜커덩거리는 기차의 바퀴 소리가 음악의 전주처럼 들려왔다.

기차가 터널을 벗어나자 작은 농장이 눈에 들어왔다. 소 두 마리가 평화롭게 여물을 먹고 있었다. 토종닭 몇 마리는 연신 땅을 쪼았다. 이어 계속해서 들판이 이어졌다. 한때 열매를 맺었던 들판은 추위를 이겨내며 봄의 손길을 참을성 있게 기다리고 있는 듯했다. 봄이 되면 얼어붙었던 들판이 녹으면서 수많은 식물이 기지개를 켤 것이다. 오랜만에 보는 차창 밖의 풍경은 정겨웠다.

얼마나 달렸을까? 차창 밖을 바라보고 있는 사이 왼쪽 창가로 바다가 보였다. 은하는 숨을 크게 들이쉬었다. 바다는 언제나 막혔던 은하의 마음을 뚫어주는 매개체 역할을 충실히 해냈다. 은하는 다시 한번 크게 숨을 쉬고 바다에서 눈을 떼지 않았다.

KTX가 운행되지 않았을 때는 동해까지 가는 무궁화 열차를 타면 한나절이 걸렸는데, 아침 9시 45분에 출발한 기차는 12시 전에 동해에 도착했다. 평일이어서인지 옆자리는 끝까지 비어있었다. 은하는 자리에서 일어나 역사를 빠져나왔다.

렌터카를 찾아야 해서 주차장으로 갔는데 렌터카 사무실이 보이지 않았다. 평소 렌터카를 많이 이용했는데 쏘카는 이번이 처음이었다. 다른 렌터카보다 요금이 저렴한 데다 KTX와 연계해서 이용하면 훨씬 싸다는 후기가 많아서 망설이지 않고 예약했다.

넓은 주차장을 두리번거리며 은하는 혹시나 해서 예약한 쏘나타 8769 승용차를 찾아보았다. 생각보다 승용차는 빨리 눈에 띄었다. 은하는 반가운 마음에 얼른 다가갔는데 차 문이 잠겨 있었다. 쏘카 사무실을 찾아가 키를 받아야 하나? 은하는 주변을 둘러보았으나 어느 곳에도 사무실이 보이지 않았다. 은하는 예약해둔 곳으로 전화를 걸었다. 안내에 따라 번호를 누르자 느닷없이 비밀번호를 입력하라고 했다. 비밀번호? 그런 것도 있었나? 도대체 이 차를 어떻게 사용해야 하는지 방법을 몰라 답답한 마음이었다. 사람이 보여야 물어보기라도 할 텐데, 주변에 개미 한 마리 얼씬거리지 않았다. 오도 가도 못한 채 한참을 더 서성거리고 있는데 멀리 두 남자가 은하가 서 있는 승용차 근처로 다가오더니 자신들이 렌트한 차의 사진을 찍기 시작했다. 분명히 은하처럼 차를 렌트한 사람이라는 확신이 섰다.

"저 죄송한데, 혹시 쏘카 사무실은 없나요?"

은하는 반가운 마음에 빠른 걸음으로 다가가 물었다.

"네. 쏘카는 원래 사무실이 없어요."

"그러면 키를 어디에서 받아요?"

"키 없어도 돼요. 차 예약하신 앱으로 들어가면 차 문을 열 수 있어요."

"죄송하지만 제가 처음이라 그런데 좀 봐주시겠어요?"

은하는 휴대전화를 상대에게 내밀었다.

"쏘카 앱을 열어주세요."

은하가 앱을 열어서 보여주자 거기에 문을 열고 잠글 수 있는 기능이 있었다.

"감사합니다."

저 남자들을 못 만났다면 아마 오랜 시간 승용차 문도 열지 못하고 끙끙댔을 것을 생각하니 쓴웃음이 났다.

"차를 빌렸는데 차 키가 없다니……."

은하는 혼자 중얼거리며 운전석에 앉았다. 하기는 이제 로봇이 운전대를 차지할 날도 머지않았는데 휴대전화로 승용차 문을 여닫는 것쯤이야 뭐가 대수랴 싶기도 했다. 햄버거 하나를 사 먹으려고 해도 키오스크와 씨름해야 하는 시대니 차 키 없이 차 문을 여는 것 정도는 일도 아니었다.

승용차는 출고된 지 1년도 되지 않은 새 차라 승차감이 좋았다. 은하는 내비게이션에 청수골 주소를 입력한 후 차를 몰았다. 사실 여기서 집까지는 내비게이션이 없어도 찾아갈 수 있었다.

얼마 달리지 않아 낯익은 풍경들이 눈에 들어왔다. 묵호항을 지나자 해랑 전망대가 나왔다. 해랑 전망대 스카이워크가 보이는 곳에서 은하는 차를 잠시 세웠다. 차에서 내리자 비릿한 바닷 냄새가 났다. 말로 형언할 수 없는 익숙한 이 바다 냄새는 언제 맡아도 정겨웠다. 은하는 크게 숨을 내쉬어 바닷냄새를 들이마셨다. 그리고 해랑대 난간 쪽으로 다가가 바다를 한참 동안 바라보았다. 바다는 끊임없이 파도를 몰고 와 부서지고, 다시 새로운 파도를 몰고 왔다. 파도가 반복되는 바다는 종일 바라보아도 지겹지 않았다.

휴가철이면 길 건너편 도째비골 스카이밸리와 묵호 등대에 사람들이 바글거렸다. 그리고 며칠 있으면 새해라 촛대바위와 인근의 바닷가에 사람들이 몰려들 터였다. 그러나 오늘은 어디에도 사람들이 별로 없어서 한가로웠다. 은하는 길 건너편을 바라보았다. 한국의 산토리니라 불리는 논골담길 마을이 보였다. 알록달록한 지붕들 뒤로 묵호 등대도 삐죽 보였다.

논골담길 언덕 중턱에 어머니가 태어난 고향 집이 있었다. 머리에 대야를 이고 한 손에는 할머니에게 드릴 먹거리를 들고 다른 한 손으로는 어린 은하의 손을 잡고 언덕을 오르는 어머니의 모습이 눈에 선했다.

한때 논골담길은 '붉은 언덕'으로 불리기도 했다. 땅이 붉은 진흙이라 비만 내리면 흘러내려서 장화 없이 다닐 수 없었다. 이곳은 주로 뱃사람들이 몰려 살았고 시멘트 공장, 무연탄 공장에서 일하던 사람들도 함께 찾아들었다.

그런 논골담길이 어느 순간 벽화마을로 바뀌어 있었다. 관광객 조성사업으로 골목에 정겨운 벽화들과 웃음을 자아내는 조형물들이 찾는 사람을 즐겁게 만들었다.

논골담길은 돈을 벌기 위해서 험한 뱃일도 마다하지 않았던 사람들이 묵호항으로 모여들면서 항구와 가까운 언덕에 집을 짓고 살았던 장소였다. 은하의 외할아버지도 뱃사람이었고 외할머니는 할아버지가 잡아 온 오징어와 생선을 손질해 파셨다. 아래쪽에는 주로 뱃일하는 사람이 살았고 위쪽에는 생선을 손질하고 말려서 항구나 시장에 내다 파는 사람들이 살았다. 은하의 외할아버지는 뱃일을, 외할머니는 덕장 일을 했기에 집은 중간쯤에 있었다. 그리고 그 집에서 어머니가 결혼하기 전까지 가족들과 함께 살았다. 지금은 논골1길과 3길, 그리고 등대오름길로 이름이 붙었고 어느 길로 올라도 묵호 등대까지 갈 수 있었다. 10여 년 전만 해도 오래된 집들이 많았는데 재정비작업을 통해 지금은 마을 정화사업으로 골목길이 깨끗하고 많이 밝아졌다.

어머니는 속이 상하거나 마음이 답답할 때면 은하의 손을 잡고 할머니 집을 찾았다. 늘 어머니의 치맛자락을 잡고 따라다니는 은하였기에 어머니는 어디를 가든 은하를 데리고 다녔다. 유독 은하가 어머니를 따르기도 했고 어머니도 그런 은하를 예뻐해서 나들이를 갈 때는 늘 은하와 함께였다. 언덕 중간까지 힘겹게 오르면 작은 울타리에 장미가 가득 핀 파란색 대문이 보이는데 바로 그곳이 할머니 집이었다.

“힘들게 이런 것 뭣 하러 바리바리 이고 들고 오누. 나 혼자 먹어야 얼마나 먹는다고…….”

말년에 중풍으로 몸 왼쪽이 마비되어 거동이 불편한 할머니는 오랜만에 찾아온 사람의 온기를 무척 그리워하셨다.

“지난달에 내가 다녀간 뒤로 아무도 안 왔었나 보네. 자식새끼가 일곱이나 있으면 뭐해요, 어미가 아파 누워있어도 코빼기도 안 보이는데…….”

어머니의 속상한 푸념에 할머니는 아무런 말 없이 어머니를 바라보셨다.

“이번에 저 장미 다 지고 나면 베어버릴까요? 약도 제대로 못 쳐주니 벌레만 꼬이고…….”

할머니는 손사래를 치셨다.

“안 된다, 베지 마라. 그래도 저거 보는 재미가 쏠쏠한데…….”

“꽃이 아무리 좋으면 뭐 해요? 먼저 사람이 살고 봐야지.”

어머니는 집 안 구석구석을 치우고 쓸고 닦으며 구시렁거렸다. 어머니는 분주히 움직이셨다. 해지기 전에 돌아가 집안 식구들 저녁도 준비해야 했기 때문이었다. 빨래를 널고 반찬 몇 가지를 만들고 나면 어느새 해가 기울었다. 노을이 물들어가는 바다는 주변을 온통 붉게 물들였다. 그 모습은 집으로 돌아가고 싶지 않을 정도로 아름다웠다.

“어서 가라. 집에 가서 아이들 밥해줘야지.”

어머니는 혼자 남겨진 할머니가 안쓰러워 발길을 돌리지

못하셨다. 한쪽이 불편한 상태로 부엌과 방을 오가며 혼자서 끼니를 챙겨 드실 할머니가 눈에 밟혀서였을 것이다. 어머니가 느꼈을 그 감정, 그 복잡미묘한 마음을 은하는 이제야 겨우 알 것 같았다. 그러나 지금 할머니도 어머니도 저 언덕 어디쯤, 어디에도 계시지 않았다. 사라진다는 것, 죽는다는 것, 그 쓸쓸함을 생각하며 은하는 언덕에서 눈을 돌렸다.

어머니가 돌아가신 후 어머니가 생각나 논골담길을 찾았을 때는 묵호 등대 주차장에 주차하고 꼭대기에서 언덕을 내려오며 동네를 둘러보았다. 곳곳에 설치된 조형물과 담벼락에 쓰인 글씨들이 과거로 여행을 하는 듯했다. 파마머리를 한 원더우먼이 논골담길 길 안내 표지판으로 등장하는가 하면 돌 담벼락에 페인트로 여러 가지 그림을 그려놓았다. 나무 걸상과 벽난로, 그리고 윗부분에 5-4반이라고 쓰여 있고 반성문과 떠든 사람 이름이 적혀 있는 그림 앞에서는 마치 어렸을 때 은하의 교실이 연상되어 정겹기까지 했다. 곳곳에 아이들이 모여 노는 조형물도 많았다. 그중 말뚝박기 조형물 앞에서 한참을 서 있었던 기억이 났다.

말뚝박기는 가위바위보로 말과 마부를 정한 다음, 마부의 오른쪽 옆구리에 말의 머리를 대고 마부의 오른손으로 말의 눈을 가려서 다른 아이들을 못 보게 했다. 왜냐하면 다른 아이가 말을 타려고 달려오는 것을 보고 차지 못 하게 해야 했기 때문이었다. 놀이가 시작되면 말은 다른 아이가 타지 못하게 여기저기 움직이거나 계속 뒷발질을 했는데 이때 말에게 차이면 그 아이가 말이 되고 말이었던 아이가 마부가 되는 놀이였다. 다른 아이들은 말이 움직일 때 빨리 말 등에 올라탔다. 이때 한 명이 탈 수 있고 겹쳐서 탈 수도 있는데 만약 말이 등에 탄 아이들의 무게를 이기지 못하고 넘어지면 계속 말이 되어야 했다. 다른 아이가 말 등에 올라타면 말은 이리저리 흔들어서 올라탄 사람을 떨어뜨렸고, 말에 탄 아이는 떨어지지 않으려면 말을 꼭 붙잡고 있어야 했다.

말뚝박기는 거친 놀이라 은하는 주로 남자아이들이 노는 것을 구경했다. 친구 미숙이는 성격이 괄괄해서 말뚝박기 놀이에 종종 끼어들었는데 남자 친구들은 등에 올라탈 때도 온 힘을 다해서 마부를 힘들게 만들기 일쑤였고 힘에 부쳐 무너져 내릴 때는 다치는 경우도 생기는 격한 놀이였다.

말뚝박기는 수비하는 친구가 벽에 기대어 서 있으면 친구들이 차례대로 다리 사이에 머리를 끼고 앞 친구의 다리를 잡고 길게 말을 만들었다. 남자아이들 틈에 끼어 머리를 박고 버티던 미숙이의 모습이 떠올라 은하는 한참 미소 지으며 그 앞에 서 있었다. 아이들이 힘주어서 올라타도 수비팀이 무너지지 않으면 맨 앞사람이 가위바위보를 해서 이긴 편이 다시 공격했다. 이기면 팔짝팔짝 뛰며 좋아했던 친구들의 모습이 떠올랐다.

논골담길 군데군데 예쁜 카페도 많았다. 카페 앞 작은 꽃밭에는 형형색색의 꽃들이 지나는 사람들의 발걸음을 붙잡았다. 은하는 큰 꽃들보다 이름 없이 피고 지는 들꽃이 좋았다. 그래서 작고 앙증맞은 꽃을 보면 주저앉아 한참 동안 꽃을 바라보았다.

외할머니 집은 아직 그대로 있었다. 벽은 파란색 페인트로 칠해져 있었고 사람이 사는 듯 손수레가 놓여있었다. 마당에는 빨래가 널려 있었는데 장미는 하나도 보이지 않았다. 저 마당 한 귀퉁이에 앉아서 공기놀이하던 작은 은하가 떠올랐다. 사람의 기억이라는 것은 때와 장소에 따라 아주 오래전의 일들까지 한 장의 사진, 혹은 비디오카메라로 촬영한 것 같은 장면들이 죽 나열되기도 했다. 이미 지나왔기에 다시는 돌아갈 수 없는 시절, 오직 기억으로만 더듬더듬 생각나는 그 시간이 아쉽고 그리웠다.

은하는 언덕에서 눈을 돌리고 차에 올랐다. 시동을 걸자 네비게이션이 다시 작동했다. 집까지는 7.5km, 12분 남아 있었다. 망상해수욕장을 지나 청수골로 들어가는 1차선에서 은하는 왼쪽 방향지시등을 켰다. 여기서부터는 눈을 감고도 집까지 갈 수 있었다. 좌회전을 한 뒤 은하는 길 한쪽에 차를 주차했다. 걷고 싶어서였다.

호랑이 아버지와 천막 교실

은하의 나이가 올해로 54살, 26살 가을에 결혼하면서 청수골을 떠났으니 어언 27년이라는 세월이 흘렀다. 10년이면 강산도 변한다는데 강산이 세 번이나 변할 시간이 어느새 훌쩍 지나버렸다. 결혼 후 처음 몇 년은 어머니를 만나기 위해 고향을 찾았다. 그러나 어머니가 돌아가신 이후 고향에는 올 일이 없었다. 그립고 보고 싶은 형제들도 없었고 다만 언니가 걱정도 되고 보고 싶은 마음에 어쩌다 동해를 찾기는 했으나 언니가 칼국숫집을 하는 묵호항에서 잠시 머물다 돌아갔고 이렇게 혼자서 한가롭게 청수골을 찾은 것은 처음이었다.

무엇을 찾아 헤매면서 애면글면 살았는지, 그동안 지내온 날들이 아득하고 멀게만 느껴졌다. 은하는 차가 세워진 반대 방향을 바라다보았다. 건널목 건너 바닷가는 망상해수욕장이었다. 망상해수욕장에서 길을 건너 집으로 가려면 어린 걸음으로 30분은 족히 걸렸다. 어른 걸음으로 빨리 걸으면 10여 분이면 도착할 거리였으나 길거리에 핀 잡초까지 참견하면서 재잘재잘 떠들며 집으로 가려면 30분도 부족한 시간이었다.

은하는 천천히 걷기 시작했다. 마을 입구에 들어서자 커다란 느티나무가 은하를 반겨주었다. 아주 멀리서도 보이는 느티나무, 저 느티나무가 보이면 언제나 안도의 한숨이 나왔다. 어딘가를 헤매다 돌아왔다는 느낌, 먼 길을 돌아서 고향으로 돌아올 때 저 느티나무를 보면 다 왔다는 편안한 안도감이 들었다.

은하는 가까이 다가가 느티나무를 한참 동안 바라보았다. 한때는 풍성하게 피었을 나뭇잎들은 하나도 없고 지금은 가지만 앙상했다. 느티나무 앞에서 은하의 집은 보이지 않았다. 구불구불한 길을 걸어서 한참을 더 가야 했다. 은하는 느티나무를 뒤로하고 오솔길을 걷기 시작했다. 그런데 좁은 오솔길은 양쪽의 차가 스치지 않고 다닐 정도로 넓어져 있었다. 저 안쪽으로 무슨 요양원이 하나 들어오면서 닦아놓은 길이었다. 길이 닦이기 전 이 오솔길에는 겨울을 제외하고는 늘 길가에 이름 모를 잡초와 꽃들이 피어있었다. 봄에는 개나리와 철쭉, 매화와 벚꽃이, 여름에는 능소화와 배롱꽃이 집마다 아름답게 피었다. 가을이면 코스모스와 키 작은 소국이 가던 길을 멈추게 했다. 이 길은 언제 걸어도 꽃들로 가득했고 정겨웠다.

햇볕은 따뜻했지만 그래도 겨울 날씨라 제법 쌀쌀한 기운이 느껴졌다. 은하는 왼쪽 어깨에 둘러멘 가방에서 머플러를 꺼내 목에 두어 번 돌려 앞으로 묶었다. 머플러만으로도 한결 목이 따뜻했다.

한참을 걸어가자 길 왼쪽에 서낭당이 보였다. 어렸을 때는 서낭당을 지나는 게 왜 그리 무서웠는지 서낭당이 보이면 빨리 걷거나 뛰어서 지나갔던 기억이 났다. 서낭당 안에는 귀신이 살고 있어서 왠지 지나가는 사람들을 노려보고 있을 것만 같은 생각이 들었다. 긴 머리를 풀어 헤치고 소복을 입은 여자가 입에 피를 흘리고 쳐다보고 있는 모습이 연상되어 혼자서는 서낭당 앞을 지나기가 힘들었다. 누군가 함께 걸을 때도 은하는 친구나 가족들의 손을 꼭 잡고 고개를 돌려 애써 서낭당을 바라보지 않고 지나가고는 했다.

아버지가 돌아가신 후 어머니와 은선, 그리고 은하가 한동안 살았던 허름한 집이 하필이면 서낭당 근처에 있었다.

방 두 칸짜리 집이었다. 그리고 그 집에서 어머니가 돌아가셨다. 어머니가 돌아가신 후 한동안 비어있던 집에 월세를 주었던 기억도 나는데 관리하기가 힘들어서 몇 푼 받지도 못하고 팔아버렸다. 지금은 누가 살고 있는지 모르겠지만 기와를 새로 얹고 담장을 새로 쌓아서인지 은하가 살았을 때보다 겉으로 보기에는 좋아 보였다. 한참을 더 걷다 보니 태어나서 23살까지 살았던, 을씨년스러운 집터가 보였다.

아버지가 돌아가신 후 빨리 처분하려고 싸게 내놓았어도 워낙 터가 넓은 집이라 팔리지 않다가 그나마 인근에서 가장 잘 사는 친구 미숙이 아버지가 헐값에 우리 집을 샀다. 그 뒤 미숙이 아버지는 20여 년을 이 집에서 더 살다가 10년쯤 전부터 모 업체에서 이 근처에 골프장을 만든다고 땅을 고가에 사들이자 팔아넘겼다. 그러나 무슨 이유인지 공사는 진척되지 않고 벌써 10여 년째 공터로 방치되어 있었다.

은하네 집뿐만 아니라 길을 가운데 두고 골프장이 들어서는 오른쪽에 있는 인근의 집은 모두 다 헐리고 아무것도 없었고 은하네 집도 광으로 쓰던 곳만 지붕 없이 뼈대만 남아 있었다. 담장도 없어진 지 오래였다. 뼈대만 남아 있는 광과 대문 앞에 있었던 작은 다리만 아니라면 집터를 찾는 일조차 어려웠을 것이다.

외할머니가 장미를 좋아하신 탓에 어머니도 장미를 유난

히 좋아하셨고 그래서 은하의 집에도 5월이면 장미가 담장을 따라 흐드러지게 피어났었다. 그러나 지금은 담장을 장식하던 장미도 능소화도 배롱나무도 없었다. 오직 남은 것은 빛이 바랜 무성한 잡초뿐이었다. 잡초는 걸어다니기 어려울 만큼 키가 컸다.

집으로 들어가려면 아주 작은 도랑을 건너야 했다. 도랑 위에 다리가 놓여있었는데 도랑을 내려다보니 물이 바짝 말라 있었다. 어렸을 때 도랑에는 물이 졸졸 흘렀고 장마철에는 물이 불어나 다리 밑까지 차오를 때도 있었다. 평소 도랑은 물이 얕아서인지 여름에는 개구리가 꽤 많이 살았다.

은하는 다리를 건너 빈 집터 안으로 들어가 머릿속으로 집을 그려보았다. 여기가 안방, 저기가 부엌, 여기는 언니 방, 그 옆은 은하와 은선이가 썼던 방, 그리고 여기는 큰오빠 방, 그 옆은 둘째 오빠 방, 그리고 여기는 아버지의 사랑방, 여기는 안방, 어머니의 아지트였던 부엌…….

안채에도 방이 많았지만, 사랑채에도 방이 2개 있었다. 그래서 휴가철이면 어머니는 민박을 쳤다. 손님이 많은 7월 말에서 8월 초에는 우리 방까지 내어주고 언니와 은하, 은선이 같은 방을 쓰기도 했다. 그렇게 한철 버는 돈이 힘들게 농사를 짓는 것보다 훨씬 낫다고 어머니가 좋아하셨다. 은하의 남편도 처음에는 민박 손님으로 이 집에 오게 되었다.

어머니가 민박을 치신 탓에 은하가 단골손님과 결혼까지 한 셈이다.

망상초등학교에 입학하던 날, 한복을 단아하게 입으시고 올림머리를 한 어머니의 모습은 마을에서 가장 돋보였다. 아버지도 입목구비가 뚜렷하셨고 어머니가 미인이었기에 은하네 5남매도 모두 인물이 빠지지 않았다. 그중 어머니를 많이 닮은 언니가 가장 예뻤다.

미리 사두었던 예쁜 옷을 입고 왼쪽 가슴에 손수건을 달고 어머니의 손을 잡고 입학식에 참석했다. 그때만 해도 은하네 집은 마을에서 땅도 가장 많고 손꼽히는 부자였다. 아버지가 사주신 가죽 구두와 잔잔한 꽃무늬가 수놓아진 노란색 블라우스, 멜빵 감색 치마, 빨간색 책가방을 메고 학교로 향했다. 머리는 양 갈래로 단아하게 참빗으로 빗어서 땋은 머리로 한눈에 보아도 부잣집 외동딸임을 짐작할 수 있는 차림새였다.

은하는 낯선 사람을 보면 어머니 치마 뒤로 숨는 꽤 수줍음이 많았던 아이였다. 그런 은하에게 용기를 심어주신 것은 아버지였다. 아버지는 5남매가 초등학교에 입학하기 전부터 천자문을 가르치셨다. 아버지가 쓰시던 사랑방에는 늘 붓과 벼루, 먹, 종이가 놓여있었고 바둑도 즐겨두셨다. 아버지는 마른 체구에 뿔테 안경을 쓰셨는데 외출을 하실 때면

목에 머플러를 두르시는 멋쟁이셨다.

우리 집은 호랑이 집이라 불릴 정도로 아버지가 무서우셨다. 그러나 동네 사람들은 마을에 어려운 일이 있을 때 우리 집에 찾아와 아버지에게 가르침을 청했다. 아버지는 마을 사람들의 정신적 지주 역할도 하셨던 듯하다.

아버지는 신학문을 한 것이 아니어서 학교는 다니지 않으셨다. 그러나 언제나 한자책을 읽으셨고 먹을 갈아 글을 쓰시며 스스로 정진하셨다. 우리는 아버지에게 한자도 배웠지만, 동화책도 원 없이 읽을 정도로 사주셨다. 아버지는 우리에게 무척 엄하셨다. 아버지가 외출하셨다가 돌아오실 때 우리가 책을 읽지 않고 있으면 불호령이 떨어졌다. 은하는 어려서부터 책을 좋아해서 아버지가 권하지 않아도 책을 가까이했고 언니 오빠들은 책을 좋아하지 않아서 놀다가 자주 회초리를 맞았다.

아버지는 땅이 많아서 소작을 주기도 했지만 스스로 농사를 짓기도 하셨다. 그리고 땀 흘려 돈이 모이면 무조건 논과 밭, 임야를 사셨다. 그래서 우리 집은 동네에서 가장 땅이 많은 땅 부자였다.

어느 날 아버지와 함께 어울리던 동네 사람 몇몇이 우리 집에 찾아와 아버지와 술잔을 기울였다. 우리 집은 마을에서 무슨 일이 생길 때 모두 모여 의논을 하는 장소이기도 했다.

"형님, 우리가 이제 사는 낙이 뭐가 있겠어요? 우리 세대는 6·25에 일제 강점기에 고생이 많았지만, 우리 자식들만큼은 가르쳐야 하지 않겠어요? 내가 못 배운 것도 한이지만 우리 아이들도 가르쳤으면 저렇게 농사나 지으면서 무지렁이로 고생하지 않았을 텐데요……."

"그러게 말입니다. 우리 아들이 광산에서 석탄 가루 먹고 얼굴이며 옷이며 시커멓게 하고 다니는 걸 보면 가슴이 먹먹합니다. 무엇보다 탄광이 무너져서 사고로 다치거나 죽을 수도 있다는 걸 생각하면 차라리 낳지 않았으면 좋았을 걸 하는 생각까지 들어요."

아버지가 말씀하셨다.

"안 그래도 내가 학교를 하나 만들어보고 싶은데, 막상 시작하려니 엄두가 나지 않는다네."

"형님이 마음먹으면 안 될 게 뭐가 있겠습니까? 솔직히 우리 동네에서 땅도 제일 많겠다, 형님이 부지만 제공해 주신다면 우리가 힘을 합쳐 도울 테니 까짓거 학교 한번 만들어봅시다."

술기운에 객기가 돌았던 마을 사람들은 그 자리에서 학교 하나를 뚝딱 만들어냈다. 물론 아버지는 술기운에 하신 말씀이 아니었다. 평소 교육에 뜻이 깊었던 아버지는 진즉부터 천막 교실이라도 하나 만들어서 동네 사람들을 가르치고 싶은 소망이 있었다. 학교는 아버지의 오랜 숙원사업이었다. 아버지는 자신이 배우지 못한 한을 후대에 되풀이해서는 안 된다는 생각에 우리에게 늘 책을 가까이하게 했고 학문을 배우는 즐거움을 깨달을 수 있도록 여러 방면으로 노력하셨다. 물론 우리 형제들은 모두 학교에 다니고 있었다. 그러나 우리 동네에는 나이가 차도 학교에 가지 못하고 농사를 짓거나 광부를 하는 청년들이 꽤 많았다.

다시 며칠이 지나고 청년 두 명이 아버지를 찾아왔다. 야학에서 가르치고 싶으니 도와달라는 대학생이었다. 우리 동네 학생도 아니었는데 아버지가 학교를 짓고 싶어 한다는 말을 어디서 들었는지 아버지 앞에 무릎을 꿇고 앉아 진지하게 토로했다.

"어르신이 장소만 제공해 주신다면 가르치는 것은 저희가 맡겠습니다."

처음에는 엄두가 나지 않았던 아버지도 두 청년의 지원에 힘입어 곧 땅을 내놓았다. 아버지는 천막을 지을 돈도 함께 내주셨다. 며칠간 뚝딱뚝딱 망치 소리가 온 동네에 퍼져나가더니 곧 근사한 천막 교실이 세워졌다. 마을에 플래카드도 내걸고 벽보도 붙이고 전단도 뿌렸다. 사람들이 직접 동네를 찾아다니며 학생을 모집하기도 했다. 곧 입학하겠다고 학생들이 오기 시작했다. 나이가 적게는 13살부터 많게는 70살도 있었다. 천막 교실 부지는 다니는 사람을 배려해 마을 어귀의 땅을 내놓았다.

천막 교실을 한다는 입소문이 나자 동해뿐만 아니라 묵호, 어달리 등 인근의 청소년들이 찾아왔다. 어떤 아이는 부모의 손에 이끌려서 오고 어떤 아이는 스스로 오기도 했다. 나이가 50이 넘은 동네 아저씨도 학생으로 등록했다. 아버지는 평소보다 더 바빠지셨지만, 왠지 신이 나 보였다.

초등학교(당시 국민학교) 때 부모님이 돌아가시고 어린 동생을 돌봐야 해서 초등 중퇴라는 꼬리표를 달고 다녔던 한 학생은 하루도 빠지지 않고 천막 교실에 나와 공부하더니 제일 먼저 검정고시에 합격했다. 검정고시에 합격한 학생이 늘어날 때마다 천막의 개수도 늘었다.

온종일 일하고 고단한 몸으로 1시간 넘게 걸리는 길도 마다하지 않고 찾는 학생들을 안타깝게 여긴 어머니는 저녁을 준비해 먹이기도 하셨다. 천막 교실에는 강의 소리와 웃음소리가 끊이지 않았다.

은하도 저녁이면 어머니와 함께 천막 교실을 찾았다. 어머니는 옥수수, 감자, 고구마, 과일 등의 간식을 준비해 학생들에게 가져다주었고 은하도 옆에서 도왔다. 학생 수가 늘어나자 가르치는 대학생도 더 지원을 나와서 교사도 5명이나 되었다.

수업은 중등반과 고등반으로 나누었다. 교사들은 자원봉사자들이어서 월급도 없었지만, 오히려 월급을 받고 일하는 정식 교사들보다 더 열정적으로 학생들을 지도했다.

천막 교실이 세 개로 늘어나자 동사무소에서 주는 청소년 지원기금과 강원도 시에서도 지원금이 나왔다. 그래도 매달 전기세, 수도세 등 각종 공과금과 학생들 교재를 사주고 나면 남는 것이 없었다. 지원금 외에 부족한 부분은 아버지가 땅을 팔아 충당하셨다. 그 와중에 사람들은 기왕에 시작한 교육사업이니 돌산을 정비해서 아예 학교를 짓는 것이 어떻겠느냐고 아버지를 부추겼다. 천막보다야 벽돌 건물이 좋은 것은 알겠지만 밑 빠진 독에 물 붓듯이 한없이 땅을 내놓을 수도 없는 노릇이었다. 그러나 겨울철 난방이 문제였다. 천막이라 잘못 땔감을 때다가 여차하면 홀랑 천막을 태울 수도 있었다.

"후원회를 열어보는 것은 어떨까요? 십시일반이라고 다만 얼마라도 보탤 수 있지 않겠습니까?"

청년들은 지칠 줄 몰랐다. 그래서 〈문학의 밤〉 행사를 열어 대대적으로 사람들을 초청하였다. 학생들도 주머니를 털어 모금함에 돈을 넣었다. 동네 사람들과 인근의 사람들도 좋은 일 하는데 보태라며 다만 얼마씩이라도 모금해주었다. 홍보를 잘해서인지 각종 사회단체에서 후원금이 들어오기도 했다.

“정부 차원에서 보조를 받으면 좋겠는데 길이 없을까요?”

아버지는 교사들의 도움을 받아 그동안 야학을 꾸려온 것과 검정고시 합격자의 서류를 준비해 백방으로 알아보았다. 다행히 그동안의 성과와 아버지가 쓴 돈의 액수가 상상을 초월하는 금액이라 그런지 곧 보조를 받게 되었다. 건물을 지을 땅은 물론 아버지가 기증했다. 이 일로 아버지는 이사장이라는 명함을 갖게 되었다. 곧 바위산에 학교를 짓는 작업이 시작되었다. 마을 사람들도 짬을 내어 손을 보탰다. 학교는 어느새 청수골의 희망의 상징이 되어가고 있었다.

아무래도 지방이다 보니 교육의 기회를 놓친 어른들도 많았다. 50살이 되도록 자신의 이름 석 자를 쓰지 못했던 박씨 아저씨는 이름을 쓰고 책을 읽으면서 감격의 눈물을 흘렸다.

“내가 이 나이에 학교를 다닐 것도 아니고, 그저 내 이름 석 자나 쓰고 글씨나 읽을 수 있으면 좋겠다고 생각했어요. 그런데 이렇게 책을 읽게 되니 마치 다른 세상을 사는 것 같아요. 기왕 시작한 김에 국민학교도 졸업하고 중학교까지만 졸업하면 소원이 없겠어요.”

의외로 글을 못 읽는 어르신들이 많아서 한글학교가 제일 인기가 있었다. 문제아들도 두어 명 들어왔다. 학교에서

제적당해 졸업하지 못한 친구들이 정신 차리고 열심히 공부해서 졸업장을 따기도 했다.

우리 집 재산이 줄어드는 만큼 아버지의 명성은 높아져 갔고 사람들의 존경심도 깊어졌다. 은하는 학교에서 아버지의 업적 덕분에 선생님들의 관심과 함께 귀여움도 많이 받았다. 그래서 은하는 아버지의 명성에 누를 끼쳐서는 안 된다는 생각에 더 열심히 공부했고 모범 학생으로 학교생활을 했다.

민박집 손님

중학교에 다니면서도 은하는 여전히 어머니와 함께하는 시간이 많았다. 어머니를 따라 관사와 시장을 오갔고 민박에 사람이 들면 어머니를 도와 부엌일도 거들었다.

남편을 처음 만났던 순간이 떠올랐다. 은하가 중학교 3학년 때 남편이 망상해수욕장으로 놀러 왔다가 우리 집으로 민박을 정하게 되었다. 어머니는 시외버스터미널이나 해수욕장 근처에서 민박 손님을 호객해 오셨다. 차 없이 짐을 바리바리 싸 들고 오는 학생들이 주 대상이었다.

여름방학이어서 은하는 집에 있었다. 대학생들은 방학을 일찍 해서 민박하는 다른 집들은 이미 손님이 들어오고 있었다. 점심을 먹은 후 어머니가 해수욕장에 나가 남자 대학생 두 명을 데리고 집 안으로 들어왔다. 한 사람은 키가 크고 잘생겼고 다른 사람은 키가 작고 살이 좀 찐 체격이었다.

"봐라, 민박이라고 다 같은 민박이 아니다. 우리 집이 이 근방에서 제일 크고 좋다. 그리고 밥도 맛있으니까 편하게 있다 가라. 며칠이나 있을 건데?"

민박 손님들은 대부분 집을 보고 묵을지 말지를 정했다. 그러나 일단 우리 집 문턱을 넘고 나면 집이 마음에 들지 않아 돌아서는 손님은 없었다.

사랑방에 짐을 푼 남자들이 해수욕장에 가기 위해 작은 가방을 들고나왔다. 은하는 어머니가 쪄놓은 옥수수와 수박을 들고 평상에 놓았다.

"엄마가 이거 드시고 나가시래요."

키가 크고 잘생긴 남자가 은하를 보고 물었다.

"너 참 예쁘게 생겼다. 남자 친구 있어?"

갑자기 질문을 해대는 남자를 보고 은하는 수줍어서 얼른 방으로 들어갔다.

"아주머니 딸이에요? 몇 살이에요?"

"아직 어리니까 눈독 들이지 마라. 이제 중3이다."

"뭐 4살밖에 차이가 안 나는데요 뭘."

그러자 옆에 있던 뚱뚱한 남자가 거들었다.

"맞다. 4살이면 궁합도 필요 없다더라."

"쓸데없는 소리 하지 말고 다 먹었으면 얼른 해수욕장이나 가라. 해 떨어지면 추워서 수영 못한다."

"네, 다녀오겠습니다."

두 사람은 말 잘 듣는 아이처럼 집을 나갔다. 방에서 두 사람의 이야기를 듣고 있던 은하는 갑자기 가슴이 콩닥콩닥 뛰었다. 민박 손님들은 대부분 회사원이거나 대학생들이 많았는데 대부분 대학교 1학년인 은미 언니에게 눈독을 들였다. 언니가 워낙 예쁘게 생기기도 했고 나이가 엇비슷하니 어떻게든 언니 눈에 들어보려고 애를 썼다. 은하는 저녁에 언니를 보고 나면 저 오빠들도 단번에 생각이 바뀔 거라고 대수롭지 않게 여겼다.

아버지는 언니가 대학교 1학년, 은하가 중학교 3학년이 되자 걱정스럽게 말했다.

"이제 말만 한 처녀들이 둘이나 있으니 민박은 하지 말든가 아니면 여자 손님만 받지 그래. 만에 하나 술기운에 아이들에게 나쁜 일이라도 생기면 안 되니까, 그런 일이 생기지 않게 미리 방지하는 게 좋지 않겠어?"

"알았어요. 나도 사람 보는 눈이 있으니 문제가 될 만한 사람은 아예 들이지 않아요."

"그래도 사람의 속마음까지야 우리가 알 수 없으니 조심해서 나쁠 건 없겠지."

"네. 무슨 말인지 알겠어요. 주의할게요."

저녁에 식구들이 평상에서 저녁을 먹고 있는데 두 청년이 집 안으로 들어왔다. 아버지가 힐끗 뒤를 돌아보다가 남자 손님들이 들어오자 눈살을 찌푸리셨다. 어머니는 눈치가 보였는지 밥을 먹다가 서둘러 일어나셨다.

"배고프지? 조금만 기다리면 밥 줄 테니 먼저들 씻는 게 좋겠어. 이 뒤로 돌아가면 우물 있으니까 거기서 씻어. 밥은 방에 차려둘게."

"감사합니다."

두 청년은 씩씩하게 인사하고 세면도구를 챙겨 뒤란으로 갔다. 잘생긴 남자가 밥을 먹고 있는 은하를 보며 손을 들고 알은체했다. 만약 아버지가 그 장면을 보았다면 불호령이 떨어졌을 텐데 다행히 아버지는 뒤돌아 앉아계셨다. 은하는 밥을 먹다가 고개를 떨구었다.

아버지 말이 신경 쓰여서인지 어머니는 손수 밥상을 내가고 거두어오셨다. 그리고 언니와 은하를 불러 당부했다.

"너희들도 아까 아버지 말씀하시는 거 들었지? 앞으로 손님이 집에 있을 때는 일절 손님 근처에 가지 마라. 아버지 비위를 거슬렀다가는 앞으로 민박은 못 하게 된다. 엄마도 앞으로는 여자 손님만 받든지 할 거니까 이번에만 조심해

다오. 알았지?"

은하와 언니는 고개를 끄덕였다. 사실 언니는 손님이 누가 들어오던 관심이 없었다. 당시 언니는 아랫동네 소 장사 첫째 아들과 사귀고 있었기 때문이었다. 은하만 그 사실을 알았다. 두 사람이 데이트하는 광경을 목격했는데 언니가 비밀을 지켜달라고 신신당부하여 아무에게도 말하지 않고 있었다. 손님들이 언니를 보고 반해서 어떻게든 사귀어보려고 애를 써도 언니는 눈길 한번 주지 않았다.

은하는 방학이라 집에 있는 시간이 많아서인지 민박 손님들과 부딪치는 일이 많았다. 손님들이 해수욕장에 놀러 간 사이 은하는 미숙이와 미남이, 그리고 은선이와 함께 평상에 앉아서 숙제하고 있었다. 그때 두 남자가 집 안으로 들어왔다.

"어이 꼬맹이 아가씨, 이거 어머니께 가져다드릴래? 그리고 이건 너희들 먹어라."

은하가 어쩔 줄 모르고 서 있는 사이 미숙이가 평상에서 내려가 비닐봉지를 받아들었다. 어머니를 드리라고 내민 검정 봉투에는 삼겹살이 들어 있었다.

"야, 과자다. 잘 먹겠습니다."

미숙이는 좋아하면서 과자를 받아들고 평상으로 왔다. 아이들 모두 신나게 과자를 먹기 시작했다. 뒤란에서 씻고 방에 들어가 머리를 말린 후 두 남자가 평상으로 와서 앉았다.

"너는 은하 친구니?"

"네."

"그러면 너도 중3이겠구나."

"어떻게 아셨어요?"

"어제 어머니가 은하가 중3이라고 가르쳐주셨어."

은하는 혹시 손님들과 함께 앉아 있다가 아버지가 들어오시면 혼날까 봐 아이들에게 말했다.

"미숙아, 우리 너희 집에 가서 놀자."

"왜? 오빠들이랑 노니까 재미있는데, 오빠들은 몇 학년이세요?"

눈치 없는 미숙이는 일어설 생각이 전혀 없어 보였다.

"우리는 한국대학교 1학년이야."

"와, 좋은 학교 다니네요. 무슨 과에요?"

"나는 기계과, 이 친구는 화공과."

"오빠들 공부 잘했나 보다."

"너희들도 똘똘하게 생겼는데? 너희들은 앞으로 무슨 공부할 생각이니?"

"나는 우리 아버지가 무조건 가정학과를 가라고 하고, 은하는 국문과 지망생이에요."

"은하는 감수성이 있나 보구나. 너는 미숙이, 너는 은하, 그리고 우리 꼬맹이들은 이름이 뭐니?"

"나는 미남이에요."

"나는 은선이요."

"미남이는 이름처럼 잘생겼네."

미남이가 씩 웃었다.

"형은 이름이 뭐예요?"

"아직 우리 이름도 말 안 했구나. 나는 최수종, 여기 이 친구는 박정욱이야."

"오빠들은 여자친구 없어요?"

"여자친구가 있으면 같이 왔겠지, 이렇게 남자 둘이 여행을 오겠니?"

그 말에 우리는 모두 웃었다. 은하도 어느새 아버지가 집에 들어오시면 어쩌나 하는 걱정을 잊어버린 채 함께 이야기에 끼어들었다. 점심시간이 지나자 어머니가 밭일을 마치고 집으로 들어오셨다. 어머니는 우리가 함께 평상에 앉아 노는 것을 보고 눈에 불을 켜셨다.

"은하야, 너는 옆집에 이거 가져다드려라."

어머니는 수확한 작물들을 바구니에 담아주었다. 은하가 부엌으로 가자 어머니가 작은 소리로 말했다.

"너는 손님들과 어울리지 말라고 그렇게 말했는데 말 안 들을래?"

좀처럼 화를 내지 않는 어머니가 눈을 흘기며 빨리 옆집에 갔다가 방으로 들어가든지 미숙이네 집으로 가라고 했다. 은하는 고개를 끄덕이며 심부름하러 갔다.

두 손님은 3박 4일 일정으로 휴가를 왔는데 은하는 어머니에게 또 혼날 것을 염려해 오빠들과 마주치지 않기 위해 노력했다. 주로 미숙이네 집으로 가서 숙제하거나 아니면 친구들과 어울려 뒷산으로 놀러 가기도 했다.

하룻밤만 더 지나면 오빠들이 떠나는 날이 되었다. 은하는 안 그래도 더운 여름에 방문을 닫고 있는 것이 여간 불편하지 않아서 어서 빨리 오빠들이 떠나기를 바랐다. 그날도 미숙이네 집에서 늦게까지 놀다가 저녁나절이 되어서 집으로 돌아왔다. 평상에 두 오빠가 앉아서 아이스크림을 먹고 있었다.

"너희들 어딜 갔다가 이제 오니?"

은선이의 손을 잡고 집으로 들어서자 평상에서 반갑게 맞이하는 소리가 들렸다. 은하는 아버지나 어머니가 계시는지 주변을 살폈다. 어머니는 부엌에서 저녁 준비를 하시고 계셨고 아버지는 아직 들어오시지 않았다.

"자, 이거 먹어. 너희들 주려고 사 온 건데 다 녹았겠다."

수종 오빠가 불쑥 아이스크림을 내밀었다. 은하는 어머니의 눈치가 보여서 망설이고 있는데 은선이가 날름 아이스크림을 받아 왔다.

"언니 먹어."

은하는 아이스크림을 받아 곧바로 방으로 들어갔다.

"우리 내일 가는데 놀다 들어가지 그러니."

방으로 들어가는 은하를 향해 수종 오빠가 말하는 목소리가 크게 들렸다. 은하는 못 들은 체 그냥 방으로 들어갔다. 이상하게 오빠의 얼굴을 쳐다볼 수 없었다. 방으로 들어간 은하는 가슴을 쓸어내렸다. 빨리 내일이 되어서 오빠들이 갔으면 좋겠다는 생각이 들었다.

마지막 밤이라 그런지 오빠들은 늦은 시간까지 평상에서 들어가지 않고 두런두런 이야기를 나누었다.

"야, 여기 누워봐. 별이 엄청나게 많다."

은하도 여름밤이면 평상에 누워 밤하늘의 별을 바라보곤 했다. 바닷가처럼 쏟아져 내릴 듯이 많지는 않았으나 그래도 별이 제법 가득한 하늘을 볼 수 있었다. 은하도 평상에 누워 별을 바라보고 싶었다. 방문을 닫고 선풍기를 틀어놓으니 더운 바람이 나와서 더 더웠다. 여름밤이라 모기가 극성이기는 하지만 모기향을 피우고 모기장 안에 들어가 있으면 아늑하니 좋았다. 때로는 모기장 안에서 잠이 들어 새벽까지 평상에 있을 때도 있었다. 산이 가까워서인지 한여름에도 새벽녘에는 쌀쌀했다. 은하는 밖으로 나가 오빠들과 함께 이야기를 나누고 싶었지만, 금기사항을 어길 수 없었다. 은하는 책꽂이에서 책을 꺼내 읽었다.

다음 날 아침 늦잠을 자고 일어나 보니 두 손님은 이미 떠나고 없었다. 은하는 인사도 하지 못한 것이 못내 서운했다.

개학하고 미숙이와 함께 학교에 다니면서 이런저런 이야기를 나누었다. 미숙이가 말했다.

"야, 그때 그 오빠들 혹시 전화번호 같은 거 안 가르쳐줬니?"

은하는 고개를 저었다.

"우리 아버지가 앞으로 남자 손님들 받지 말라고 하셔서 손님들 근처에도 못 가. 갔다가는 불호령이 떨어질 테고 엄마도 곤란해지시거든."

"수종 오빠는 참 잘생기지 않았니?"

"인상은 좋은 편이지."

우리는 한창 이성에 민감할 때라 두 남자 이야기를 가끔 나누었다. 그러나 눈에서 멀어지면 마음에서도 멀어지는 법, 은하는 곧 두 손님을 잊고 지냈다.

다음 해 여름이 되었는데 수종 오빠가 또다시 우리 집에 찾아왔다. 이번에는 다른 친구 세 명이 함께였다. 어머니는 곤란해하셨다.

"이를 어째, 우리 집 양반이 이제 민박을 그만하라고 해서……. 내가 우리 집보다 더 좋은 집 소개해주면 안 될까?"

"아니, 어머니 그런 게 어디 있어요? 어머니가 작년에 이 근방에서 이 집이 제일 좋은 집이다, 그러셨잖아요. 그래서 일부러 친구들까지 데리고 찾아왔는데……. 그리고 어머니 음식이 맛있어서 다른 집 절대로 못 가요."

어머니도 어쩔 수 없이 민박을 받았다. 아버지는 못마땅해하는 눈치였다.

"작년에 왔던 손님인데 올해 또 찾아왔으니 내칠 수도 없고 어째요? 그래도 우리 집을 찾아온 손님을 내모는 건 경우가 아닌 거 같아요."

"허 참, 어쩔 수 없지 뭐."

그런데 한 해 만에 나타난 수종 오빠는 성격이 더 둥글둥글해져서 아버지와 저녁나절이면 술도 함께 마시는 사이가 되었다.

"어르신, 저희도 천막 교실 돕고 싶은데 서울에서 학교에 다니니 참 아쉽네요. 그런데 어떻게 그렇게 좋은 생각을 하셨어요?"

아버지는 민박 손님으로 찾아온 수종 오빠와 그 일행들을 좋게 생각하셨다.

"젊은 학생들이 예의도 바르고 괜찮네. 있는 동안 잘해줘."

그제야 어머니 얼굴에 미소가 돌았다. 그러나 은미 언니와 은하에게는 여전히 금족령이 내려졌다. 은하는 바깥의 동정을 살펴서 손님들이 나가면 밖으로 나가고 집으로 들어오는 기척이 있으면 방에서 나오지 않았다. 다만 사람들이 평상에서 식사하거나 술을 마실 때는 바깥에서 들려오는 소리에 바짝 귀를 기울였다. 손님들은 주로 오전에는 늦잠을 자고 점심을 먹은 뒤 해수욕장으로 향했다.

어느 날 왁자지껄한 소리와 함께 손님들이 모두 해수욕장으로 나가는 소리를 듣고 은하는 방에서 나왔다. 부엌에서 먹을 것을 찾아 쟁반에 담고 있는데 수종 오빠가 불쑥 부엌으로 들어오며 말했다.

"역시 내 생각이 맞았구나. 은하는 사람들이 다 나가야 얼굴을 볼 수 있네."

은하는 뭔가 잘못한 일을 하다 들킨 아이처럼 얼굴이 빨개져 물었다.

"해수욕장 가신 거 아니었어요?"

"친구들은 갔는데, 나는 속이 좀 좋지 않아서, 뒤따라간다고 했어. 혹시 매실 있니?"

"매실차 한잔 타드릴까요?"

"그래 주면 고맙고."

"나가 계세요. 가져다드릴게요."

은하는 엄마가 담가둔 매실청을 찾아 컵에 따른 후 물을 부어 매실차를 만들었다. 쟁반에 받쳐 들고 가는 손이 가늘게 떨렸다.

"너, 나를 일부러 피하는 거니? 나는 너 보러 일부러 또 찾아왔는데…….”

“어머니가 손님들하고 마주치지 말라고 말씀하셔서…….”

“왜 우리가 잡아먹기라도 할까 봐?”

은하는 잡아먹는다는 말이 웃겨서 피식 웃었다.

“은하는 웃으니까 더 예쁘구나.”

은하는 눈길을 둘 데 없어 잠시 혼란스러웠다. 속으로는 싫지 않았지만 뭔가 작업을 거는 멘트 같다는 생각이 들었다. 아무래도 계속 말을 받았다가는 오빠가 해수욕장에 가지 않을 것 같아 핑계를 만들었다.

“약속이 있어서 나가야 해요.”

은하는 고개를 끄덕여 인사하고 곧 방으로 들어왔다. 갈 데라고는 미숙이 집밖에 없었지만, 약속이 있어서 나간다고 했으니 얼른 나가야 했다. 미숙이네 집에 가자 미숙이가 반갑게 물었다.

“은하야 너희 집에 작년 그 오빠가 또 왔다면서?”

“어떻게 알았어?”

“은선이가 그러더라.”

은하는 고개를 끄덕였다.

“지금 집에 있어?”

“응, 그래서 내가 나온 거야.”

“야, 너희 집으로 가자.”

"안 돼. 우리 엄마한테 혼나. 절대로 어울리지 말라고 신신당부하셨어."

"아유 깍쟁이 같은 기집애. 나도 오빠들 보고 싶은데……."

"이번엔 수종 오빠하고 다른 오빠들 두 명이 더 왔어."

"다른 오빠들도 수종 오빠처럼 잘 생겼어?"

"몰라, 나도 아직 얼굴을 못 봤어. 그냥 방에서 소리만 들었어."

"이따가 저녁에 너 만나러 가는 척하고 슬쩍 봐야겠다."

역시 미숙이는 은하와 달리 적극적인 성격이었다. 저녁나절 집으로 돌아온 은하는 방에 들어와 곰곰이 생각에 잠겼다.

"너, 나를 일부러 피하는 거니? 나는 너 보러 일부러 또 찾아왔는데……."

정말 나를 보러 일부러 찾아온 걸까? 은하는 반문했다.

"설마, 아닐 거야."

은하는 소리를 내 중얼거렸다. 그러나 수종 오빠가 했던 그 말이 내내 귓가에서 떠나지 않았다.

은하가 고등학교 2학년이 되고 수종 오빠가 대학교 3학년이 되는 여름방학이 되자 수종 오빠가 또다시 우리 집에 찾아왔다.

"어서 와. 해마다 보니 반갑네."

어머니는 단골손님이 된 수종 오빠를 반갑게 맞아주셨다.

"올해도 어머니가 끓여주신 토종닭 먹으러 왔습니다. 그 닭이 몸보신이 제대로 되나 봐요. 작년 겨울에도 감기 한 번

안 앓았다니까요."

"에이 그럴 리가 있나?"

그럴 리 없다고 대답하는 어머니의 말투에는 웃음이 묻어났다.

"토종닭보다 여름 햇볕이 보약이지. 여름에 해수욕 제대로 하면 겨울에 감기 안 앓거든."

"정말이요?"

"그럼 정말이고 말고."

"올해도 토종닭 부탁드립니다. 벌써 군침이 도네요."

"그래, 알았어. 내가 아주 맛있게 끓여줄게. 어쩜 그렇게 남자가 말도 싹싹하게 잘하는지. 서울 사람이라 그런가?"

"이사장님께 인사해야 하는데 어디 가셨어요?"

"학교에 일 보러 가셨어. 저녁에 오시면 술 한잔하든지."

"네, 알겠습니다. 그런데 식구들은 아무도 안 계세요?"

수종 오빠의 그 말은 마치 "은하는 집에 없나요?"라는 소리로 들렸다. 은하는 왠지 반가운 마음에 밖으로 나가 인사하고 싶은 충동이 이는 것을 꾹 참았다.

"참 어머니, 저 2학기에 휴학해요."

"왜? 무슨 일 있어?"

"네. 저 9월에 군대 가요."

"벌써 그렇게 됐나? 하긴 우리 큰아들도 진즉 다녀왔고 둘째는 지금 복무 중이야. 내년에 제대하는데, 학생이 우리 둘째보다 한 살 어리지?"

"네. 보통 2학년 마치고 가는데 제가 늦은 편이에요."

"그러면 이제 보기 힘들겠네."

"보기 힘들다니요, 섭섭한 말씀을……. 휴가받으면 또 달려올 겁니다."

"여기가 뭐 그렇게 좋다고 해마다 오는데?"

"제가 고향이 서울이라 그런지 여기가 진짜 제 고향 같은 생각이 들어요. 어머니가 해주신 음식도 다 맛있고요."

"먼 길 오느라 피곤할 텐데 들어가서 좀 쉬어. 금방 저녁 해줄게."

어머니가 부엌으로 들어가시자 대화가 끝났다. 은하는 공부하려고 책을 펼쳤는데 내용이 눈에 들어오지 않았다. 책 속에 수종 오빠의 얼굴이 크게 그려졌다 사라지고는 했다. 수종 오빠는 평소대로 3박 4일 일정으로 놀러 왔고 3일째가 지나도록 마주치지 않았다. 오빠들이 모두 나간 뒤 은하는 방에서 나와 오빠들이 머무는 사랑방을 기웃거려보았다. 내일이 떠나는 날이니 오늘은 해수욕장에서 귀가가 늦을 것이다. 보통 떠나기 전날은 해수욕도 오래 하고 밤새 술을 마시며 시끄럽게 놀기도 했다. 방은 열린 채로 텅 비어있었다. 은하는 집을 나와 천천히 걸었다. 자신도 모르게 어느새 발걸음이 해수욕장을 향하고 있었다. 뒤에서 부르는 소리가 들렸다. 뒤돌아보니 미숙이가 열심히 뛰어오고 있었다.

"은하야, 어디 가?"

미숙이는 숨을 헐떡이며 물었다.

"딱히 갈 데 없어. 답답해서 산책이나 좀 하려구."

"왜 무슨 고민 있어?"

"고민은 무슨……."

"그러면 우리 오래간만에 해수욕장이나 한번 가 볼까? 수종 오빠 내일 간다면서?"

은하는 고개를 끄덕였다. 미숙이는 모르는 게 없었다.

"참, 이상한 사람이야. 벌써 몇 년째 너희 집 민박만 찾는 걸 보면."

"넌 참 이상할 것도 많다. 원래 우리 집은 단골이 많잖아. 수원에서 오시는 일가족은 벌써 10년째 단골이잖아."

"하긴 너희 집이 단골이 많기는 하지."

미숙이와 이야기를 하다 보니 어느새 바닷가에 도착했다. 8월 초라 바닷가는 발 디딜 틈이 없이 인산인해였다.

"와, 오늘이 피크로구나. 사람 정말 많다. 서울에서 김 서방 찾기라더니, 여기서 수종 오빠를 어떻게 찾냐?"

은하는 말없이 바닷가를 바라보았다. 미숙이 말대로 미리 약속하지 않고 우연에 기대어 오빠들을 찾는 것은 불가능해 보였다. 더군다나 망상해수욕장은 해변의 길이가 5km에 달해 '명사십리'라고 불리는 곳이었다. 오빠들이 어디쯤 자리를 잡고 파라솔에 앉아 바닷가를 오가는지 도저히 가늠할 수 없었다.

은하는 다시 한번 해수욕장을 둘러보았다. 망상해수욕장은 알맞게 자란 송림을 두른 해안선이 아름다운 곳이었다. 모래는 밀가루처럼 곱고 바다색은 쪽빛이었다. 늘 그렇듯 바다는 흰 모래사장과 쪽빛 바다, 해안으로 끊임없이 파도를 몰고 왔고 하늘에는 뭉게구름이 평화롭게 떠 있었다.

"그냥 돌아가자. 일단 너무 더워서 해수욕 안 해도 다 타겠다."

"그러게. 이럴 줄 알았으면 모자를 쓰거나 양산이라도 가져오는 건데. 아무래도 안 되겠다."

미숙이도 순순히 돌아섰다. 미숙이와 느티나무가 보이는 청수골 입구에 접어들었을 때 뒤에서 누군가가 은하를 불렀다. 은하는 뒤돌아보았다. 눈앞에 거짓말처럼 수종 오빠가 은하를 향해 달려오고 있었다.

"너희들 어디 갔다 오는 거니?"

"오빠 안녕하세요?"

"그래, 미숙이도 오랜만이다. 은하도 가는 날이나 돼야 겨우 얼굴 보는구나."

"은하가 원래 깍쟁이잖아요."

미숙이가 깍쟁이라는 말을 힘주어 말하며 웃었다.

"그런데 오빠 집에 가세요?"

"응. 선크림 바르는 걸 잊었는데 오늘은 안 발랐다가는 피부가 완전히 숯이 될 것 같아서, 와 오늘 날씨 정말 살인적이다."

8월 초에 접어든 날씨는 한낮 기온이 34도를 오르내렸다. 세 사람은 오솔길을 나란히 걸었다.

"여기 이름이 청수골이라고 했나? 푸를 청, 물 수인가?"

"아니요, 맑을 청, 물 수예요."

"맑은 물이 있는 동네라, 어울린다. 공기도 맑고……."

"우리는 태어나면서부터 여기서 살아서 좋은지 잘 모르겠어요."

"내가 어릴 때부터 수영을 좋아해서 가족들하고 전국 해수욕장을 다 다녀봤거든. 저기 남해부터 부산, 서해바다 두루두루 다녀봤는데 동해가 제일 좋은 것 같아."

"그래서 해마다 여기 오시는 거예요?"

"응. 동해는 바다도 좋고 사람들 인심도 좋아."

"은하가 좋은 건 아니구요?"

미숙이의 뜻밖에 말에 은하의 눈이 커졌고 수종 오빠는 크게 웃었다.

"은하도 좋지. 얼굴 보기가 힘들어서 그렇지. 은하는 요새도 책 많이 읽니? 요새는 어떤 책을 주로 읽니?"

"고전 책 많이 봐요. 톨스토이나 도스토옙스키 작품을 좋아해요."

"아유, 나는 작가 이름만 들어도 지루하고 어렵다."

그 말에 수종 오빠도 거들었다.

"미숙이 말에 동감. 나도 이과생이라 책은 별로 안 좋아하거든. 톨스토이 작품은 『부활』 하나 읽었어. 그것도 교양 리포트 쓰느라 겨우 읽었는데 어찌나 안 읽히던지……."

은하는 웃었다. 톨스토이나 도스토옙스키 작품이 술술 잘 읽히는 책은 아니었다. 그렇지만 은하는 두 작가의 작품을 좋아했다. 특히 『카라마조프의 형제들』은은 인생의 많은 부분을 함축하고 있는 것 같아서 흥미가 있었다.

"어, 은하가 웃는다. 너 지금 나 비웃는 거지?"

"아니에요. 내가 오빠를 왜 비웃겠어요."

"맞아요. 은하는 책 안 읽는다고 무시하거나 하지는 않아요. 나도 책 싫어하는데 우리는 이렇게 단짝이거든요."

미숙이가 은하의 팔짱을 끼면서 친한 척했다. 이런저런 이야기를 나누며 걷자 금방 집에 도착했다. 미숙이도 자연스럽게 은하네 집으로 함께 왔다. 오빠는 방으로 들어가 선크림을 바르더니 곧바로 다시 나갔다.

"은하야, 오빠 군대도 가는데 오늘 저녁에 이별 파티 해주지 않을래?"

"오빠 군대 가세요?"

"그렇게 됐다."

"군대 가시거든 편지 보내주세요. 위문 편지 쓸게요."

"정말이지? 미숙이 약속한 거다, 은하는 약속 안 해? 위문 편지 안 보내줄 거야?"

은하는 아무 말도 하지 못하고 땅바닥만 쳐다보며 발로 바닥을 문질렀다. 위문 편지쯤이야 얼마든지 쓸 수 있었다. 그리고 저녁에 이별 파티도 해주고 싶었다. 그러나 부모님 때문에 딱히 대답할 수가 없었다.

"은하는 손님 오면 방에서 못 나와요. 아버지가 무섭거든요."

"그건 나도 알지. 우리 은하 어서 커라. 암튼 저녁에 보자."

수종 오빠는 친구들이 기다린다며 뛰어나갔다.

그날 저녁 무렵 해수욕장에서 돌아온 일행들은 뒤란에서 씻으며 장난을 치느라 웃음소리가 요란하게 울려 퍼졌다. 은하는 귀를 기울여 그들이 나누는 대화를 듣고 싶었으나 방문을 닫아서인지 선명하게 들리지 않았다. 어머니는 부엌에서 닭을 삶고 계셨다.

"저녁 먹자. 와서 상 좀 가지고 가."

어머니의 목소리가 들려왔다. 이어 수종 오빠 목소리도

들렸다.

"어머니, 오늘 마지막 날인데 평상에서 먹으면 안 될까요?"

"그렇게 해, 평상에 차려줄게."

오빠들은 밖으로 나와 부엌에 차려놓은 상을 평상으로 옮겼다.

"이사장님은 늦으세요?"

"오늘 야간수업 마치고 회의하고 오신다니까 많이 늦으실 거야."

"그러면 어머니 가족들은 저녁 언제 드실 건데요?"

"학생들 먼저 먹고 나면 천천히 먹지 뭐."

"그러면 저희가 방으로 들어갈 걸 그랬나요?"

"아니, 우리 큰아들만 들어오면 우리도 곧 먹을 거야. 자, 식기 전에 빨리들 들어."

"역시 닭은 닭 다리가 최고지."

"아주머니 그런데 여기서 먹는 닭은 왜 이렇게 쫄깃해요? 서울 닭은 이런 맛이 안 나던데."

"토종닭이라 그렇지."

"저기 돌아다니는 색깔 있는 닭이요?"

마당에는 아직 닭장으로 들어가지 않은 토종닭 몇 마리가 돌아다니고 있었다.

"닭들이 보이는 데서 닭을 먹으려니까 왠지 미안한데요?"

"야, 인마 미안하면 그거 나 줘라. 내가 대신 먹어줄게."

일행은 까르르 웃었다. 잠시 후 큰오빠가 들어오는 소리가 들렸다.

"형님, 안녕하십니까? 오랜만에 뵙습니다."

"오랜만이네, 올해도 출석 도장 찍는 거야?"

"네. 형님과 마시던 소주 맛이 그리워서 또 왔습니다."

수종 오빠는 큰오빠와 술을 마신 적도 있었는지 허물없이 대화를 나눴다.

"형님, 이리 앉으십시오. 같이 식사하시지요."

"나 좀 씻고, 너무 더워서 땀으로 목욕했거든."

잠시 후 어머니의 목소리가 들렸다.

"석훈아, 너도 함께 먹을래?"

"네, 어머니 저도 여기서 같이 먹을게요."

"그러면 이 상 좀 방으로 들여놔 줄래? 우리도 밥 먹어야 해서."

어머니는 언니와 은하, 은선의 밥상을 함께 차려 안방으로 들여놓았다.

"너희들도 밥 먹어라."

어머니 소리에 모두 안방으로 몰려갔다.

"엄마 날이 너무 더운데 방문 좀 열고 먹자."

"안 된다. 그러다 아버지 들어오시면 경친다."

은하가 끼어들었다.

"아버지 오늘 늦으신다며? 아까 엄마가 그랬잖아요."

"가스나 귀도 밝다. 그래, 열어라. 뭐 석훈이도 있는데 별일 있겠나? 한두 해 보는 것도 아니고……."

언니가 방문을 열었다. 안방은 맨 안쪽에 있어서 방문을 여니 평상이 대각선으로 보였다. 언니는 방문을 등지고 앉았고 은하는 밖이 훤히 보이는 쪽에 앉았는데 하필이면 수종 오빠와 마주 보는 자리였다.

"자, 너희들도 닭 다리 하나씩 먹어라."

어머니가 큼지막한 닭 다리를 하나씩 뜯어 언니와 은하, 은선의 손에 하나씩 쥐여 주었다.

"날도 더운데 엄마 이거 삶느라 땀띠 났겠다. 좀 선선할 때 해 먹으면 좋은데."

"수종 학생이 이거 먹으러 여기 온다고 하니 안 해줄 수 있나?"

"참, 별나기도 하지. 민박을 뭐 먹으러 오나?"

"그래도 저 학생은 하는 짓이 밉지 않다. 아이도 반듯하고, 가정교육도 잘 받은 것 같더라."

"아버지도 좋아하는 걸 보면 그래 보이기는 해."

언니도 수긍했다. 은하는 닭고기를 뜯기가 민망했다. 밖이 훤히 내다보이는 데다 수종 오빠가 연신 은하를 바라보고 있었기 때문이었다. 영문을 모르는 어머니는 은하에게 말했다.

"은하야, 깨작거리지 말고 팍팍 좀 먹어라. 어째 은선이보다 더 못 먹는 거 같다. 은선이는 진작 닭 다리 다 먹고 저 퍽퍽한 닭가슴살도 다 먹었다."

"엄마, 나 죽 줘요."

은선이는 제 몫의 고기를 다 먹고 벌써 죽을 찾았다.

"우리 은선이 야무지게 먹네. 잘 먹고 더위 이겨내야지."

어머니는 우리가 먹는 것만 보아도 배가 부른지 만족스러운 표정으로 우리를 바라보셨다. 닭고기를 다 뜯어 먹고 죽까지 배불리 먹은 평상에서는 이어 술판이 벌어졌다. 수종 오빠를 포함한 일행 네 명과 오빠까지 다섯 명의 남자가 떠들어대니 그야말로 왁자지껄했다. 은하와 언니는 설거지를 돕고 각자 방으로 들어갔다.

"이 집 따님들은 한결같이 미인이시네요. 큰 따님도 미인이고 둘째 따님도 미인이고, 막내도 귀엽고."

"우리 어머니가 워낙 미인이시라……."

"그런데 큰 여동생은 남자 친구 있습니까? 없으면 저 좀 소개해 주십시오."

그중 한 청년이 언니를 소개해 달라고 큰오빠에게 사정했다.

"저는 동생이 더 예쁜 것 같습니다. 동생은 애인 있습니까?"

"헛물들 켜지 말게. 큰동생은 사귀는 사람이 있고 작은동생은 이제 고2야. 아직 한창 공부할 나이지."

"아쉽습니다. 그럼 대학 들어갈 때까지 기다렸다 만나야겠네요."

"야 인마, 은하는 내가 찜해뒀으니까 눈독 들이지 마."

수종 오빠의 목소리에 일행은 다시 까르르 웃음을 터트렸다. 은하는 아무것도 손에 잡히지 않아 일찌감치 자리를 깔고 누웠다. 방에 불까지 끄고 누워서 밖에서 나는 소리에 귀를 기울였다.

"야 인마, 은하는 내가 찜해뒀으니까 눈독 들이지마."

수종 오빠가 했던 말을 곱씹으며 은하는 얼굴이 발그레해졌다. 대놓고 말은 하지 않지만 수종 오빠의 관심이 느껴지는 것 같았다. 처음 민박을 하겠다고 찾아왔던 해부터 한두 마디씩 툭툭 던지는 말에서 은하는 수종 오빠가 자신에게 관심이 있다는 것을 느낄 수 있었다. 진짜 내가 더 커서 남자를 사귀어도 되는 순간이 온다면 수종 오빠와 사귀어도 되는 걸까? 그런 생각도 들었다.

수종 오빠와의 인연은 그 뒤로도 계속되었다. 결국 은하는 힘든 시기를 겪으며 서울에서 다시 만난 수종 오빠와 결혼까지 하게 되었다. 물론 중간에 소식이 끊어진 적도 있었지만 만날 사람은 어떤 경로를 통해서든 만나게 되어 있었다.

추억 속의 청수골

아버지는 우리 집 마당에 온갖 과일나무를 심어두셨다. 사과, 포도, 자두, 복숭아, 배, 참외, 수박 등 평소 우리가 즐겨 먹는 과일들은 사 먹어 본 기억이 없었다. 집에 들어가기 위해 작은 다리를 건너면 3개의 계단을 올라야 대문이 나왔다. 대문을 막 들어서면 오른쪽에 아름드리 자두나무가 있었는데 은하는 그 자두나무를 무척 좋아했다. 어머니는 그 자두나무가 수박자두 나무라고 말씀하셨는데 자두를 따서 꾹 깨물면 빨간 물이 뚝뚝 떨어졌다. 학교에서 돌아와 배가 고프면 얼른 자두 하나를 따서 베어 먹던 기억이 새록새록 했다. 그때 먹었던 자두 맛을 은하는 지금도 잊을 수가 없었다. 그런데 이상하게도 청수골을 떠나서는 그 자두 맛과 비슷한 맛의 자두를 먹어본 적이 없었다. 추억이 서린 맛이어서인지 아니면 땅과 물이 달라서인지 그 이유는 알 수 없었다. 은하가 깨금발로 서서 보면 자두나무 가지 위에 어떻게 올라왔는지 청개구리가 앉아 있기도 했다. 청개구리는 그냥 개구리보다 훨씬 귀여웠다. 은선이와 은하는 청개구리를 보며 좋아했던 기억이 났다.

은하네 집에 유난히 과일나무가 많은 것은 혹시라도 우리 형제들이 동네 과일을 욕심내어 서리라도 할 것을 염려한 아버지의 배려 때문이었다. 평소 아버지는 절대로 남의 물건에는 손대지 말라고 엄격히 말씀하셨다.

"우리 것이 아니면 절대 탐내선 안 된다."

초등학교 3학년 때로 기억된다. 어느 날 학교에서 돌아오던 길에 은하는 앞집 배나무에서 떨어진 배를 발견했다. 간밤에 비가 억수같이 퍼부어서 떨어진 배가 길가에 여기저기 굴러다녔다. 은하는 아무 생각 없이 제일 멀쩡한 배 두 개를 주워서 신주머니에 담았다. 하나는 은하가 먹고 또 하나는 내일 학교에 가서 짝꿍에게 주고 싶었다. 은하가 대문을 들어서는 데 아버지가 마당에서 햅쌀을 자루에 담고 계셨다.

"학교 다녀왔습니다."

은하는 아버지에게 공손하게 인사했다. 아버지도 반갑게

은하를 맞이했는데 아버지의 눈이 불룩한 은하의 신주머니에 꽂혀 있었다.

"그거는 뭐니?"

"이거요? 오다가 주웠어요."

은하는 아버지에게 배를 꺼내 보이며 주웠다고 말했다. 순간 아버지의 표정이 싸늘하게 변했다.

"너 가서 회초리 좀 가져오너라."

은하는 겁에 질려 회초리를 아버지에게 가져다드렸다. 맞기도 전에 겁이 나서 눈물부터 나왔다.

"아버지가 뭐라고 했니? 남의 것을 절대로 훔쳐서는 안 된다고 했지?"

"아버지 이건 훔친 거 아니에요. 오다가 길에서 주웠어요. 지금도 미숙이네 배나무에서 떨어진 배가 길에 엄청 많이 떨어져 있어요."

은하는 울면서 떨리는 목소리로 변명했다.

"방금 네 입으로도 이 배가 미숙이네 배라고 말하는구나. 이래도 이게 훔친 게 아니라고 생각하느냐?"

평소 은하는 아버지에게 맞아본 적이 없었고 유독 아버지의 귀여움을 독차지하던 딸이었는데 종아리를 맞은 것은 그날이 처음이었다. 휙 하는 소리와 함께 종아리에 닿는 싸리나무 회초리 소리는 종아리에 닿기도 전에 엄청나게 크게 들려왔다. 은하는 회초리가 종아리에 닿는 순간 너무 아파서 팔짝팔짝 뛰면서 소리 내 울었다. 아버지는 오빠들처럼 피멍이 들게 때리지는 않았지만, 아버지의 교육 효과는 매우 컸다. 그날 이후 살면서 은하는 남의 것을 탐낸 적이 한 번도 없었다. 친구들이 흔히 하는 오이나 참외 서리도 은하는 절대로 하지 않았다.

그 일이 있고 난 다음 해 봄날, 아버지는 배나무 묘목 다섯 그루를 더 사 오셨다. 집에도 이미 커다란 배나무가 몇 그루 있었는데 더 사 오셔서 마당 한쪽에 심으셨다.

“자, 이 배나무는 은하 거다. 배가 다 익으면 내다 팔아도 좋고 식구들 먹으라고 내놓아도 좋고 은하 마음대로 하려무나.”

아마 회초리로 때린 것이 미안해서였을 것이다. 배나무에는 몇 해 지나지 않아 엄청나게 달고 맛있는 큰 배가 주렁주렁 열렸다. 배를 수확할 때가 되면 오빠, 언니, 동생들이 은하 주변에 몰려 배를 배급받았다. 자신의 것을 선심 쓰듯 나누어주는 그 재미가 쏠쏠했다. 그러나 지금은 배나무가 있던 그 자리 역시 텅 비어있었다. 갑자기 아버지가 보고 싶었다.

마당 한가운데 놓인 평상은 우리 식구들의 무대였다. 일곱 식구가 평상에 둘러앉아 과일, 옥수수, 고구마를 먹었고 특히 여름에는 양념한 된장에 나물을 올려 밥을 비벼 먹거나 고기를 구워 상추를 싸서 밥을 먹는 날도 있었다. 풋고추 하나만 있어도 밥 한 그릇을 뚝딱 먹었던 추억, 그 시절이 그리웠다.

뒤뜰에는 우물이 있었는데 물맛이 좋았다. 아버지는 손수 '천연수'라는 이름을 지어 우물 옆에 새겨두셨는데 마을 사람들이 좋은 물이라고 줄을 서서 길어가기도 했다. 여름에 아버지는 외출하셨다가 우물물을 퍼서 등목하시곤 했는데 물이 매우 차서 등에 뿌릴 때마다 '아 차가워', '아 시원해'하시며 큰소리를 내셨다. 우물이 있던 자리는 어디쯤인지 알 수 없을 정도로 흔적도 보이지 않았다.

저물녘 우리 집 굴뚝에선 모락모락 연기가 피어올랐다. 저녁나절이면 어머니는 일곱 식구 저녁밥을 짓느라 분주하셨다. 우리는 어디에서든 놀다가 밥때가 되면 집으로 돌아가야 했다.

하루는 동네 아이들과 도랑에서 가재를 잡다가 발을 헛딛어 양말과 바지가 모두 젖어버렸다. 어머니에게 들키면 혼날 것 같아 몰래 방문을 열고 들어가다가 어머니에게 딱 걸렸다.

"너 숙제는 다 하고 노는 거니? 엄마가 학교 다녀오면 숙제부터 하고 놀라고 했어, 안 했어?"

어머니는 잔소리는 하셨어도 혼을 내지는 않으셨다.

"숙제는 벌써 다 했고, 일기는 저녁에 쓸 거야 엄마."

은하는 더 혼나기 전에 얼른 들어가 옷을 갈아입었다. 밖이 어둑어둑해지면 학교 일을 보거나 농사일을 마친 아버지가 집으로 들어오셨다. 고된 하루를 보내셨는지 아버지는 반주로 늘 막걸리를 찾으셨다. 평소 아버지 저녁 진짓상에는 어김없이 하얀 쌀밥에 생선구이나 조림이 올려졌는데 워낙 아버지가 무서워서 아무도 겸상을 하려고 하지 않았다. 아버지는 식사하실 때 가장 말을 잘 듣는 딸이었던 은하를 옆에 앉게 하셨다. 아버지상에는 소고기 장조림이나 달걀부침 등 맛있는 반찬이 많았지만, 우리 형제들은 누구도 아버지와 함께 앉아 밥을 먹으려고 하지 않았다. 아버지는 은하 숟가락에 장조림이나 생선 살 바른 것을 올려주셨고 덕분에 은하는 늘 맛있는 반찬을 먹고 자랐다.

어머니의 일은 저녁 늦게까지 이어졌다. 가끔 언니는 설거지를 돕기도 했지만, 은하는 어리다는 이유로 아무것도 시키지 않았다. 어머니는 부엌일을 모두 마친 다음에도 쉴 틈이 없었다. 다음 날 아침에 묵호 관사에 내다 팔 월동추를 다듬고 씻어서 한 단씩 볏짚으로 묶어서 가지런히 보자기에 싸서 두었다.

은하는 학교가 끝나면 어머니를 따라 관사에 가고 싶어서 조르고 졸라 치맛자락을 잡고 따라가고는 했다. 어머니는 다듬어놓은 월동추를 모두 대야에 담았다. 아직도 은하는 노란 월동추를 보면 어머니가 자연스럽게 떠올랐다. 똬리를 만들어 머리에 얹고 그 위에 보자기로 싸매 담은 월동추를 다시 대야에 담아 이고 어머니는 길을 나섰다. 한 손에는 보따리까지 들고서였다. 어린 은하의 눈에도 그 보따리는 꽤 무거워 보였다. 짐을 들고 가는 것도 벅찬데 어린 딸이 치맛자락까지 붙들고 종종걸음으로 따라가니 걸음걸이까지 더뎌져 아마도 더 힘들었을 것이다. 은하가 조금이라도 철이 들었더라면 집에서 잘 놀아주는 것이 어머니를 돕는 것이라는 것을 알았을 텐데 그때는 왜 그걸 깨닫지 못했는지 안타까울 뿐이다.

그래도 공무원 관사에서 물건을 파는 것은 시장에서 물건을 파는 것보다 훨씬 수월했다. 워낙 어머니의 물건이 좋아서 단골손님도 많았고 물건은 가져가기만 하면 금세 팔렸다. 그런 어머니가 힘들까 봐 아버지는 농사나 좀 거들고 아이들을 잘 건사하는 것도 벅찬데 행상은 하지 말라고 말리셨다. 그러나 생활력이 강한 어머니는 힘든 것도 마다하지 않으시고 그 일을 오래도록 더 하셨다.

어느 겨울날, 아버지가 벌겋게 달아오른 숯이 가득 담긴 화로를 어머니에게 던진 적이 있었다. 어머니가 큰아들 편만 들며 남편에게 말대꾸한다고 화가 나서 던진 것이다. 부모님 사이의 다툼이 커지자 은하는 한구석에 웅크려 앉아 있었고, 언니 오빠들도 놀라서 달려 나왔다. 분노에 찬 아버지의 얼굴은 화로의 타오르는 불씨에 걸맞은 강렬한 표정이었다. 싸움의 원인은 자세히 알 수 없었으나 위험한 순간이었다. 어머니는 거의 본능적으로 날아오는 화로를 피해 비켜섰다. 그러나 어머니의 얼굴은 두려움에 떨기보다 분노로 가득 차 있었다. 아무리 화가 나도 그렇지 만에 하나 화로나 혹은 불꽃이 어머니의 신체 어느 곳을 강타했더라면 엄청나게 큰 파장을 몰고 왔을 것이다.

위험천만한 현장을 목격한 은하는 웅크려 앉아 있다가 벌떡 일어나며 비명을 질렀다. 화로는 어머니를 비켜 장독대로 날아갔고 하필이면 간장 항아리가 쨍하는 굉음과 함께 깨져 간장이 줄줄 흘러내렸다. 홧김에 화로를 던진 아버지도 놀라서 어머니에게 달려가 다친 데가 없는지 살피셨다. 어머니는 아버지의 손을 뿌리치고는 집을 뛰쳐나가셨다. 어머니는 그날 집에 돌아오지 않으셨고 그다음날 아버지가 외할머니 집으로 찾아가 사과를 하고 어머니를 데리고 오셨다.

은하는 그때 분노에 휩싸인 아버지의 일그러진 얼굴이 미안함과 후회스런 표정으로 일그러지는 것을 지켜보았다. 그렇게 불같던 성격의 아버지가 어쩌자고 큰아들 하나를 제대로 교육하지 못해 집안을 이 모양 이 꼴로 만들었을까 그런 의문이 들었다.

어머니는 마음도 약하고 눈물도 많으셨다. 은하는 어머니가 부엌 아궁이 앞에서 치맛자락으로 흐르는 눈물을 훔치는 모습을 자주 목격했다. 아무리 땅부자라 해도 일곱 식구 먹거리며 아이들 학비를 대는 것은 절대 만만치 않아서 어머니가 한 푼이라도 더 벌기 위해 아버지와 다투면서까지 행상이나 민박을 고집한 그 속사정이 지금은 이해가 되었다.

그런 것도 모르고 은하는 갖고 싶은 것, 입고 싶은 것, 먹고 싶은 것이 있으면 사달라고 졸랐다. 어머니는 조르기만 하면 싫은 내색 하지 않고 대부분 다 사주셨다. 당신이 힘들게 일해서 번 돈을 스스로 옷 한 벌 해 입은 적 없고 한 푼도 허투루 쓰지 않으면서 우리들에게는 아끼지 않고 남김없이 쓰셨다.

어머니는 눈뜨면 아버지와 밭에 나가시고 저물녘에나 들어오셨다. 그렇게 힘들게 일하고 들어오셔도 우리를 보면 힘든 표정 하나 없이 환하게 웃어주셨다. 은하는 다른 형제들보다 특히 어머니를 더 따랐고 그런 은하를 어머니는 어디를 가든 늘 데리고 다녔다. 힘든 행상을 마치고 터덜터덜 돌아오는 길에 은하가 조금이라도 힘든 기색이 보이면 얼른 등을 돌려 업어주셨다.

조금 더 오래 사셨다면, 어머니에게 좋은 옷, 맛난 음식도 사드리고 기억에 남을 곳으로 여행도 다니며 추억을 쌓았을 텐데……. 어머니는 고생만 하시다가 좋은 날은 못 만나시고 세상을 떠나셨다. 그래서 은하는 어머니 생각을 하면 더 마음이 먹먹해졌다.

학교에서 돌아오면 어머니는 집에 계시지 않았다. 아마 농사일을 거들거나 장에 가서 물건을 팔거나 그도 아니면 잔칫집에 음식을 돕는 품앗이하러 가셨을 것이다. 은하는 책가방을 집어 던지고 앞집 미숙이네로 놀러 갔다. 은하가 집으로 돌아오면 혼자 남아 있던 막내 은선은 무조건 은하를 따라다녔다. 은선이가 따라오면 멀리 못가기 때문에 몰래 도망치기도 했는데 그럴 때면 은선이는 언니를 부르며 목청 높여 울었다. 그 울음소리가 은하의 발목을 잡았다. 은하는 대문을 나섰다가도 다시금 돌아와 은선의 손을 잡고 앞집으로 갔다.

미숙이 역시 어린 동생 미남이를 돌보고 있었다. 미남이가 너무 어려서 어른들이 계시지 않을 때는 주로 미숙이네 집에서 놀거나 집 근처에서 놀았다. 우리가 놀고 있으면 동네 친구들이 하나둘 나타나 여럿이 할 수 있는 놀이를 시작했다. 딱지치기, 제기차기, 고무줄놀이. 다방구, 술래잡기 등 놀이는 매번 바뀌었다. 좁은 골목은 우리들의 웃음소리와 함성으로 가득 찼다.

미숙이와 둘이 놀 때는 공기놀이를 주로 했다. 다섯 개의 크기가 비슷비슷한 둥근 돌을 주워서 노는 공기놀이는 간단했지만, 몰입성이 높았다. 공기놀이는 공기 다섯 개를 바닥에 던져 흩어 놓고, 그중 한 알을 집어 위로 던진 다음 바닥에 있는 한 알을 집어, 앞서 던진 한 알이 바닥에 떨어지기 전에 받는 놀이다. 그렇게 둥근 돌을 공중에 던져 처음에는 한 알씩 줍고 다음에는 두 알, 그다음에는 세 알과 한 알을 줍고 그 사람 다음에는 네 알을 한꺼번에 줍는다. 그리고 마지막에는 꺾기를 하는데 공기 다섯 알을 던져 손등으로 받고, 다시 위로 올려 공중에서 낚아챈다. 이때 낚아챈 다섯 알의 공깃돌을 다 잡으면 5점, 4개 잡으면 4점이었다. 공깃돌을 바닥에 떨어뜨리면 죽는데 한 번 잡으면 50점 이상은 식은 죽 먹기였다. 사실 공기놀이는 단순하지만 '공기 받으면 날 가문다'라는 속담이 있을 정도로 중독성이 있었다. 실제로 공기놀이를 많이 해서 손등이 휘거나 손톱에서 피가 나는 일도 있었다고 하나 우리는 그 정도로 공기놀이를 좋아하지는 않았다.

놀이를 하기 전에 목표 점수를 정하는데 보통 500점 또는 1,000점 내기를 했다. 은하는 선머슴아 같은 미숙이보다 여성스러운 공기놀이를 훨씬 잘했다. 아무래도 자꾸 지다 보면 미숙이는 공기놀이에 금방 싫증을 냈다. 미숙이는 남자 아이들과 어울려 딱지치기해도 이기고 말뚝박기를 해도 빠지지 않는 편이었다.

딱지치기는 은하가 잘하지 못하는 놀이였다. 딱딱한 종이로 딱지를 접어 서로의 딱지로 상대의 딱지를 쳐서 뒤집히면

이기는데 이 놀이는 괄괄한 성격의 미숙이가 훨씬 잘했다. 아무리 크고 딱딱한 딱지를 만들어가도 미숙이는 당하기 어려웠다. 놀이가 싫증이 나면 우리는 바닷가로 달려갔다.

"누나, 나도 같이 가."

"언니, 나도 데리고 가."

어린 미남이와 은선이는 종종걸음으로 뛰어오며 혹시 자기를 두고 갈까 봐 전전긍긍했다. 미숙이도 미남이를 데리고 다니는 것을 귀찮아했으나 그래도 동생을 울리면 부모님에게 혼나기에 가끔 뒤돌아보며 미남이를 챙겼다. 집에서 망상해수욕장을 가려면 꽤 긴 건널목을 건너야 했다. 그래서 위험하다고 어른들은 우리끼리 해수욕장까지 가는 것을 탐탁지 않게 생각하셨다.

푸른 하늘 아래 끝없이 펼쳐진 해변은 우리들의 웃음과 꿈이 가득한 놀이터였다. 태양의 뜨거운 열기로 뜨거워진 모래밭 위로 작은 파도가 끊임없이 몰려들었다. 갈매기는 머리 위로 날아다니고 울음소리는 귓가를 때렸다. 몹시 더운 여름날을 제외하고 우리는 물속으로 뛰어들지 않았다. 언젠가 은하는 수영하다가 자신도 모르게 아주 멀리까지 떠내려가 구조대원에게 구조된 기억이 있었다. 아버지는 은하를 구해준 구조대원에게 고맙다며 쌀을 한 가마니 가져다주셨다. 잠깐이었지만 어찌나 놀랬던지 그 뒤로 어른들과 함께 가지 않으면 수영은 하지 않았다. 보통은 파도를 피해 도망 다니는 놀이를 하거나 아니면 바닷가 모래밭 위에 두꺼비집을 지었다.

"두껍아 두껍아 헌 집 줄게 새집 다오."

우리는 합창했다. 보통 바닷가를 갈 때면 작은 양동이와 작은 모종삽을 들고 가 모래를 파면서 놀았다. 모래 속에서 조개를 캐기도 하고 바닷가 위로 떠내려온 미역을 줍기도 했다. 누가 더 독특하고 신비로운 조개를 줍는지 내기를 하기도 했다. 예쁜 조개껍데기를 모았다가 목걸이를 만들면 참 예뻤던 기억이 난다.

은하는 아이들과 노는 짬짬이 먼 바다를 하염없이 바라보았다. 바다는 은하에게 어서 커서 거대한 세상과 마주하라고 끊임없이 속삭이는 듯했다. 신비와 경이로움이 가득한 광활한 바다는 조수의 썰물과 흐름을 배우는 교실이 되기도 했다.

눈을 감으니 기억의 저편에서 은하를 친구들이 있는 곳으로 인도했다. 어느 여름날, 태양은 높고 하늘은 푸르렀다. 주변의 공기는 피어나는 들풀의 달콤한 향기로 가득 찼다. 그날도 친구들은 청수골 부근에서 놀고 있었다. 미숙이가 말했다.

"얘들아, 우리 오늘은 뒷산에 가지 않을래?"

"좋아. 가자."

우리는 뒷산을 향해 뛰기 시작했다. 뒤에서는 미남이와

은선이가 누나와 언니를 놓칠까 봐 거의 울 듯한 표정으로 따라왔다. 목적지에 다다르자 우리는 가지 하나씩을 주워들었다. 풀숲으로 들어가려면 가지를 쳐가며 걸어야 했다. 잘못하면 뱀이 나올 수도 있기에 깊이 들어가지는 않았다.

"야, 산딸기다."

산딸기를 발견한 우리는 모두 달려들어 순식간에 주변의 산딸기를 모두 따먹었다.

"달다. 안 시네."

은선이도 조그만 손으로 연신 산딸기를 따 먹었다.

"언니 맛있어."

"은선아 너무 많이 먹지 마, 배탈 나면 엄마한테 혼나."

놀다 보면 시간이 빨리 지나갔다. 밥때가 지나면 집에서 아이들을 찾기 시작하고 걱정을 하기에 우리는 해가 지기 전에 서둘러 집으로 돌아가야 했다. 집으로 돌아가는 길은 놀러 갈 때보다 훨씬 멀게 느껴졌다. 놀다 보니 배가 출출하기도 했고 숙제를 하지 않고 나온 날은 혼이 날까 걱정이 앞서기도 했다. 무엇보다 아버지가 돌아오시기 전에 얼른 씻고 책을 꺼내 읽어야 했기에 마음이 급했다.

급한 마음에 뛰다 보면 꼭 사고가 났다. 은선이가 산에서 내려오다가 바위틈에 발이 끼어 넘어졌다. 갑자기 뒤에서 은선이의 자지러지는 울음소리가 들렸다. 돌아보니 은선이가 넘어져서 울고 있었다. 은하는 놀라서 달려갔다.

"은선아, 일어나봐 걸을 수 있어?"

반바지를 입은 은선은 오른쪽 무릎은 깨져서 피가 나고 있었고 다리를 접질렸는지 잘 걷지도 못했다. 은하는 등을 돌려 은선이를 업었다. 10살짜리 소녀가 5살짜리 동생을 업었으니 아이가 아이를 업은 셈이었다. 조금 걷다 보니 다리가 후들거리고 땀이 삐질삐질 났다.

"안 되겠다. 은하야 너 여기서 앉아서 쉬고 있어. 내가 얼른 가서 너희 오빠 데리고 올게."

미숙이와 친구들이 집을 향해 뛰어갔다. 은선이를 내려놓고 바위에 걸터앉았다. 은선이는 긴장이 풀렸는지 옆에 앉은 채로 은하에게 기대서 졸고 있었다. 은하는 집으로 돌아가면 부모님에게 혼날 생각에 걱정이 앞섰다. 한참을 기다리고 있으니 땀이 식어 으슬으슬 한기가 느껴졌다. 은하도 졸음이 밀려왔다. 숲에 혼자 앉아 있으려니 무섭기도 했다. 그때 미숙이가 석현 오빠를 앞세워 오는 것이 보였다.

"오빠, 여기야 여기."

은하는 작은오빠를 향해 소리를 질렀다. 그 소리에 은선이 부스스 눈을 떴다.

"은선이 많이 다쳤어?"

석현 오빠는 은선이를 업고 성큼성큼 산에서 내려갔다.

"은하는 다친 데 없니?"

"없어."

"그런데 왜 그렇게 풀이 죽었어?"

"집에 가면 혼날까 봐."

"오빠가 부모님께 잘 말씀드릴게. 너 혼나지 않게."

은하는 그렇게 말해주는 작은오빠가 왠지 든든해 보였다. 집으로 들어가자 석현 오빠가 은선이를 내려놓았다. 어머니는 미숙이가 집에 왔을 때 두 딸이 산에 갔다가 막내가 다쳤다는 소식을 들어서 이미 알고 있었다. 작은오빠는 은선이를 물수건으로 꼼꼼히 닦는 어머니에게 말했다.

"엄마, 은하가 많이 놀란 것 같으니 야단치지 마세요."

"알았다. 동생이 다쳐서 은하도 많이 놀랐을 테니 혼내지 않으마."

그래도 속이 상했는지 어머니는 한 말씀 하셨다.

"그러게 멀리 가지 말고 근처에서 놀라는데 왜 그리 말을 안 듣는지 원."

은하는 서둘러 뒷마당 우물가로 가서 몸에 묻은 모래를 털어낸 후 물을 길어 손과 발을 씻고 얼른 부엌으로 들어갔다. 은선이는 깨진 무릎에 약을 바르고 잠들어 있었다.

"엄마 밥 언제 먹어요?"

"다 됐다. 아직 아버지도 안 들어오셨고, 출출하면 저기 감자 쪄놓은 거 있으니 먹으렴. 곧 밥 먹어야 하니까 너무 많이 먹지 말고."

작은오빠가 당부해서인지 어머니는 은하를 혼내지 않았다. 은하는 어머니가 건네주는 감자 바구니를 들고 마당에 놓인 평상으로 갔다. 감자 껍질을 벗겨 한입 베어 물으니 살 것 같았다.

"야, 맛있겠다. 나도 좀 먹자."

중학교에 다니는 언니가 마당으로 들어오면서 곧바로 평상으로 다가왔다.

"언니 손 씻고 와야지."

"괜찮아, 내가 먹을 건데 뭐."

언니는 배가 고픈지 감자를 세 개나 먹어 치웠다.

"언니, 엄마가 저녁 먹어야 하니까 너무 많이 먹지 말래."

"걱정하지 마, 언니는 감자 배와 밥 배가 따로 있어."

언니는 감자를 하나 더 까서 입에 욱여넣으며 방으로 들어갔다. 은하는 감자 하나를 더 먹을지 말지 고민했다. 하나 더 먹고 싶기는 한데 어머니 말대로 밥맛이 없을 듯했다. 은하는 미련 없이 방으로 들어갔다. 숙제를 금방 끝낸 후 은하는 책을 읽기 시작했다. 곧 아버지가 오실 시간이라 칭찬을 받으려면 책을 읽어야 했다. 읽고 있는 책은 『빨간 머리 앤』이었다. 상상력이 풍부하고 활기 넘치는 앤은 다소 소극적인 성격인 은하와는 매우 달랐다. 은하는 거침없는 성격의 앤이 부러웠다.

잠시 후 밖이 소란스러워졌다. 방문을 열고 밖을 내다보니 큰오빠와 아버지가 함께 마당을 들어서고 있었다. 은하는 책을 손에 든 채 뛰어나가 아버지께 공손하게 인사했다.

"아버지 다녀오셨어요?"

"오, 은하가 오늘도 책을 읽다 나왔구나. 기특하다."

아버지는 은하의 머리를 쓰다듬어주셨다. 은하는 어깨를 으쓱하면서 아버지를 따라 뒤란으로 갔다.

"아버지, 제가 등목해 드릴까요?"

"좋지."

아버지는 은하가 힘들까 봐 우물에서 물을 퍼 올려 옆에 있는 커다란 고무대야에 물을 하나 가득 받아주셨다. 은하는 손잡이가 있는 바가지로 아버지 등에 물을 부었다.

"아이고, 좋다. 아, 시원하다."

아버지는 양쪽 겨드랑이와 팔을 교대로 닦으며 시원하다고 좋아하셨다. 아버지가 다 씻을 동안 은하는 수건을 가져와 들고 서 있었다.

"역시 우리 은하가 최고네."

아버지는 수건으로 몸을 닦으며 흐뭇해하셨다. 날이 춥지 않으면 대부분 저녁은 평상에서 먹었다. 은하는 부엌에서 어머니가 담아주신 쟁반을 연신 날라 평상으로 가져왔다. 온 식구가 둘러앉아 저녁을 먹는 이 시간이 은하는 참 좋았다. 굴뚝에서 연기가 피어오르고 마당에 닭들이 꼬꼬 울며 돌아다니고 오빠, 언니, 동생과 함께 밥을 먹고 있으면 어린 나이지만 무언가 안정적이고 포근한 느낌이 들었다.

큰오빠 작은오빠의 나이가 많아지면서 아버지와 겸상을 했는데 그때도 아버지는 당신 옆에 꼭 은하를 불러 앉혔다.

"자, 우리 은하 아버지 등목을 도왔으니 많이 먹어라."

아버지는 은하 수저 위에 맛있는 반찬을 올려주셨다. 그런 은하를 언니와 동생은 신기해했다.

"언니는 아버지가 안 무서워?"

은선은 아버지를 무서워했다. 아직 어려서 책을 읽지 못하지만, 언니 오빠들이 아버지에게 혼나고 종아리 맞는 것을 자주 본 탓인지 유난히 아버지를 무서워했다.

"아버지가 뭐가 무서워. 나한테 잘해주시고 귀여워해 주시는데……."

"그래도 나는 엄마가 더 좋아."

"너도 조금 더 크면 아버지를 좋아하게 될 거야."

어느 날, 아버지가 서울에 일 보러 나가셨다가 24색이 들어있는 왕자 크레파스를 사주셨다. 은하는 너무 좋아서 다음 날 바로 학교에 들고 갔다. 은하는 자랑스럽게 책상 위에 크레파스를 올렸다.

“와! 이거 24색 아냐?”

짝이 큰 소리로 말하자 친구들이 삼삼오오 은하 주변으로 몰려들었다.

“은하야 이거 누가 사줬어?”

“우리 아버지가 서울 다녀오시면서 사다 주셨어.”

“와, 좋겠다. 나는 6색밖에 안 되는데.”

아이들이 부러워하자 은하는 어깨가 으쓱했다. 은하는 책상 옆에 있는 걸이에 크레파스를 자랑스럽게 걸어두었다. 미술은 4교시에 있었고 3교시는 체육 시간이었다. 체육복으로 갈아입은 후 운동장에서 체육을 하고 교실로 돌아왔는데 그사이에 왕자 크레파스가 사라지고 없었다. 공교롭게도 누가 가져갔는지 본 친구들도 아무도 없었다. 아직 한 번도 써보지 못한 크레파스라 은하는 눈물이 앞을 가려 소리 내 울었다. 담임선생님이 그 사실을 알고는 반 친구들 모두 책상 위로 올라가 무릎 꿇고 앉으라고 하셨다.

“모두 두 손 높이 들어.”

아이들은 투덜거리면서도 두 손을 번쩍 들었다. 얼마나 시간이 지났을까? 팔이 떨어져 나갈 듯 아파져 오기 시작했다.

“자, 지금이라도 가져간 사람이 손을 들고 은하에게 크레파스를 돌려준다면 없던 일로 하겠다. 만약 지금 손들지 않고 나중에 걸리면 그때는 정말 혼쭐이 날 테니 어서 손을 들어라. 친구들 모두 눈을 감고 있으니 비밀은 보장해 주겠다."

그러나 아무도 손을 들지 않았다. 시간이 지나면서 은하는 친구들에게 너무 미안했다. 크레파스를 가져간 친구 한 명을 뺀 나머지 친구들은 모두 피해자였다. 은하는 선생님께 크레파스를 찾지 않아도 좋으니 아이들 벌을 그만 서게 해달라고 사정하였다. 당시 우리가 썼던 크레파스는 많아야 12색이었다. 대부분은 10가지 색을 썼고 그마저도 사지 못하는 친구들은 6색을 가지고 다녔다. 그래서 24색은 은하 반에서도 처음 본 크레파스라 아침에 모두 은하 곁으로 친구들이 몰려들어 좋겠다며 감탄사를 날린 것이다. 그런데 결국 써보지도 못하고 고스란히 잃어버리고 평소에 쓰던 10색 크레파스를 썼던 기억이 났다. 24색 크레파스를 가지고 간 범인도 끝내 나타나지 않고 사건은 미결로 끝났다. 은하는 새로 사준 크레파스를 한 번도 써보지 못하고 잃어버린 것을 아버지가 알면 혼이 날까 봐 집에도 말하지 못하다가 시간이 흘러 잊어버렸다.

불행의 서막

석훈 오빠는 은하와 12살 차이가 났다. 은하와는 띠동갑으로 나이 차이가 커서 별로 친하게 지낸 기억은 없었다. 오빠는 늘 반에서 1등을 놓치지 않았고 공부를 잘해서 아버지에게 인정받는 든든한 아들이었다.

그래도 석훈 오빠를 떠올리면 한 장면이 떠올랐다. 어느 나른한 여름 오후, 은하는 동네 친구들과 평소처럼 강가에서 놀았다. 마을 뒤쪽에는 조그만 강이 흐르고 있었는데 아이들은 그 강가에서 물수제비 던지는 놀이를 했다. 다른 아이들은 물 위에서 돌멩이가 몇 번씩 통통 튀는데 은하가 던지는 돌은 매번 물속으로 풍덩 빠지고 말았다. 아이들의 기술이 부러웠으나 아무리 연습해도 되지 않았다. 심지어 어린 미남이가 던져도 돌이 두 번 이상 튀었다. 미숙이는 은하가 돌을 던질 때마다 깔깔거리며 웃었다.

"은하야, 너처럼 물수제비 못 던지는 애는 처음 본다. 너 집에 가서 오빠들한테 과외라도 받아라."

은하는 속이 상했다. 집으로 돌아온 은하는 작은오빠를 기다렸다. 오늘은 기필코 작은오빠에게 부탁해 물수제비 던지는 법을 배울 요량이었다. 그러나 아무리 기다려도 작은오빠는 오지 않았다. 은하는 집 밖으로 나와 서낭당을 지나 큰길까지 나갔다. 그때 멀리서 오는 사람이 있었는데 작은오빠가 아니라 큰오빠였다. 큰오빠는 당시 대학생이었다.

"은하 어디 가니?"

"작은오빠 마중하러 가."

"왜 작은오빠한테 볼일 있어?"

은하는 고개를 끄덕였다.

"뭔데? 큰오빠한테 말해봐."

은하가 머뭇거리자 큰오빠는 괜찮으니 어서 말해보라고 했다.

"저기 강가에서 물수제비 던지는데 나는 아무리 던져도 퐁당퐁당 빠지기만 해."

큰오빠는 시무룩하게 말하는 은하의 모습이 귀여운지 소

리를 내 크게 웃었다.

"물수제비 던지는 법은 큰오빠가 가르쳐줄게. 가자."

큰오빠는 은하의 손을 잡았다. 두툼한 큰오빠의 손은 처음 잡아보았다. 은하를 향해 부드러운 미소를 지어주는 큰오빠가 아버지처럼 푸근하게 느껴졌다. 강가에 도착하자 큰오빠는 가방을 내려놓고 돌멩이를 고르기 시작했다.

"은하야 동그란 돌멩이보다 이렇게 납작한 돌멩이가 훨씬 잘 던져져."

큰오빠는 적당한 돌멩이 몇 개를 주워 은하에게 보여주었다.

"자 이 돌들처럼 약간 타원형 모양의 평평하고 매끄러운 돌이 좋아. 이런 돌은 물 위에서 더 쉽게 미끄러지거든."

은하는 큰오빠가 주워온 돌을 잡았다.

"그다음에 중요한 건 돌을 올바르게 잡아야 해. 자, 이렇게 엄지와 집게손가락으로 평평한 면이 바깥쪽을 향하도록 돌을 잡아. 그래야 손목을 쉽게 튕길 수 있거든."

은하는 고개를 끄덕였다.

"그다음에 중요한 건 좋은 장소 선택이야. 강물 중에서도 비교적 잔잔한 물이 있는 지역을 찾아. 수면은 잔물결이 너무 많지 않고 상대적으로 매끄러워야 좋아. 그리고 물가에 가까이 서서 약간 기울어진 자세를 취해봐. 이렇게 하면 돌이 표면에서 더 효과적으로 튕겨 나오는 데 도움이 될 거야."

은하는 큰오빠가 시키는 대로 장소를 물색했다.

"자 준비됐으면 낮은 각도를 목표로 해야 해. 너는 건너뛰기 횟수가 많은 걸 원하니까 이렇게 돌을 물에 거의 평행하게 낮은 각도로 던져야 해. 그다음 손목을 빠르게 움직여 돌을 앞으로 던지는 거야."

설명을 마친 큰오빠는 돌멩이를 강을 향해 던졌다. 돌멩이는 날아가 통통통 물을 튕기며 한참을 날아갔다. 세어보니 5번이 넘었다.

"와, 잘한다."

은하는 손뼉을 치며 좋아했다.

"자, 이제 너도 던져봐."

큰오빠가 잡아준 자세대로 힘껏 던지자 돌멩이가 세 번을 튕기고 물속으로 사라졌다.

"와, 된다, 됐다."

은하는 좋아서 폴짝폴짝 뛰었다. 큰오빠는 흐뭇한 얼굴로 은하가 강가에 서서 돌을 던지는 모습을 지켜보았다. 그날 이후 은하는 큰오빠가 그리 무섭지 않았다. 큰오빠가 나갔다가 집에 들어오면 은하는 '큰오빠'라고 부르며 반갑게 맞이했다. 오빠도 자신을 반기는 은하가 좋은지 가끔 붕어빵이나 아이스크림을 내밀며 은선이와 함께 먹으라고 건네

주기도 했다. 은하에게 언니와 동생은 편한 상대였고 오빠라는 존재는 아버지만큼은 아니지만 뭔가 든든하고 기대고 싶은 느낌이 들었다.

은하가 중학교 2학년 때쯤 큰오빠가 결혼한다고 새언니를 데리고 왔다. 한동네 살던 엿 공장 큰딸 복자 언니였다. 큰 키에 눈이 시원스레 컸고 머리는 파마머리였다. 어머니는 별로 탐탁지 않은 표정이었다. 복자 언니는 몇 해 전 다른 남자와 결혼한다고 소문이 파다하게 났었는데 무슨 연유인지 결혼을 며칠 남기고 혼인이 취소되었다. 원인이 복자 언니 쪽인지 신랑 쪽인지 모르겠으나 한동안 동네 사람들 입방아에 오르내렸다.

은하는 어머니가 복자 언니를 왜 싫어하는지 구체적인 이유는 알 수 없었으나 복자 언니가 집에 인사하러 왔을 때 이미 임신 3개월이 지나 있었다는 사실을 나중에 알게 되었다.

"솔직히 복자 행실로 봐서 석훈이 아이라는 보장도 없지만, 결혼을 허락하지 않으면 죽어 버리겠다고 협박이니 어쩌겠어요, 복자 엄마도 동네에서 인정머리 없고 구설수가 많은 여자예요. 그저 돈을 얼마나 밝히는지 돈이 되는 일이라면 온갖 잡일도 마다하지 않아요. 민박 손님 받을 때도 남의 손님 채가는 건 예사고, 부창부수라고 남편도 돈을 무척 밝혀요. 아무튼 딸이고 엄마고 마음에 드는 구석이라고는 하나도 없지만 할 수 없지요. 첫 혼사고 맏며느리인데 복자도 욕심 많고 성질 사납다고 소문이 나서……. 다 사람 보는 눈 없는 석훈이 탓이 크지요."

전화를 걸면서 어머니는 속이 상하는지 한숨을 내쉬었다.

"아, 그 아가씨요? 저도 모르겠어요. 석훈이가 여태껏 사귀던 아가씨가 무슨 동태가 났는지 갑자기 석훈이와 헤어지자고 해서 마음을 못 잡고 방황했는데, 아무리 그래도 복자는 우리 집 며느릿감으로 어림도 없는데……. 사실 우리 집이야 인심 잃지 않아서 며느리로 보내려는 집안이 줄을 섰잖아요, 그저 조용히 있으면 어련히 알아서 좋은 색시 엮어주련만, 석훈이 여자 복이 여기까진가 봐요."

은하는 어머니가 할머니와 전화 통화하는 것을 들었다. 욕심도 많고, 성질도 사납다는 그 말이 자꾸 귀에 맴돌았다. 왠지 복자 언니가 우리 집으로 시집을 오면 막 우리 남매들을 구박할 것 같은 막연한 불안감이 들었다.

어머니와 달리 소문에 둔감했던 아버지는 복자 언니를 예뻐하셨다. 며느리 사랑은 시아버지라는 말을 증명이라도 하듯이 눈에 띄게 복자 언니를 챙겨주는 모습이 종종 눈에 띄었다. 그러나 그때까지만 해도 복자 언니의 등장이 우리 집에 거대한 먹구름을 몰고 오리라는 것을 아는 사람은 아무도 없었다.

작은오빠는 큰오빠와 7살이나 차이가 났다. 큰오빠가 결혼할 당시 작은오빠는 20살, 언니는 18살, 은하가 15살, 그리고 동생 은선이는 10살이었다. 우리는 아주 어린 나이는 아니었으나 복자 언니는 은하를 비롯해 작은오빠, 언니, 은선까지 어렵게 생각하지 않았다. 워낙 한동네에서 같이 자라서인지 시동생들에게 존댓말을 쓰지도 않았고 도련님, 아가씨라고 부르지도 않았으며 보란 듯이 이름을 불렀다.

"너는 시동생들 이름을 그렇게 함부로 부르면 쓰겠니? 엄연히 호칭이 있는데……."

"어머니, 죄송해요. 주의할게요."

어머니가 볼 때마다 야단을 쳐도 그때뿐이었다.

어느 가을날 저녁, 마당에서 온 가족이 둘러앉아 삼겹살을 구워 먹었다. 그날은 작은오빠 생일이기도 했고 큰오빠가 결혼한 지 얼마 되지 않아서 겸사겸사 축하 자리를 마련했다. 고기는 어머니와 작은오빠가 구웠다. 큰오빠 부부는 가만히 앉아서 구워놓은 고기를 먹기만 했다. 상추나 된장 등 필요한 것들은 언니가 연신 부엌을 오가며 날랐다. 며느리는 가만히 앉아 구워놓은 고기를 날름 주워 먹고 시누이는 쟁반을 들고 부엌을 왔다 갔다 하는 것이 어머니 눈에는 보통 거슬리는 게 아니었다. 마침 소금이 떨어지자 어머니가 복자 언니에게 소금을 가져오라고 시켰다. 순간 젓가락으로 고기를 후후 불어 입 안에 넣고 있던 복자 언니의 눈꼬리가 올라가더니 옆에 앉은 은하를 쿡쿡 찌르며 말했다.

"은하야 부엌에 가서 소금 좀 가져올래?"

은하는 별생각 없이 일어나 부엌으로 가서 소금을 가져왔다. 그때까지 고기 한 점 먹지 못하고 굽기만 하던 엄마가 갑자기 언성을 높였다.

"너는 왜 너한테 가져오라는 소금을 시누이한테 시키는 게냐? 너는 며느리고 은하는 네 시누인데……."

"어머니도 참, 누가 가져오면 어때요? 그게 뭐 힘든 일이라고."

어머니는 말을 잇지 못하셨다. 그리고는 앉아서 먹기만 하는 며느리가 얄미웠는지 집게를 넘겨주었다.

"자, 나도 좀 먹어보자. 이제부터 네가 좀 구워라."

어머니는 평상에 앉으며 앞치마를 벗어서 복자 언니에게 주었다. 상추쌈을 볼이 터지라고 입 안에 욱여넣던 복자 언니는 천천히 일어나 고기 굽는 곳으로 다가갔다. 그러나 순순히 엄마의 말을 들을 복자 언니가 아니었다.

"아, 갑자기 배가 뭉치나 봐요. 배가 너무 아파요. 석훈 씨 방에 좀 데려다줘요."

복자 언니는 갑자기 배를 움켜쥐며 호들갑을 떨었다. 고기를 안주 삼아 소주를 마시던 아버지가 한마디 거들었다.

"당신은 왜 임신한 며느리한테 힘든 일을 시키고 그래!"

억울한 것은 어머니였다. 여태 고기를 먹은 것은 복자 언니고 어머니는 이제 겨우 한 점 입에 넣고 있는데 여자들끼리의 알력이 있는 것을 알 리 없는 아버지는 복자 언니를 두둔하고 나선 것이다. 남자들은 둔감해서 상황을 파악하지 못했고 어머니와 언니, 은하만 뭔가 부당하다고 느끼고 있었다. 밥 먹고 나면 설거지도 해야 하는데 실컷 먹고 배가 뭉쳤다는 핑계로 방으로 가서 드러눕는 복자 언니의 행동은 같은 여자라도 얄미운 행동이었다. 이런 일은 반복해서 일어났다.

결국 설거지는 늘 어머니와 언니 몫이었다. 매번 이런 식이었다. 뭔가 힘든 일이 생기면 복자 언니는 아이 핑계를 대며 드러누웠다. 아이 다섯을 낳아도 자신의 할 일을 한 번도 미뤄본 적 없는 어머니와는 달라도 너무 달랐다.

복자 언니와 결혼하기 전 석훈 오빠는 사범대를 졸업했고 교사 자격증을 가지고 있었다. 그리고 결혼을 염두에 둔 미금 언니가 있었다. 미금 언니는 대학 시절부터 알고 지내던 학교 문학 동아리 후배였다. 집에도 몇 번 놀러 온 적이 있었는데 귀엽고 착한 언니였다. 당시 미금 언니는 삼척중학교 국어 교사로 발령을 받아 근무하고 있었고 석훈 오빠는 발령을 앞두고 있었다. 오빠만 취업이 되면 곧 결혼한다는 것을 우리 가족 모두 알고 있었다.

복자 언니는 상업고등학교를 졸업하고 운수 회사 경리로 취업했다가 경리과 과장과 눈이 맞아서 연애했다. 한두 해도 아니고 여러 해를 사귀었는데 막상 결혼을 앞두고 그 집에 가 보니 재산이 많다고 큰소리치던 것이 모두 허세라는 사실을 알게 되었다.

복자 언니 아버지는 자린고비였고 동네에서 인심이 사납기로 소문이 나 있었다. 주업이 엿 공장이라 농사는 자기네 먹을 식량만 지었는데 물꼬 때문에 동네 사람들과 싸움이 잦았다.

"길 가던 사람 다 붙잡고 물어봐, 꼴랑 반 마지기 농사지으면서 열 마지기 농사짓는 우리 물꼬를 이렇게 돌려놓는다는 게 말이 되는지."

"농사는 다 똑같은 거지, 반 마지기 농사하고 열 마지기 농사가 뭐가 다르다는 거야? 반 마지기면 물 필요 없어?"

"누가 필요 없대? 물길을 조금만 돌리면 될 것을 다 돌려서 남의 농사를 망쳐놓느냐고?"

복자 언니 아버지와 어머니가 동네 사람들과 멱살잡이하는 모습과 머리끄덩이를 잡고 싸우는 모습은 심심치 않게 볼 수 있는 풍경이었다. 사람들은 남 생각은 조금도 하지 않고 자기네 이익만 챙기는 복자 언니네 집을 별로 좋아하지 않았다. 게다가 복자 언니 아버지는 오직 아들만 위하는 사람이라 복자 언니는 어려서부터 천덕꾸러기였다.

"이놈의 가스나 고등학교는 무슨, 엿 공장이나 돕다가 돈 많은 놈 만나 시집이나 가면 되지. 고등학교도 안 보내려다가 하도 울고불고 난리를 쳐서 겨우 보냈는데."

복자 언니가 고등학교에 보내주지 않는다고 집안 돈을 훔쳐서 도망가다 아버지에게 잡혀서 질질 끌려오는 것을 본 적도 있었다.

"아무리 학교를 안 보내준다고 해도 간덩이도 크지, 그 어린 게 아버지 통장하고 꿍쳐놓은 돈을 몽땅 가지고 도망가다가 잡혔다지 뭐예요."

사람들은 그 아버지에 그 딸이라고 모두 혀를 내둘렀다. 그런 복자 언니를 가난한 집에 시집 보낼 부모가 아니었다. 복자 언니는 경리과장을 진심으로 사랑했는지 어떻게든 결혼하겠다고 고집을 부렸지만, 아버지가 두 사람을 갈라놓았다는 소문도 있었다.

경리과장이 원래부터 가족이 많은 것은 알고 있었으나 막상 결혼하려고 하니 늙은 아버지는 병들어 누워있었고 경리과장이 식솔들을 모두 책임지고 있었다.

"아직 결혼식을 한 것도 아니고, 혼인 신고를 한 것도 아니니까 그냥 접자. 솔직히 너를 고등학교까지 보냈으면 우리도 네 덕을 좀 보고 살아야 하는데 저 집은 우리가 보태줘야 할 형편 아니냐?”

복자 언니 역시 경리과에 근무하면서 큰돈을 만져서인지 씀씀이가 컸고 살아가는 데 돈이 필요하다는 사실을 일찍부터 터득하고 있었다. 결국 함이 들어오기로 한 날 결혼을 취소하고 말았다. 동네 사람들은 온갖 추측으로 수군거렸다. 심지어 경리과장이 이미 결혼한 유부남이어서 결혼을 깼다는 소문까지 돌았다. 그러나 결혼이 깨진 정확한 진위를 아는 사람은 복자 언니네 가족밖에 없었다.

어느 날, 오빠가 술에 취해 집으로 돌아오던 길에 역시 만취한 복자 언니를 만났다. 나중에 그날의 일은 복자 언니가 석훈 오빠를 유혹하려고 일부러 상황을 만들었다는 사실이 밝혀졌지만 일은 이미 돌이킬 수 없었다. 오빠가 술에 취해 집으로 돌아가는 길목에 복자 언니가 지키고 섰다가 자신도 술을 마셔서 취했는데 한 잔 더 하자고 오빠를 끌어당겨 다시 마을로 내려갔다. 아무튼 술이 술을 마시고 깨보니 두 사람은 동네 여관방에 나란히 누워있었다.

석훈 오빠가 아침에 갈증이 나서 일어나 보니 복자 언니와 누워있었는데 자신은 물론 복자 언니도 알몸이었다. 놀란 석훈 오빠는 복자 언니를 버려두고 그 길로 여관을 뛰쳐나왔다. 그런데 복자 언니는 술에 취한 와중에 어떻게 사진을 찍었는지 알몸으로 누워있는 두 사람의 사진을 들고 석훈 오빠가 사귀고 있는 미금 언니를 찾아갔다.

복자 언니가 보기에도 민망한 사진을 미금 언니에게 내밀자 충격을 받은 미금 언니는 손을 덜덜 떨었다. 솔직히 울고 싶은 것은 미금 언니인데 오히려 복자 언니가 눈물을 뚝뚝 흘리며 말했다.

"이 사진을 봐서 알겠지만 나는 이미 석훈 오빠한테 몸을 더럽혔어요. 어쩌면 배 속에 아이가 생겼을지도 몰라요. 이 달에는 생리도 멈췄고 아무래도 병원에 가봐야 할 거 같아요. 아무리 그쪽이 석훈 오빠랑 결혼할 사람이어도 내가 임신했다면 깨끗이 정리해야 할 거예요. 순순히 떠나지 않으면 학교에도 찾아가서 알리고 교육청에도 알려서 석훈 오빠가 평생 교사는커녕 얼굴을 들고 다닐 수 없도록 만들 거에요."

복자 언니의 말을 들은 미금 언니는 진위를 떠나 온몸을 사시나무 떨듯 벌벌 떨면서 찻집에서 뛰쳐나갔다. 석훈 오빠는 이유 없이 헤어지자는 미금 언니의 말에 영문을 몰라 당황했는데 미금 언니는 끝내 복자 언니가 찾아온 사실을 말하지 않고 마음이 변했으니 조용히 떠나겠다는 말을 남긴 채 석훈 오빠에게 이별을 통보했다. 차라리 그때 미금 언니가 사실을 말했더라면 전후 사정을 짐작한 석훈 오빠가 어떻게든 상황을 바로 잡았을 텐데, 이미 마음을 다친 미금 언니는 미련 없이 석훈 오빠를 떠났다. 사실 고상한 미금 언니는 무식한 복자 언니와 싸움의 상대가 되지 못했다.

갑자기 헤어지자고 선언하고 찾아가도 만나주지 않는 미금 언니를 못 잊어 괴로운 나날을 보내는 동안 복자 언니는 오빠를 곁에서 위로하며 오빠의 마음을 사로잡았다. 결국 오빠는 될 대로 되라는 심정으로 복자 언니의 손에 이끌려 수시로 여관방을 찾았다. 두 사람은 이미 만취한 날 함께 잔 일이 있었기에 스스럼없이 서로의 육체를 탐했다. 사실 미금 언니는 청순 그 자체였고 복자언니는 육감적이고 적극적이었다.

"오빠, 여기 한번 만져봐요."

복자 언니는 자신의 가슴에 석훈 오빠의 손을 가져다 댔다. 후배와는 겨우 몇 번의 키스를 했을 뿐인데 복자 언니는 사창가 여자 뺨칠 정도로 적극적이었다. 석훈 오빠는 섹스할 때마다 몸서리치게 좋았다. 복자 언니는 어떤 방법으로든 석훈 오빠를 자극해 욕정을 불러일으켰다. 석훈 오빠는 이내 복자 언니에게 백기를 들고 말았다. 솔직히 다른 여자들처럼 내숭 떨지 않고 만족감을 주기 위해 최선을 다하는 복자 언니가 섹스 파트너로 좋기도 했다.

어느 날 은하는 석훈 오빠가 누구와 전화 통화하는 것을 우연히 듣게 되었다. 생리가 시작된 지 얼마 되지 않을 때라 은하는 누가 볼세라 부끄러웠다. 은하는 뒤란 우물에서 물을 길어 붉게 물든 팬티를 빨고 있었는데 우물 뒤쪽에 숨어 있었다. 소리가 나지 않게 조물조물 비누질하고 있는데 갑자기 석훈 오빠의 목소리가 들려왔다. 당시 은하네 집 전화는 마루와 안방, 그리고 석훈 오빠 방에 놓여있었다. 여름이라 더웠는지 갑자기 전화 통화를 하던 석훈 오빠가 창문을 벌컥 열어젖혔다. 은하는 우물 뒤쪽에 앉아 있었기에 석훈 오빠는 은하를 보지 못했고 창문을 열고 다시 앉아서 통화를 하기 시작했다.

"나도 이제는 모르겠다. 만나기는 미금이를 오래 만났지만, 복자가 편한 건 사실이야. 걔는 자존심도 없고 창피한 것도 몰라. 솔직히 잠자리는 끝내줘. 얼마나 적극적인지 헤어지면 금방 다시 만나고 싶어진다니까. 어디서 어떻게 배웠는지 의심스러울 정도로 잘해. 집에서는 반대가 심하지만, 솔직히 나는 괜찮아."

은하는 소리 나지 않게 팬티를 헹군 후 깨금발로 뒤란에서 돌아 나왔다. 석훈 오빠의 말을 다 이해할 수는 없었지만, 아무튼 큰오빠는 복자 언니를 싫어하지 않는다는 생각이 들었다.

한창 여자에 빠질 27살의 석훈 오빠는 그렇게 복자 언니의 육체를 탐하며 헤어나올 수 없는 늪으로 빠져들었다. 하루가 멀다고 같이 잠을 자는데 임신은 당연한 순서였다.

임신을 기다리고 기다리던 복자 언니는 때를 놓치지 않고 연신 입덧해가며 온갖 감언이설로 석훈 오빠와의 결혼을 서둘렀다. 대학까지 나온 아들이 여상을 졸업한 여자, 더군다나 이상한 소문으로 결혼까지 깬 여자를 며느리로 맞아들이는 일은 쉽지 않았다. 어머니는 이런저런 이유를 들어 복자는 안된다고 말렸지만 작정하고 덤벼든 복자 언니를 이길 수 없었다.

"멀쩡한 남의 처녀를 임신시켜놓고 결혼이 안 된다니, 이게 말이야 방구야? 석훈이 이놈 썩 나와라, 내가 다리 몽둥이를 분질러 버릴 테다."

복자 언니 아버지와 어머니가 집으로 찾아와 한바탕 난리가 벌어졌다. 복자 언니 아버지는 동네 사람들 들으라는 듯 대문까지 활짝 열어놓고 연신 임신했다는 말을 크게 떠들었고 복자 언니 어머니는 마당에 주저앉아 이제 우리 집안은 끝났다고 대성통곡을 했다.

결국 임신한 사실을 아버지가 알게 되었고 우리 집안 씨를 가진 여자를 마다한다는 것은 도리상 있을 수 없는 일이라는 단호함에 어머니도 더는 우길 수 없었다. 결혼식은 빠르게 진행되었고 복자 언니는 경리 일을 그만둔 뒤 집으로 들어앉았다.

임신했다는 이유로 살림도 겨우 거드는 척할 뿐, 손끝 하나 까닥하지 않아 어머니의 속은 매일 문드러졌다. 복자 언니는 자신의 결혼을 끝까지 반대한 어머니에게 복수라도 하듯 어머니 속을 뒤집어 놓았다.

복자 언니가 어려워하는 유일한 사람은 아버지였다. 그래서인지 아버지가 외출했다 돌아오시면 옷도 받아서 걸어드리고 밥상도 손수 안방으로 들고 가 진지를 다 드실 때까지 곁에서 수발을 들었다. 아버지는 복자 언니를 보고 웃고 하셨으나 어머니는 마음을 열지 않으셨다.

석훈 오빠의 중학교 교사 발령을 반대한 것도 복자언니였다.

"아버님, 아범이 다른 중학교에 가서 일하는 것보다 아버님이 운영하시는 학교를 돕는 게 낫지 않을까요? 아버님 연세도 있으신데 이제 뒤에서 큰일이나 좀 봐주시고 좋아하시는 서책도 읽으시고 글도 쓰시면서 사시는 게 좋으실 듯해요."

말은 그럴싸했다. 아버지는 며칠을 곰곰이 생각하시다가 석훈 오빠를 불렀다.

"네가 다른 학교에 가서 아이들을 훈육하는 것도 좋겠지만 내가 가방끈이 짧다보니 사실 한계를 느낀다. 솔직히 혼자서는 힘에 부치는 것이 사실이다. 네가 와서 함께 한다면 좋을 것 같은데 네 생각은 어떠냐?"

"저야 그냥 중학교 발령받아서 아이들 가르치는 게 편하겠지만 아버님 말씀대로 학교 규모가 점점 커지니 힘을 보태는 것도 나쁘지 않다고 생각합니다. 아버님이 원하시면 그렇게 따르겠습니다."

복자 언니는 옆에서 거들었다.

"아버님 저도 아이 낳으면 경리과에 들어가 일을 도울게요, 제가 그쪽으로는 선수잖아요."

"그래, 석훈이를 학교로 부를 생각은 해본 적이 없었는데 며느리 덕분에 내가 큰 힘을 얻었다. 여러모로 학교 걱정을 그렇게 해주니 고맙구나."

복자 언니가 학교로 들어오려는 진짜 내막을 알리없는 아버지는 허허 웃으시며 좋아하셨다.

천막 학교로 시작했던 학교는 교육열이 높아지면서 산업 중고등학교 인가를 받았고 정부의 지원금이 보태지면서 규모가 기하급수적으로 커지고 있었다. 결국 석훈 오빠가 산업 중·고등학교로 투입되었다. 석훈 오빠는 아이들도 가르치면서 학교 일에 깊숙이 개입하게 되었다.

석훈 오빠가 아버지를 돕기 시작하면서 입김이 점점 세지자 아버지와 다투는 일이 많아졌다. 석훈 오빠는 아버지를 닮아 성격이 불같았다. 두 사람의 성격이 똑같이 강해서 한쪽이 부러져야만 싸움이 끝났다. 아버지는 학교를 잘 맡아달라고 했을 뿐인데 석훈 오빠는 자꾸 학교 규모를 키워나가면서 아버지의 논과 밭을 팔아치우기 시작했다. 큰아들에게 학교를 맡기면서 뒤에서 지켜보기로 하기는 했으나 아버지는 결국 화병이 나고 말았다.

석훈 오빠는 처음에는 월급도 제대로 받지 않고 헌신적으로 일했으나 복자 언니가 아이를 낳고 난 이후 경리과로 들어가면서 뭔가 수상한 일을 벌이기 시작했다. 머리가 영리하고 회전이 빨랐던 복자 언니는 어느새 돈에 욕심을 부리기 시작하더니 이사장 며느리라는 후광으로 재정을 틀어쥐고 딴 주머니를 차기 시작했다.

사실 학교는 규모를 더 늘리지 않고 큰 욕심만 부리지 않는다면 순조롭게 운영되었을 것이다. 그러나 복자 언니는 오빠를 꼬드겨 학교를 더 크게 키우자고 했고 새로운 곳에 부지를 사들이기 위해 아버지가 가지고 있던 땅을 야금야금 팔아 공사를 시작했다. 공사는 하는 척만 했을 뿐, 흐지부지 진척되지 않았다. 결국 아버지가 돌아가실 때까지 공사는 벽돌 한 장 올리지 못한 채 땅만 고르고 있었다. 공사대금과 인부들 인건비까지 손을 댄 복자 언니는 알게 모르게 엄청난 재산을 뒤로 빼돌리고 있었다.

꼬리가 길면 밟히기 마련이었다. 어느 날 교장이 두 명의 선생과 함께 아버지를 찾아왔다. 네 사람은 묵호항 근처 횟집에서 술잔을 기울였다.

“저, 이런 말씀 드리기 뭐합니다만, 이제 더는 보고만 있을 수 없어서요…….”

뭔가 중요한 이야기를 꺼내려는 듯 교장은 한숨부터 쉬

었다.

"아드님과 며느님의 입김이 너무 셉니다. 이런 식으로 나가면 저희도 이곳에서 일할 수 없습니다."

"그게 무슨 말씀입니까? 우리 아이들의 입김이 세지면 교장 선생님 권한으로 내보내면 되지 않습니까?"

"그렇게 간단한 문제가 아닙니다. 사실 재정을 아드님과 며느리 두 사람이 다 틀어쥐고 있어서 학교가 잘 돌아가지 않습니다. 은근히 갑질도 심해서 선생님들도 붙어있으려고 하지 않고요……. 이사장님만 모르고 있는 것 같아서 드리는 말씀입니다."

"그런 일이 있으면 진즉 나한테 알렸어야지요."

"실제 학교를 세운 주인인 이사장님 아들과 며느리가 학교를 쥐락펴락하는데 누가 나서서 말릴 수 있겠습니까?"

그러자 다른 선생님이 불만을 토로했다.

"사실 저희 월급도 석 달이나 밀렸습니다. 매번 공사대금이 급하다고, 이번에 저당 잡힌 땅으로 융자가 나오면 준다는 말에 참고 기다렸는데 월급을 줄 기미가 보이지 않습니다."

아버지는 이 기막힌 소식을 듣고 너무 놀라셨다.

"이거 미안합니다. 내가 너무 못나서 학교가 곪아 터지는 걸 몰랐습니다. 내 이놈들을 당장, 오늘 집에 가서 진위를 따져 묻고 월급은 내일 지급할 테니 조금만 기다리세요."

아버지는 너무 어이가 없어 그 길로 집으로 돌아와 큰오빠를 찾았다.

"너 도대체 학교 일에 어디까지 관여를 하고 있는 게냐? 선생님들 월급은 왜 석 달 치나 밀려있지?"

석훈 오빠는 당황하여 말을 더듬었다.

"예? 월급이 지급되지 않다니요? 저는 다 사인해서 넘겼는데요……."

석훈 오빠는 억울한 표정으로 대답했다.

"여보, 당신 나와봐, 선생님들 월급이 지급되지 않았다는 게 무슨 말이야?"

이때 방 안에 있던 복자 언니가 밖으로 나와 호들갑을 떨었다.

"아버님, 제가 다 설명해 드릴게요. 돈이 없어서 주지 않은 게 아니라 급한 공사대금이 밀려서 먼저 처리하느라고 그랬어요. 땅을 잡히고 융자를 받는데도 은행에서 매일 미루어서 어쩔 수 없었어요. 내일 다 해결할 테니 노여움을 푸세요."

"당신, 나한테 그런 말 일언반구도 없었잖아? 왜 그렇게 중요한 일을 당신 혼자서 처리하는 거지?"

"아니, 나는 금방 해결될 줄 알았지요, 이렇게 차일피일 늦어질 줄 정말 몰랐어요."

"너희들 여기 앉아봐라."

아버지는 평상에 앉고 큰오빠 부부는 무릎을 꿇고 앉아 조아렸다.

"내가 너희들을 학교로 부른 것은 내가 부족한 부분을 채워달라는 의미였지 학교를 키우는 게 아니었다. 솔직히 학교는 더 키워서 무엇하겠느냐? 내실이 중요하지."

그때 복자 언니가 불쑥 끼어들었다.

"그런데 아버님, 아버님이 학교를 시에 기증한다는 말이 돌던데요, 그게 사실인가요? 선생님들이 쑥덕거리는 말을 들었거든요."

복자 언니의 말에 이번에는 큰오빠의 눈이 휘둥그레졌다.

"학교를 기증하다니요? 왜요? 아니 지금까지 저희가 가진 재산을 거의 처분해서 겨우 학교 하나 남았는데, 인제 와서 학교를 버린다고요? 막말로 아버님이 당장 돌아가시는 것도 아니고, 저도 있는데 왜 그렇게 성급한 결정을 내리시는 겁니까?"

"나는 처음부터 학교를 지으면서 내 것이라고 생각한 적이 단 한 순간도 없었다. 사실 학교가 누구 것인지가 뭐가 중요하냐? 중요한 건 배움이 필요한 사람들에게 길을 열어주면 그것으로 족한 거지."

"아버지 전 그렇게 못합니다. 막말로 지금까지 투자한 걸

거두어들이려면 허리띠를 바짝 조여야지요. 우리가 땅 파서 장사하는 게 아니잖아요?"

아버지의 손이 파르르 떨렸다.

"이 자식아 지금 그걸 말이라고 하는 게냐? 땅을 파서 장사를 하다니? 그렇다면 이 아비가 장사꾼이라도 된다는 말이냐?"

"아버지, 지금까지 뿌렸으니까 이제 수확을 해야지요."

"너 그런 사고방식으로 일하려면 내일 당장 학교에서 나가라. 너 같은 생각을 하는 놈에게 학교를 맡긴 내가 등신이지."

"인제 와서 그렇게 말씀하시면 안 됩니다. 그래도 저니까 지금까지 거지 같은 학교를 이만큼 키워놓은 거라구요. 나가시려면 아버지가 나가세요, 저는 못 나갑니다."

"이 자식이?"

아버지는 너무 화가 나서 석훈 오빠의 뺨을 때렸다.

"아버님, 이러지 마세요. 여보, 빨리 아버님께 잘못했다고 말씀드려요. 아버님 이제부터 아버님이 시키는 대로 다 할 테니 이번 한 번만 용서해주세요. 아범이 다 학교 잘되라고 그런 거지 저희 좋자고 그러겠어요?"

놀란 식구들은 방문을 열고 아버지와 석훈 오빠가 싸우는 것을 지켜보고 있었다. 어머니가 성난 아버지를 안방으로 모시고 들어갔다.

"아비도 하느라고 하는데 당신이 그 수고를 알아주지는 못할망정 학교를 떠나라니요. 막말로 아범이 학교를 맡겠다고 들어온 것도 아니고 당신이 필요해서 데리고 와놓고 인제 와서 그러는 게 말이 돼요?"

영문을 모르는 어머니는 불같은 성격의 아버지 잘못이라고 생각하는 눈치였다.

다음날 어디서 돈을 구했는지 그동안 밀린 월급이 한꺼번에 지급되었다. 워낙 꿍쳐놓은 돈이 많았으니 그 정도야 그리 어려운 일이 아니었을 것이다. 후일 알게 된 사실이지만 그때만이라도 오빠 부부를 학교에서 내쫓았다면 우리가 거덜이 날 일은 없었을 것이다.

그 일 이후로 복자 언니는 더욱 신중하게 학교 자금을 빼냈다. 가짜 영수증을 만들거나 자금을 개인 계좌로 돌리거나 재무 기록을 조작하여 학교는 빈껍데기만 남게 되었다. 빠져나간 돈들은 모두 복자 언니의 친정아버지와 어머니, 그리고 오빠, 동생들 명의로 들어갔다.

복자 언니는 돈을 횡령하면서 호화로운 생활을 시작했다. 상당한 고가의 보석을 사거나 친정 명의로 몰래 부동산에 투자했다. 이후 학교는 예산이 부족하여 제대로 돌아가지 않았고 학생 수도 줄어들었다. 아버지를 찾아와 경고했던 교장과 선생들도 대부분 학교를 떠났다. 결국 학교는 문을 닫아야 할 지경에 이르렀다. 그리고 뒤늦게 이 모든 비리를 눈치챈 아버지는 다시 석훈 오빠와 다투다가 혈압이 터져 쓰러지고 말았다.

아버지가 위독하다는 연락을 받은 뒤 은하는 하숙집으로 달려가 짐을 꾸렸다. 여름방학이 며칠 남지 않아 학교는 사실 종강이어서 안 그래도 곧 집으로 가 방학이 끝날 때까지 있을 예정이었다.

놀란 식구들은 아버지가 입원한 병원으로 달려갔다. 그러나 아버지는 쓰러진 뒤 의식을 회복하지 못하고 결국 유언 한 마디 남기지 못한 채 돌아가셨다. 평소 질병도 없이 건강하셨는데 마음의 충격이 꽤 컸던 탓이었다.

오일장을 지내면서 은하는 아침저녁으로 상청 위에 식사를 올렸다. 평소 예뻐하던 딸이었으니 은하가 올리는 게 좋다는 친척들의 말에 따라 매 끼니를 은하가 올렸다. 식사를 올릴 때마다 무섭고 두렵고 슬펐다. 상청 뒤에 죽은 아버지가 누워 계신 모습이 눈에 선했다. 아버지가 금방이라도 관 뚜껑을 열고 일어나 밖으로 걸어 나오실 것만 같았다. 은하는 하염없이 상청 앞에 앉아 있었다. 마지막 가시는 길을 뵙지 못하여 그것이 속상하고 안타까웠다.

은하는 오일장이 끝나고 상여가 나가는 날, 목이 터지라고 아버지를 외치면서 상여 뒤를 따라가며 울부짖었다. 울어도 울어도 어디서 그렇게 많은 눈물이 나오는지 의문이 들 정도였다. 그러나 죽음으로 다시는 보고 싶은 사람과 마주할 수 없었다. 목소리도 들을 수 없고 오직 기억으로만 남게 되었다. 생각보다 삶과 죽음의 경계는 놀랍도록 확연한 것이었다.

"만약 내가 죽으면 내 손때가 묻은 우리 밭에 나를 묻어다오."

평소 아버지가 하셨던 말씀대로 무덤은 밭이 끝나고 산이 시작되는 경계에 마련했다. 그때는 너무도 생생해서 아버지를 잊을 수 없을 것 같았는데 세월이 흐르면서 아버지에 대한 기억은 점점 흐려졌다. 그렇게 죽은 사람은 죽은 사람의 세계에서, 산 사람은 또 죽은 사람을 꾸역꾸역 잊어가며 살아내고 있었다.

큰올케의 계교

얼떨결에 장례를 치른 후 온 가족이 둘러앉았다.

"너희들도 알겠지만, 그동안 아버지가 무리하게 학교를 짓는다고 땅은 다 팔아서 하나도 없고 남은 것은 지금 사는 천 평짜리 이 집이 전부다. 그런데 학교 공사대금과 밀린 인부들 인건비를 주려면 이 집을 팔고도 남는 게 하나도 없다. 아버지가 돌아가셨으니 내일 당장이라도 인부들이 임금을 달라고 아우성칠 텐데, 만약 인부들이 고소하면 지금 남은 이 집마저 뺏기고 거리로 나앉게 생겼다. 그러니 남아 있는 이 집이라도 지키려면 빨리 이 집을 팔아야 하는데 너희들 생각은 어떠니?"

어머니는 아버지가 갑자기 돌아가신 충격으로 식음을 전폐하셨고 공부를 못해 대학에 진학하지 못한 작은 오빠는 시시비비를 가릴 식견이 없었다. 언니는 결혼 후 아이를 키우느라 살림에 바빴고 은하는 당시 대학교 3학년이었다. 그리고 학교에 대해서는 아무것도 아는 바가 없었다. 은선은 고등학교 2학년이었으니 말할 것도 없었다.

"자 이렇게 우왕좌왕하다가는 있는 집마저 다 빼앗길 것 같으니까 얼른 이 집이라도 팔아서 건지는 게 좋겠어요. 이 집 팔아서 고소하겠다고 나설 인부들 달래서 돌려보내고 우리는 마을에 조그만 집 한 채 사서 이사합시다."

복자 언니는 우리 앞에 위임장을 내놓고 사인을 하라고 했다.

"여기에 사인만 하면 도장도 우리가 알아서 파서 다 해결할 테니까 얼른 작성들 하세요."

영문을 모른 채 우리 형제들은 눈만 멀뚱멀뚱 뜨고 있다가 위임장을 작성했다. 돌아가는 내막을 모르니 설마 큰오빠가 우리 형제들의 등을 칠 생각이었다는 것은 꿈에도 상상하지 못했다. 위임장을 작성한 후 얼마 지나지 않아 집이 팔렸고 우리는 방 두 칸짜리 작은 집을 얻어 이사했다. 큰오빠는 방 구할 돈이 남아 있지 않아 당분간 장인 집에 얹혀 살겠다고 했다. 큰오빠, 작은오빠, 언니가 모두 결혼한 뒤라 어머니와 은하, 그리고 고등학교 2학년인 은선이 함께 살게 되었다.

큰오빠가 혼자 남은 어머니를 모시지 않고 나가서 따로 산다는 것이 마음에 걸렸으나 어머니가 손사래를 치셨다.

"나는 큰며느리하고 같이 못산다. 내가 혼자 밥을 해 먹다 쓰러지는 한이 있더라도 맘 편히 살란다. 은선이도 챙겨야 하고……."

어머니는 기어이 석훈 오빠와 함께 살지 않겠다고 하셨다. 그간 복자 언니와 살면서 마음고생이 심했던 탓이었다.

은하는 어머니와 은선이 둘만 서낭당 근처 방 두 칸짜리 작은 집에 남기고 서울로 돌아가려니 발걸음이 떨어지지 않았다. 그래도 어머니 혼자가 아니라 은선이라도 곁에 있으니 다행이라면 다행이었다. 아버지가 돌아가신 후 어머니는 건강이 부쩍 나빠져서 안 그래도 50킬로밖에 나가지 않던 몸무게가 45킬로로 줄어들었다. 차라리 휴학해야 하나 고민을 하기도 했으나 이제 3학기 남았으니 얼른 졸업해서 취업하는 것이 오히려 집안에 보탬이 되겠다는 생각이 들었다.

은하가 서울로 와서 학교에 다니는 동안 좋지 않은 소식이 연달아 들려왔다. 안 그래도 몸이 불편한 어머니를 혼자 두고 은선이 큰오빠 집에서 자고 오는 날이 많다고 했다. 돈 한 푼 없어 친정으로 들어간다던 복자 언니가 어디서 돈이 생겼는지 집도 큰 집으로 이사하고 묵호항에 건어물 상회를 차렸다는 것이었다. 그런데 아이들을 돌봐달라고 은선을 시도 때도 없이 불러갔다. 은선은 큰오빠네 집으로 가서 8살, 5살인 남자 조카들을 돌보아 주었다.

은하는 한심했던 그 당시를 떠올리자 치가 떨렸다. 뒤늦게 재산을 모두 빼돌린 사건의 내막을 알게 된 작은오빠는 술을 잔뜩 먹고 흥분한 상태로 식칼을 들고 큰오빠 집으로 찾아갔다가 오히려 유치장에 갇히는 신세가 되었고 어머니는 쓰러지셨다.

"서방님, 뭔가 착각하고 계신 것 같은데 이 서류를 좀 보세요."

복자 언니가 내민 서류에는 지금 사는 집도, 건어물 가게도 모두 복자 언니 친정아버지 이름으로 되어 있었다.

"우리가 아버님 재산을 착복했다면 벼락을 맞아도 싸요. 이 집은 우리 친정아버지가 엿 공장을 팔아서 마련한 거고, 건어물 가게는 친정집을 처분해서 차린 거예요. 오빠가 마땅한 직업도 없이 거리로 내몰렸는데 산 입에 거미줄을 칠 수는 없잖아요? 우리 아버지가 우리한테 가게를 맡기고 안 나오시는 거지 이게 우리 가게가 아니라고요, 아시겠어요?"

흥분한 작은오빠가 큰오빠를 죽이겠다고 칼을 들고 찾아가자 큰오빠는 놀라서 도망쳤다. 작은오빠는 도망가는 형을 향해 손에 잡히는 대로 작은 그릇을 하나 던졌는데 그만 베란다 유리창이 와장창 깨지고 말았다. 큰오빠는 유리창이 깨지자 생명의 위협을 느꼈는지 날이 새도록 나타나지 않았고 작은오빠는 복자 언니의 신고로 경찰서 유치장에 간히는 신세가 되었다.

작은오빠가 칼을 들고 설친 것은 폭행죄였다. 물론 큰오빠가 빠르게 도망쳐서 다치지는 않았다. 사실 칼을 들고 가기는 했으나 작은오빠는 그렇게 모질고 과격한 사람이 아니었다. 그러나 술에 취해있었다는 사실과 그릇을 던져 유리창을 깬 것은 문제가 되었다.

시동생이 술을 먹고 찾아와 칼을 들고 형을 죽이겠다고 신고를 했으니 경찰이 여러 명 출동했다. 경찰은 처벌을 원하느냐고 물었고 복자 언니는 생명의 위협을 느꼈으니 당연히 처벌해야 한다고 흥분해서 대답했다.

경찰이 종이 한 장을 내밀며 불러주는 대로 적으라고 해서 그날 있었던 일을 요약해서 적었는데 그것이 바로 진술서였다. 나중에 알고 보니 진술서를 쓰게 되면 무조건 사건 접수가 되어 정식 신고가 되었다. 이럴 때 당사자인 큰오빠가 나타나 동생의 처벌을 원치 않는다고 해도 사건이 검찰로 넘어가기에 조사를 받아야 했다. 사건이 넘어간 이상 벌금은 물론이요 형을 살 수도 있었고 전과기록도 남게 되었다.

"서방님, 합의는 없어요. 그렇게 아무 데서나 칼을 휘두르다가는 서방님도 제 명에 못 살아요. 빵에 들어가서 반성 좀 하세요."

둘째 새언니가 복자 언니를 찾아가 합의를 해달라고 애걸복걸했으나 끝내 합의해 주지 않았다. 어떻게든 작은오빠가 실형을 살게 되는 것을 면하게 하려고 둘째 새언니는 백방으로 알아보았다.

"이런 경우 피해자가 처벌을 원하지 않으면 처벌을 하지 않는 죄는 반의사불벌죄에 해당하는 죄만 해당합니다. 반의사불벌죄는 몇 가지 있는데 단순폭행, 또는 단순협박죄 등이 포함됩니다. 단순폭행죄는 사람에 대한 불법적인 유형력의 행사를 말합니다. 즉 사람을 때리거나 멱살을 잡거나 밀고 당기거나 넘어뜨리거나 하는 간단한 유형력을 단순폭행이라고 합니다. 그러나 피고는 술을 먹은 채 칼을 들고 찾아와 형을 죽이겠다고 말했고 도망치는 형을 향해 그릇을 던져 베란다 유리가 깨졌습니다. 이 상황은 단순폭행의 범위를 벗어난 것으로 보입니다."

사건은 전적으로 작은오빠에게 불리했다.

"칼을 들었다는 것은 흉기를 들었기 때문에 특수폭행 여부를 검토해 봐야 하고 유리창을 깬 것은 재물손괴 여부도 검토해야 할 사항입니다. 아무튼 이 사건은 고소 없이도 경찰관이 인지 수사할 수 있으며 반의사불벌죄가 아닌 이상 처벌불원 의사표시와 관련 없이 처벌할 수 있습니다. 처분이나 판결 결과에 따라 다르겠지만 벌금형도 가능하고 벌금형을 받으면 범죄경력 자료에 기록돼 영구보존됩니다. 만약 이미 입건됐다면 처벌 의사가 없다고 해도 조사를 받아야 하며 조서 받는 과정에서 경찰관이 처벌을 원하냐고 물을 때 동생이고 술 취한 상태에서의 범행이고 본인이 후회하고 있으므로 처벌을 원치 않는다고 진술하면 정상 참작될 수 있습니다. 그런데 이 사건은 처벌을 원치 않는다고 해도 반의사불벌죄가 아니어서 처벌되며 형량에 영향을 줄 가능성도 있고, 가정보호사건으로 송치될 수도 있습니다."

둘째 새언니가 변호사 사무실을 찾아가 얻은 답변이었다.

"언니, 작은오빠는 어떻게 됐어요?"

은하는 전화를 걸어 걱정스럽게 물었다.

"아가씨, 합의가 이루어지지 않으면 실형을 살게 된다는데 죽어도 합의는 없다네요. 사실 합의를 해준다 해도 합의금도 없지만, 형제끼리 이래도 되는가 싶어요. 잘못은 자기네가 먼저 저질러 놓고 사과는커녕……"

작은 새언니는 너무 억울하다며 눈물을 흘렸다.

"나도 이렇게 억울하고 분한데 오빠는 어떻겠어요? 아주버님이 우리 인감을 막도장으로 파서 재산 다 채가는 동안 우리는 그저 멍청하게 사인하고 기다렸잖아요. 사람의 탈을 쓰고 어떻게 이럴 수 있는지……."

전화선을 타고 언니가 눈물을 주체하지 못하고 흐느끼는 소리가 들렸다.

"언니 울지 마세요. 지금 급한 건 큰오빠와 합의를 하는 거잖아요. 저라도 도움이 된다면 동해로 내려갈까요?"

"소용없어요. 그것들은 사람의 탈을 썼지 이미 사람이 아니에요. 내가 가서 무릎까지 꿇고 싹싹 빌었는데도 눈 하나 깜짝 안 해요. 칼 들고 왔으니 특수협박이 아니라 살인미수라고 악에 받쳐서 떠들어대요. 아주버니는 형님 치마폭 뒤에 숨어서 내다보지도 않고요. 까짓거 실형 살고 나오지요 뭐. 어차피 감옥에 갈 거였다면 차라리 한 대 치기라도 할 걸, 그랬다면 덜 억울했을 거예요."

작은 새언니와 통화를 하면서도 이게 우리 집안에서 일어나는 일이 맞는지 은하는 마치 꿈을 꾸는 듯했다. 결국 변호사를 살 돈도 없던 작은오빠는 실형을 선고받았다. 합의되었으면 끝났을 일이고 변호사만 샀어도 벌금이나 집행유예 정도로 끝났을 일인데 무전유죄였다.

은하는 이 모든 돌아가는 사정을 뻔히 알면서도 가만히 있는 큰오빠를 도저히 이해할 수 없었다. 사람의 욕심이라는 것이 그렇게 끔찍하게 사람을 변하게 만들 수도 있다는 사실에 은하와 식구들은 혀를 내둘렀다.

만약 그때 우리 중 한 명이라도 똑똑하고 현명하게 굴어서 칼을 들고 큰오빠를 찾아갈 것이 아니라 변호사와 상의해 상속권 침해와 상속회복 청구 소송을 벌였다면 우리는 재산 대부분을 찾아서 똑같이 분배받았을 것이다.

은하는 후일 다른 일로 변호사와 상의를 하면서 그때의 억울한 일을 어떻게 회복할 수 없느냐고 물어본 적이 있었다.

"상속권을 침해당해 상속재산을 받지 못한 상속인은 상속권을 침해한 자를 상대로 상속회복 청구를 하여 상속권을 회복하고, 상속재산을 되찾을 수 있습니다. 그러나 상속회복 청구권은 자신의 상속권이 침해당했다는 사실을 안 날로부터 3년 이내, 상속권 침해 행위가 있은 날로부터 10년 이내에 상속회복청구권을 행사해야 합니다. 이 기간이 지나면 상속회복청구권은 소멸합니다."

"그러면 지금은 소송이 불가능한가요?"

"이미 10년이 지난 일이라 불가능합니다. 가장 치명적인 사실은 인감도장을 함부로 넘겨주는 과정에서 발생하는 경우가 많아요. 일부 상속인들이 임의로 작성한 상속재산분할 협의서에 멋모르고 넘겨준 도장을 찍으면서 그대로 상속재산을 빼앗기게 되는 것이죠. 그래서 공동상속인들 간의 상속재산분할 협의 과정에서 함부로 인감도장을 넘겨주면 절대 안 됩니다."

"저희가 너무 어리고 무지해서 아무것도 몰랐어요. 그냥 빚 때문에 집이 넘어간다고 하니까 다들 사인한 건데 막도장까지 파서 이렇게 악용할 줄은 몰랐어요."

작은오빠도 그때 칼을 들고 쫓아갈 것이 아니라 과부 달러 빚을 얻어서라도 변호사를 샀어야 했다며 땅을 치고 후회했다.

"이 개새끼, 사람의 탈을 쓰고 어떻게 그렇게 몰상식한 행동을 할 수 있을까? 아무리 여자한테 빠져도 그렇지, 우리는 그렇다 쳐도 저를 낳아준 어머니한테까지 사기를 치다니. 이 나쁜 놈, 씹어 먹어도 시원치 않을 놈."

작은오빠는 그때 큰오빠에게 당한 이후 동해를 떠나 서울로 이사 갔다.

"착한 끝은 없어도 악한 끝은 있다고 했다. 내가 저 두 연놈들 얼마나 잘 사는지 두 눈 시퍼렇게 뜨고 두고 볼 거다. 모르긴 해도 저렇게 악독하게 구는데 잘 살 리가 없겠지. 내가 저 새끼 즉사하게 해달라고 정화수 떠 놓고 빌 거다."

그렇게 동해를 떠난 작은오빠는 그 후로 동해에 일절 발걸음하지 않았다. 그나마 둘째 새언니는 착해서 어머니를 진심으로 챙겼는데 어머니는 의지할 곳과 마음 둘 곳이 없어진 셈이었다. 사건이 벌어진 이후 어머니는 작은아들이 걱정되어 큰며느리에게 전화를 걸었다.

"설마 석현이가 석훈이를 진짜 죽이려고 찾아갔겠냐? 술김에 화가 나서 그런 건데 좀 봐주지 그랬니……."

어머니의 말이 미처 끝나기 전에 복자 언니가 속사포처럼 어머니에게 퍼부어댔다.

"이게 다 어머니가 자식 교육 잘못시켜서 벌어진 일이잖아요. 어머니가 뒤에서 얼마나 우리를 욕했으면 서방님이 칼을 들고 아범 죽이겠다고 찾아왔겠어요? 경찰에서는 살인미수라는 말까지 하는데, 그나마 우리가 가만히 있어서 특수폭행으로 끝난 거예요. 뭘 알고 이야기하세요."

어머니는 애먼 소리를 하는 복자 언니에게 괜히 전화를 걸었다고 후회했다. 상식이 통하지 않는 며느리였다. 그래서 그렇게 우리 집안에 들이고 싶지 않았었는데, 결국 미꾸라지 한 마리가 온 집안을 흐려놓는 것도 모자라 아예 망쳐놓은 셈이 되었다. 때리는 시어머니보다 말리는 시누이가 더 밉다고 어머니는 며느리에게 놀아나는 등신 같은 아들이 더 미웠다.

둘째 아들이 떠나는 날, 어머니는 아들을 부여잡고 눈물을 보였다.

"어머니 죄송합니다. 어머니를 잘 모셔야 하는데, 도저히 동해에서 살 용기가 나지 않네요."

어머니는 둘째 아들을 꼭 안아주었다.

"말 안 해도 네 마음 내가 다 안다. 서울 가거들랑 이쪽으로는 오줌도 누지 마라. 청수골 안 와도 되고, 이 어미 걱정도 할 것 없다. 나 혼자 몸이니 잘 챙길게."

"네. 어머니 식사 거르지 마시고 꼭 드세요. 어지간히 자리 잡히면 어머니 모시러 오겠습니다."

어머니는 멀어져가는 이삿짐 트럭을 바라보며 하염없이 눈물을 흘렸다. 오죽하면 고향을 떠나고 싶은 마음이 들었을까? 하나밖에 없는 형이라고 그렇게 믿고 의지했는데, 이제 남보다 못한 형이 되었으니 오죽 미웠을까? 그나저나 아이들에게 부담 주지 않으려면 잘 먹고 잘살아야 하는데 입맛도 없고 자고 일어나도 개운하지도 않고 그저 딱 죽고만 싶은 심정이었다.

그러나 이 사건이 작은오빠한테는 오히려 전화위복이 되었다. 그저 착하기만 하면, 남한테 피해 주지 않고 살면 되는 줄 알았던 작은 오빠 부부가 독해진 것이다.

작은오빠는 서울로 이사한 뒤 악착같이 살았다. 배운 게 도둑질이라고 처음에는 재래시장 한구석에서 사과 궤짝 두 개를 붙여 좌판을 만들어 노량진 수산시장에서 생선을 조금씩 사다가 소매로 팔았다. 동해 바닷가에서 살았으니 생선을 볼 줄 알았고 워낙 성실하다 보니 생선은 시 오기가 무섭게 팔려나갔다. 사과 궤짝 두 개이던 좌판이 궤짝 열 개로 불어나자 작은오빠는 은행에 대출을 끼고 시장에 점포를 하나 얻었다.

작은오빠는 새벽 3시에 노량진 시장에서 경매로 싱싱한 물건을 떼다가 소매로 팔았는데 물건이 좋기로 소문나고 비싸게 받지 않아서 단골손님이 늘었다. 그렇게 몇 년 장사하자 입에 풀칠 걱정은 하지 않을 정도가 되었다.

"우리가 너무 무식해서 억울한 일을 당했으니 우리 아이들은 어떻게든 가르칩시다."

작은 새언니 역시 달라졌다. 작은오빠를 도와 함께 가게를 키워나갔고 한편으로는 아이들 교육에 최선을 다했다. 작은오빠는 일을 마치고 저녁에 집에서 술 한잔을 마시며 하루의 피로를 달랬는데 그때마다 녹음기처럼 아이들에게 일렀다.

"내가 너무 억울한 게 많아서 너희들 중 하나는 반드시 법조인을 만들고 싶다. 현정아, 현우야 누가 변호사 할래?"

다행히 두 조카는 공부를 잘했다. 작은오빠 부부는 후일 현정이를 의사로, 현우를 변호사로 키워냈다.

"조금만 형편이 나아지면 어머니도 모셔와요. 어머니 혼자 저렇게 계시다가 큰일 나겠어요."

동해에 혼자 남은 어머니는 끼니도 제대로 챙겨 드시지 않았다.

“내가 죄가 커 자식들이 서로 원수가 되어 뿔뿔이 흩어져 사나 보다. 내가 전생에 무슨 죄를 지었기에 집안이 이 모양이 꼴이 되었을꼬…….”

어머니는 집안이 엉망진창이 된 것이 모두 자신의 탓이라고 여기는 듯했다. 작은오빠가 조금만 더 빨리 자리를 잡았더라면 어머니를 동해에서 모셔왔을 것이고 그랬다면 어머니가 그렇게 빨리 돌아가시지는 않았을 터였다. 그보다 한동네에 사는 큰오빠가 일주일에 한 번, 아니 한 달에 한 번만이라도 들러 어머니를 보살폈더라면 어머니가 외롭고 쓸쓸하게, 돌아가신 지 며칠이 지나도록 방치되지는 않았을 것이다. 은선이만 옆에 있었어도…….

고된 삶의 현장

서울에서 학교에 다니고 있던 은하는 마지막 등록금을 내지 못해 쩔쩔매던 상황이 떠올랐다. 어디에서고 돈을 구할 수 없었다. 자존심이 상해 큰오빠에게 손을 내밀고 싶지 않았지만, 등록금 마감이 하루밖에 남지 않아 어쩔 수 없이 전화를 걸었다.

벨 소리가 몇 번 울려도 받지 않더니 복자언니가 전화를 받았다. 은하는 사정 이야기를 하고 한 학기가 남았으니 돈을 좀 융통해 달라고 했다.

"아가씨, 우리한테 뭐 돈 맡겨놓은 거 있어요? 오빠가 뭐 호군 줄 알아요? 우리도 빚 다 갚고 맨몸으로 시작해서 이제 겨우 입에 풀칠하고 있어요. 다시는 이런 일로 오빠 찾지 마세요."

전화는 일방적으로 끊겼다. 은하는 입술을 깨물었다. 과연 큰오빠의 생각도 같았을까? 우리는 동생도 핏줄도 뭐도 아닌, 그저 자기네에게 손을 내미는 거지일 뿐인가? 하긴 큰오빠의 생각이 복자 언니와 다르다는 보장도 없었다. 결국 은하는 등록을 포기했고 아르바이트를 시작했다. 일단 먹고 사는 일도 중요했고 등록금도 모아야 해서 허리띠를 졸라맸다. 사실 고생이라고는 모르고 살다가 음식점과 카페를 전전하며 아르바이트를 하는 일은 쉽지 않았다.

아침부터 저녁까지 몇 개의 아르바이트를 했다. 보기에는 별로 어려울 것 같지 않았던 카페 일은 생각보다 복잡했다. 바쁜 와중에 모든 메뉴를 일일이 보고 제조할 수 없고 다 외워야 했는데 메뉴가 너무 많았다. 가끔은 순서가 뒤바뀌어 손님들에게 욕설을 듣기도 했다.

저녁에는 유명 프랜차이즈 레스토랑에서 일했다. 무릎을 꿇어 몸을 낮추고 손님의 주문을 받는 동안 은하는 마치 자신이 그들의 하인이 된 듯한 기분을 느꼈다. 아니 자신의 인생도 끝을 모르는 바닥으로 굴러떨어지고 있다는 생각이 들었다. 저녁이면 몸이 피곤해 주저앉고 싶었다. 그러나 쉴 수 없었다. 은하는 여기저기서 불러대는 벨 소리에 테이블로 달려가 손님들의 응대를 해야 했다. 매니저는 미소 띤 얼굴로 손님을 대하라고 요구했으나 파김치가 된 얼굴에 미소는 무리였다.

저녁 11시, 홀과 화장실 청소를 마치고 쓰레기통을 비우고 나면 일과가 끝이 났다. 서둘러 하숙방으로 돌아와도 12시가 넘기 일쑤였다. 다리는 퉁퉁 붓고 팔은 음식을 너무 많이 날라 금방이라도 빠져나갈 듯 아팠다. 어떤 날은 씻지도 못하고 쓰러져 잤다. 한숨 자고 일어나 시계를 보면 대부분 새벽 4시가 넘어 있었다. 세수도 하지 못하는 날이 많아 입술에 립스틱만 바르고 화장은 하지 않았다. 자다가 일어나 온몸이 쑤셔 쉽게 잠이 오지 않는 날이면 은하는 어머니를 떠올렸다. 빨리 학교로 돌아가 졸업을 하고 취직해서 어머니를 모셔오고 싶었다.

혼자서 생활하는 어머니가 걱정되어 동해로 달려가고 싶은 나날이 많았다. 다행히 일할 때는 너무 바빠서 잡생각이 들지 않아 좋았다. 오늘처럼 몸이 솜뭉치처럼 늘어져 힘든 날, 이렇게 말똥말똥 깨어 있으면 온갖 생각으로 은하는 미칠 것 같았다. 은하는 수도 없이 외쳤다.

'여기는 어디?'

'나는 누구?'

은하는 자신이 처해있는 이 비현실적인 세계가 너무 고

통스러웠다. 영원히 이 손바닥만 한 하숙방에서 탈출할 수 없을 것만 같았다. 어머니가 차려 준 밥을 먹고 학교에 다녔던 그 세월이 얼마나 행복한 시절이었던가? 아득히 멀게만 느껴지는 그 시절이 그리울 뿐이었다. 은하는 무엇보다 외로웠다. 누군가에게 이 거지 같은 현실을 위로받고 싶은 생각도 들었다. 분명 고아는 아닌데, 어머니, 큰오빠, 작은오빠, 언니, 그리고 동생도 있는데……. 은하는 천애 고아가 된 기분이었다.

어느 날 어머니를 닮아 체구가 작은 은하는 힘든 일에 익숙하지 못해 쓰러지고 말았다. 프랜차이즈 식당 사장은 병원에 실려 간 은하가 깨어나자 걱정 대신 말했다.

"은하 씨 혹시 무슨 병이라도 있는 거 아니야? 그런 걸 속이고 들어왔다가 영업에 피해를 주면 안 되지. 오늘 은하 씨 때문에 손님들 놀라서 내가 얼마나 손해를 봤는지 알아? 병원비는 계산했고 나머지 일한 거는 내일 정산해서 통장으로 넣어줄 테니까 그렇게 알아. 더 나올 필요는 없어."

사장은 그렇게 말하고 쌩하니 병실에서 나갔다. 하필이면 주말 저녁이라 매니저가 따라오지 않고 사장이 119에 같이 타고 온 모양이었다. 은하는 서러워서 눈물이 핑 돌았다. 피곤해 쓰러졌어도 누구 하나 은하를 걱정해 주는 사람은 없었다. 은하는 아무도 없는 우주에 뚝 떨어진 기분이었다. 집에 가려고 일어나자 간호사가 놀라서 달려왔다.

"지금 일어나시면 안 돼요. 환자분 빈혈도 있고 건강 상태도 안 좋으세요. 가시더라도 이 링거 다 맞은 후에 하룻밤 푹 쉬고 내일 가세요. 내일 정밀검사 받아보면 더 좋고요."

은하는 침대에서 일어서다가 어지러워서 다시 자리에 누웠다. 끊임없이 눈물이 흘러내렸다. 이렇게 누워있어도 누구 하나 면회 오는 사람이 없었고 연락할 사람도 없었다.

'내가 잘못 살아온 걸까?'

회의가 일었다. 아버지가 돌아가시고 집안이 복잡해지면서 친구들 관계를 정리했다. 물론 친구가 정리한다고 정리되는 것은 아니었지만, 처음에는 서운해하던 친구들도 은하가 전화도 받지 않고 모임에도 나가지 않자 서서히 잊어갔다. 은하가 자초한 일이었지만 이렇게 외로운 순간이 오리라고는 상상도 하지 못한 일이었다. 그래도 친구 하나 정도는 있어야 했는데, 그런 후회가 일었다. 고향의 미숙이가 떠올랐다. 미숙이라면 이런 상황에서 은하에게 많은 위로가 되었을 텐데…….

미숙이는 강원도에서 학교에 다니고 있어서 만나기가 쉽지 않았다. 은하가 동해에 가는 일이 점점 줄어들면서 더욱 만날 일이 없어졌다. 몇 번이고 미숙이가 보고 싶다고, 서울로 오겠다고 하는 것을 이 핑계 저 핑계 대며 거절했더니 서운했는지 이제는 전화가 뜸했다. 은하는 미숙이마저 정리한 것을 후회했다.

사람은 사람과 어울려 살아야 하는데, 혼자서 살아보겠다고 발버둥을 친 결과가 너무 허무했다. 힘들 때 힘들다고 말하고 서로 기댈 수 있는 사람이 곁에 있다는 것이 얼마나 행복한 일인지 은하는 절절히 느끼고 있었다. 철저하게 고독 속에서 살았건만, 고독조차도 은하에게는 등을 돌리는구나 싶었다.

다음 날 아침, 눈을 뜨자마자 은하는 병원에서 나와 하숙집으로 향했다. 우선 몸을 추슬러야 한다는 생각에 마트에 들러 닭 한 마리와 마늘, 양파, 파, 대추, 찹쌀 그리고 인삼 몇 뿌리를 샀다. 여기서 쓰러지면 죽도 밥도 아니었다.

은하는 하숙집으로 돌아와 제일 큰 냄비에 물과 씻은 닭을 넣고 푹 고았다. 닭이 한번 우르르 끓자 거품을 걷어낸 뒤 중간 불로 줄이고 침대에 누웠다. 혹시 누웠다가 잠이 들면 안 되기에 알람을 맞추고 눈을 감았다. 1시간이 지나자 알람이 울렸다. 은하는 냄비를 통째로 들고 방으로 들어와 닭을 뜯어 먹었다. 집에서 어머니가 닭을 삶는 날은 일 년에 서너 번 있었다. 어머니는 커다란 무쇠솥에 토종닭 5마리를 넣고 푹 고았다. 닭 배 속에는 대추와 찹쌀, 마늘이 들어 있었다. 아버지와 두 오빠에게는 한 마리씩 닭이 주어졌고 어린 은하와 은선이에게는 반 마리의 닭이 주어졌다. 어머니는 커다란 닭 다리를 뜯어 은하와 은선이 손에 각각 쥐여 주었다. 워낙 토종닭이 커서 닭 다리만 먹어도 배가 불렀다. 고기를 다 먹어 가면 어머니는 푹 고아진 찹쌀죽에 인삼 한뿌리씩을 골고루 넣어 한 그릇씩 떠주셨다. 죽은 맛있었지만, 인삼의 씁쓰레한 맛이 싫어서 한쪽으로 밀어놓으면 한마디 하셨다.

"이게 보약보다 낫다. 여름 잘 나려면 이거는 꼭 먹어야 한다."

어머니는 인상을 쓰는 은하와 인선이가 인삼 한뿌리를 다 먹을 동안 눈길을 떼지 않으셨다. 그래서 은하는 어차피 먹어야 할 인삼을 먼저 먹고 나중에 맛있는 죽을 먹었다. 어머니는 온 식구가 닭 다리를 뜯고 닭고기를 다 먹는 동안 흐뭇한 표정으로 우리를 바라보셨다.

그 장면을 떠올리며 은하는 닭고기를 먹었다. 먼저 닭 다리를 크게 찢어 소금에 찍어 먹고 남아 있는 닭고기도 뜯어 먹었다. 일부러 비싼 토종닭을 샀는데 어머니가 끓여주신 닭처럼 쫄깃하지 않았다. 맛도 그리 깊은 맛이 없었다. 그나마 반 마리를 먹자 배가 불러서 더는 먹을 수가 없었다. 은하는 냄비 뚜껑을 닫았다. 닭을 먹고 나니 왠지 기운이 솟는 것 같았다. 아무도 돌봐줄 사람이 없으니 또 쓰러지면 안 되었다. 아무래도 음식점 서빙은 무리라 다른 일자리를 찾아야 할 것 같았다. 과외를 하면 좋은데 국문과라 그런지 과외가 잘 들어오지 않았다. 은하는 커피믹스 한 잔을 타서 마신 다음 곧 하숙집을 나왔다.

골목 어귀 전봇대에 벼룩시장 신문이 있었다. 은하는 벼룩시장, 교차로 등등의 신문을 한 부씩 가져와 광고 부분을 꼼꼼히 살폈다. 그러나 눈을 씻고 살펴보아도 은하가 할 일은 보이지 않았다. 대부분이 카페나 식당 일이었다. 한참을 살펴보던 은하의 눈에 다음과 같은 일자리가 들어왔다.

〈동대문 시장/ 새벽 아르바이트/ 아동복 판매/ 시급 3,000원〉

은하는 바로 전화를 걸었다.

"여기는 3교대로 근무해요. 나는 장사가 잘되는 새벽 6시부터 오후 2시까지 하고, 2시부터 10시까지는 아는 동생이 봐주고, 저녁 10시부터 새벽 6시까지 매장에서 옷을 팔 사람이 필요해요. 그 시간에는 장사가 잘 안되니까 그냥 지키고 앉아 있으면 돼요."

"힘쓸 일은 없어요?"

"없어요, 옷도 다 정리되어 있고 팔기만 하면 돼요. 할 생각 있으면 매장으로 한 번 나와요. 지금은 내가 퇴근하고 없으니까 내일 오후 1시쯤 오면 좋겠어요."

"네, 알겠습니다. 내일 찾아뵐게요."

다음 날 은하는 동대문 시장을 찾았다. 사장님께 인사를 하고 어떤 일을 해야 하는지 이야기를 들었다. 설명은 전화로 소개한 내용과 다르지 않았다.

"대학생이면 곤란해요. 밤새워 일하고 학교에 가서 어떻게 수업 받으려고……."

"저는 휴학 중이에요."

"아, 그렇다면 상관없겠네요. 이 일이 밤을 새워서 그렇지, 어려운 일은 없어요. 옷 가격만 대충 숙지하면 되니까."

"언제부터 할 수 있나요?"

"오늘 당장이라도 좋아요. 벌써 며칠째 사람을 구하지 못해서 그냥 문 닫고 들어갔거든요."

"감사합니다. 그러면 집에 갔다가 저녁에 다시 올게요."

"그래요. 학교 다니면 재학증명서 한 장 떼어와요. 이게 힘든 일은 아닌데 옷을 팔면 돈을 받는 일이라……. 물건도 많고, 학생을 의심해서가 아니라 서로 확실히 해두는 게 좋지 않겠어요?"

"네. 알겠습니다."

은하는 재학증명서를 떼기 위해 학교로 갔다.

오랜만에 밟아보는 캠퍼스는 낯설었다. 아는 얼굴 하나 보이지 않았다. 은하는 자동발매기에서 재학증명서 한 장을 발급받았다. 가방에 집어넣고 평소 즐겨 앉아 있던 뒤 운동장 근처 벤치에 자리를 잡았다. 몇몇 학우들이 농구를 하고 있었다. 은하는 방금 자동판매기에서 빼 온 커피를 마셨다. 학교에서 먹는 커피라 그런지 유난히 맛있었다.

학교 교정을 친구들과 누비고 다녔던 장면이 떠올랐다. 그때는 그게 그렇게 행복하고 좋은 일인지 몰랐었는데 지금은 모든 장면이 다 그리웠다. 커피를 마시고 있는 사이 몇 자리 건너 벤치에 앉은 남자가 자꾸 은하를 쳐다보는 것 같은 느낌이 들었다. 아니나 다를까 남자는 자리에서 일어나 은하가 앉아 있는 벤치로 다가왔다.

"너 은하 아니니?"

다짜고짜 이름을 부르는 남자를 은하는 빤히 바라보았다. 낯익은 얼굴이었다.

"수종 오빠, 제대하셨어요?"

은하는 수종 오빠가 갑자기 눈앞에 나타난 것이 믿기지 않아 의자에서 벌떡 일어났다.

"야, 반갑다 이 깍쟁이 아가씨야."

수종 오빠를 이 낯선 서울에서 만나게 되다니, 반갑기 그지없었다.

"도대체 어떻게 된 거야? 작년 여름에 집에 갔었는데 민박도 안 하고 집도 이사를 했다고 하던데."

"그렇게 됐어요."

"온 가족이 서울로 이사 온 거야?"

"아니요……. 말하자면 길어요. 그런데 오빠 학교에는 웬 일이에요? 벌써 졸업하지 않았어요?"

"졸업했지. 지금은 대학원에 다니고 있어. 요새는 이과도 대학원을 나와야 취업이 잘된단다."

"맞아요, 그런 소리 들은 적 있어요."

"시간 되면 어디 가서 차나 한잔하자. 밥을 먹어도 좋고."

은하는 시계를 보았다. 일은 10시부터 시작하는데 밤새려면 잠을 좀 자두어야 했다.

"5시에 출발하면 되니까 2시간 정도 시간 있어요."

"점심은 먹었어?"

"네. 하숙집에서 나오는 길이에요."

"학교도 휴학했다고 하던데……."

"어떻게 아셨어요?"

"어떻게 알긴, 제대하자마자 너 찾아다니느라 한참을 헤맸구먼. 그런데 너에 대해 아는 친구들이 별로 없던데, 갑자기 잠적이라도 한 거야?"

"네. 잠적 중이에요."

은하는 쓸쓸히 대답했다.

오빠가 아직 점심을 못 먹었다고 해서 식사와 차가 되는 곳으로 들어갔다.

"저는 샌드위치 하나 주세요. 너는 뭐 먹을래?"

"저는 커피를 방금 마셨으니 우유 마실게요."

"우선 전화번호부터 대. 여기서 헤어지면 또 헤매지 않게."

은하는 자신의 전화번호를 묻는 사람이 있다는 사실이 왠지 좋았다. 평소 같으면 남자라고 내외를 했을지도 모르나 외로움에 시달릴 만큼 시달리고 나니 이제는 외로움과 거리를 두고 싶었는지도 몰랐다. 은하는 순순히 번호를 불러주었다.

"와, 강은하 많이 변했네. 전화번호를 한 번에 술술 불고."

은하는 오빠를 바라보고 웃었다.

"그동안 어떻게 살았는지 말해봐."

"그게 맨입으로 돼요? 술이라도 한잔 마시면서 해야죠."

"좋아, 그럼 오늘 저녁 어때?"

"저녁부터 아르바이트 시작해요. 밤새워서 하는 아르바이트라 술 먹을 시간도 없겠네요."

"밤을 새운다고? 술집이나 나이트클럽은 아니지?"

"물론 아니지요. 그런데 가서 일할 만큼 얼굴이 두껍지 못해요."

"어쭈, 이제 농담도 할 줄 아네. 그러면 밤에 할 수 있는 일이 뭐가 있지?"

"동대문 시장에서 옷 팔아요. 아직 안 팔아봐서 어떤 일인지 자세히 몰라요. 오늘 처음 시작하거든요."

"오케이, 아무튼 너무 반갑고 이제는 도망가기 없기다."

"언제 제가 도망갔다고 그래요."

"인마, 내가 그렇게 면회 한번 와 달라고 사정을 해도 오지 않았잖아."

"대신에 오빠 다니는 대학으로 입학했잖아요."

"아, 우리 학교로 온 게 그렇게 깊은 뜻이 있었어?"

은하는 대답 대신 웃었다. 수종 오빠가 민박하는 자신의 집에 처음 왔을 때부터 마지막 보았던 대학 2학년까지의 장면이 주마등처럼 지나갔다.

"집보다 어머니 음식이 너무 맛있어서 또 왔습니다."

어머니를 향해 환하게 웃으며 말했던 음성도 생각났다. 해마다 친구들을 데리고 와서 며칠씩 묵고 갔던 오빠는 성격도 좋고 붙임성도 있고 예의도 있어서 어머니가 무척 좋아했다.

"성격이 둥글둥글하고 식성도 까다롭지 않고 키도 크고 1등 사윗감이네. 우리 딸이 셋이나 있으니까 하나 골라봐라. 내 사위하자."

어머니는 몇 해째 계속 찾아오는 수종 오빠에게 농담 반 진담 반 사위 삼자는 말을 꺼내셨다. 수종 오빠는 언니와는 1살 차이였고 은하와는 4살 터울이었다. 사위로 삼자면 언니와 나이가 걸맞았다. 그러나 언니는 동네에서 형부와 이미 눈이 맞아 연애 중이라 다른 남자에게는 관심이 없었다.

자연히 다음 차례는 은하였는데 은하는 당시 어려서 이야기를 꺼낼 단계가 아니었다.

처음 수종 오빠를 만날 때부터 그리 싫지 않았던 은하는 시간이 지날수록 점점 오빠가 그리웠다. 어쩌면 사랑이 싹트고 있는지도 몰랐다. 은하는 막연히 자신이 대학을 간다면 수종 오빠가 다니고 있는 한국대학에 입학해야 한다고 마음 먹었다. 공부를 곧잘 했던 은하는 마침내 한국대학에 합격했다.

"성적이 잘 나와서 서울로 대학을 갈 수 있는 건 좋은데, 그냥 강원도에서 학교에 다니는 게 어떻겠니? 서울에 아는 사람도 하나 없는데 여자 혼자 몸으로 안심이 안 된다. 그냥 아버지 곁에 있다가 좋은 사람 만나 시집이나 가거라."

아버지는 은하를 서울로 보내지 않으려고 하셨다. 평소 아버지 말을 거역한 적이 없지만, 은하는 끈질기게 아버지를 설득했다.

"아버지, 학교 기숙사에 들어가면 돼요. 기숙사는 늦으면 문을 닫아버려서 밤늦게 못 돌아다녀요. 제가 방을 얻어서 따로 나가 사는 것도 아니고 학교 기숙사니 믿고 보내주세요."

"안 된다. 여자하고 접시는 내돌려서 좋을 게 없다."

아버지는 완강히 반대하셨다. 은하는 등록 마감일이 며칠 남지 않자 단식투쟁에 들어갔다. 3일을 굶자 어머니가 먼저 아버지를 닦달하기 시작했다.

"저러다 애 죽겠어요. 남들은 못 가서 안달인 대학에 붙었으면 춤을 춰도 부족한데 그냥 등록시켜 줍시다. 당신이 안 해주면 내가 등록금 마련해서 보낼 거에요."

큰오빠도 한몫했다.

"아버지, 저도 못 간 대학을 은하가 갔으니 가문의 영광이지요. 요즘 세상에 여자 남자 차별하는 법이 어디에 있습니까? 더욱이 학교 이사장 명함을 달고 계신 분이 그러시면 안 된다고 생각합니다. 아버지 존경하는 동네 어르신들이 이 사실을 알면 뭐라고 하겠어요?"

아버지도 고민 끝에 은하 방으로 들어오셨다.

"일어나 밥 먹어라. 내일 등록금 줄 테니……."

그제야 은하는 자리에서 일어나 어머니가 끓여주신 죽을 먹었다. 그렇게 마감 하루를 남기고 겨우 등록했고 서울로 입성하게 된 것이다.

은하가 수종 오빠와 같은 학교에 입학했을 때 수종 오빠는 군대에 가 있었다. 군대에 가서도 수종 오빠는 시간이 되면 동해 바닷가를 찾았고 은하가 같은 학교에 입학했다는 사실을 알고는 한걸음에 강의실로 쫓아왔다.

"강은하 반갑다. 꼬맹이 아가씨가 어느새 이렇게 컸네, 이제 오빠한테 시집와도 되겠다. 오빠 제대 얼마 안 남았으니까 기다려라."

수종 오빠를 마지막으로 보았을 때 오빠는 제대 1년을 앞두고 있었고 은하는 어느새 2학년이었다. 그리고 집에 그 난리가 났고 은하는 휴학 후 아르바이트만 1년을 하고 있었으니 못 본 지 2년이나 지난 셈이었다. 은하는 모처럼 시간 가는 줄 모르고 이야기를 나누었다.

"오빠, 저 이제 가봐야 해요."

"알았어, 전화번호 있으니까 이제 내가 전화할게."

은하는 고개를 끄덕이고 얼른 자리에서 일어났다. 집으로 돌아와 은하는 작은 침대에 누웠다. 수종 오빠를 만난 후 마음이 푸근해져서인지 금방 잠이 들었다.

저녁 9시에 알람이 울리자 은하는 서둘러 준비하고 동대문 시장으로 갔다. 이 매장은 아동복 중에서도 바지만 전문으로 팔았다. 반바지, 긴바지, 7부바지, 쫄쫄이바지, 멜빵 바지 등 바지 종류는 없는 게 없었다. 2살 아이들이 입는 3호부터 초등학교 6학년 아이들이 입는 13호까지 팔았는데 앙증맞고 예쁜 바지도 많았다. 그러나 백화점에서 파는 메이커 바지라 기본가격이 비쌌다. 바지를 정리하면서 마음에 드는 바지를 보면 이렇게 작은 바지를 입는 아이들이니 얼마나 귀여울까 싶기도 했다.

새벽 6시까지 지키고 있었지만 주인 말대로 손님은 별로 없었다. 점포 문을 닫는 옆 가게들은 매대에 커튼을 둘러치며 서둘러 퇴근 준비를 했다.

"은하 씨는 퇴근 안 해?"

"아직 30분 남았어요."

"곧 6시니까 들어갈 준비해야지. 손님은커녕 쥐새끼 한 마리 없는데, 있으면 뭐 해? 나 먼저 들어갈 테니까 이따 저녁에 봐."

"네. 들어가세요."

뜬눈으로 밤을 새우고 은하가 받는 아르바이트 비용은 2만 4천 원, 그나마 오늘 같은 날은 시급을 받기도 민망했다. 밤새 팔천 원짜리 바지 네 장을 판 게 고작이니 그야말로 전기세도 안 나올 판이었다. 아르바이트를 나온 지 보름이 되어가지만, 어젯밤처럼 손님이 없기는 처음이었다.

은하는 주머니를 뒤져보았다. 만 원짜리 한 장이 있었다. 망설이다가 가장 싼 바지 한 장을 골라 쇼핑백에 담았다. 보통 2-3만 원 하는 바지가 대부분인데 약간 하자가 있는 바지 한 장이 8,000원이었다. 장부에 5시 50분, 꽃무늬바지 7호 8,000원이라고 적었다. 둘째 오빠 큰딸 현정이가 6살이니 두었다가 주면 좋겠다 싶었다. 만 원짜리를 장부 속에 끼워 넣고 2,000원을 거슬러 주머니에 넣었다. 대충 정리하고 나니 5시 40분이었다. 6시가 되니 사장이 출근했다.

"밤새 고생 많았어. 김밥 사 왔으니 한 줄 먹고 가, 가지고 가든지."

"감사합니다. 그런데 장사가 별로 안 돼서요, 너무 손님이 없었어요."

"괜찮아, 잘 되는 날도 있으니까."

사장이 손에 들려준 김밥 봉지를 들고 상가를 나왔다. 장사도 안 되는데 별로 탓하지도 않고, 배고플까 봐 김밥 한 줄을 챙겨준 사장의 인간미가 고마웠다. 그동안 수많은 아르바이트를 했지만, 진심으로 자신을 생각해 주는 사장들은 단 한 명도 없었다. 이렇게 작은 배려가 눈물 나게 그리운 요즈음이었다.

은하는 건물 밖으로 나왔다. 거리에 죽 늘어선 포장마차에는 밤새워 일하고 집으로 가기 전에 요기하려는 사람들이 가득했다. 커피 한 잔에 토스트가 2,000원이었는데 생각보다 맛있었다. 사실 밤새 매장에 있다 집에 가는 길이면 꽤 출출하기도 했다. 그러나 2,000원이면 오징어를 한 마리 사다가 국을 끓여 이틀을 먹을 수 있었다.

은하는 버스정류장까지 천천히 걸었다. 버스정류장에는 밤새워 일하고 돌아가는 사람들과 새벽 시장을 보러 나온 상인들로 붐볐다. 버스를 탈 때 동작이 빠르지 않으면 꼬박 서서 가야 했다. 장사를 하는 사람들이라 그런지 악다구니를 쓸 일에서는 얼마나 독하게 구는지 은하는 늘 뒤처지다서서 가는 날이 많았다. 그래서 어떤 날은 한 정거장을 거슬러 올라가 버스를 타기도 했다. 집까지 가는 데 꼬박 40분이 걸리니 잠깐이나마 눈이라도 붙이려면 조금 걷더라도 그편이 훨씬 좋았다.

걸음을 한 걸음씩 뗄 때마다 마치 허공에 발을 딛는 듯 붕 뜬 기분이 들었다. 온몸에 힘이 빠지고 머리가 멍한 게 그냥 주저앉고 싶었다. 몸이 물 묻은 솜뭉치처럼 처진다는 말을 들었는데 바로 이런 게 그런 것이구나 싶었다. 그래서 밤새워 일하는 것은 피하라고 했나? 하는 의문이 들었다. 차라리 돈을 조금 벌더라도 낮에 일하는 것이 여러 면에서 이득이라고 말하던 아르바이트 동료들도 있었다. 맞는 말이었다. 막상 밤을 새워보니 낮에 일하는 것과는 사뭇 달랐다. 밤에 일하고 낮에 잠을 청하지만 아무리 많이 자도 피로가 풀리지 않았다. 그래도 일자리가 있다는 것만도 감사한 일이라 투정을 부릴 새도 없었다.

버스에서 내려 언덕을 숨 가쁘게 올라 빌라 앞에 다다랐다. 지하 계단을 다섯 개 내려가야 은하의 하숙방이 있었다. 집도 반 지하, 직장도 지하매장, 이놈의 지하 인생을 언제나 면하나 한심스러웠다. 집에 들어오자마자 은하는 쓰러져 잠이 들었다.

지갑을 잊어먹고 찾느라 애를 썼다. 등에는 누구의 아이인지 모를 아이가 업혀있었다. 분명히 책상 서랍에 넣어두었는데 감쪽같이 없어졌다. 서랍을 통째로 빼서 살펴도 지갑은 보이지 않았다. 이상한 일이었다. 돈이야 별로 들어 있지 않지만, 마음이 산란하고 불안했다. 등에는 누구인지 모를 아이를 업고 있었는데 아이가 악을 쓰고 울었다. 할 수 없어 밖으로 나왔다. 아이를 달래는데 트럭 한 대가 빠른 속도로 달려왔다. 마치 은하를 치기라도 할 기세였다. 놀라서 집 쪽으로 바짝 붙었다. 트럭이 지나가자 은하는 가슴을 쓸어내렸다. 아이는 그새 등에 업혀 잠이 들었다. 잠든 아이를 눕히기 위해 계단을 내려갔다. 그런데 계단에 은하의 베이지색 지갑이 놓여있었다. 반가운 마음에 지갑을 주워 들었다. 혹시나 하며 지갑을 열었다. 카드도 그대로 있고 주민등록증도 그대로 있었다. 그런데 지갑이 어쩐 일인지 두툼했다. 지폐를 넣은 칸을 열어보았다. 만 원짜리가 가득 들어 있었다. 도대체 이게 어떻게 된 일인가 고개를 갸웃거렸다.

은하는 번쩍 눈을 떴다. 꿈이었구나, 손에 들었던 베이지색 지갑이 너무도 선명하게 느껴졌다. 자리에서 일어나 서랍을 열어보았다. 지갑은 넣어두었던 그대로 얌전히 놓여있었다. 지폐가 가득 담겨있던 칸을 열어보았다. 당연히 비어 있었다. 만 원짜리가 그득히 들어 있던 지갑이었는데, 꿈이었지만 참 기분이 좋았다. 지갑을 넣고 책상 서랍을 닫은 뒤 시계를 보았다. 그새 오후 3시가 넘어 있었다. 5시간 이상 푹 잤는데 꿈을 많이 꾸어서인지 개운하지 않았다.

밀린 빨래를 돌리고 걸레질을 하고 반찬 두어 가지를 만드니 한 시간이 후딱 지났다. 은하는 옷을 갈아입고 서둘러 동대문 시장으로 향했다.

은하는 밤새 매매일지만 뒤적이고 있었다. 장사가 안돼도 너무 안 되었다. 확실히 장사도 노하우가 있어야 했다. 장사가 잘돼야 사장에게 미안하지 않을 텐데, 이래 가지고야 은하의 인건비도 안 나오겠다 싶었다. 사장은 젊은 여자였는데 네 살 된 딸아이가 지금 폐렴으로 병원에 누워있었다. 가게를 시작한 지 겨우 석 달째인데 이런 식으로 하다가는 문을 닫아야 할 형편이었다. 낮에 사장이 옷을 판 것도 장부에 일일이 기록이 되어 있었다. 그런데 영옥과 별다른 것 없는 날이 태반이었다. 대충 계산을 해봐도 가겟세와 광고비, 각종 세금을 제하면 남는 게 없었다. 뭔가 대책이 없는 한 차라리 문을 닫는 게 나을지도 몰랐다.

사장은 은하를 쓰기 전에 혼자서 풀타임을 뛰는 억척같은 여자였다. 아침 10시 반에 출근해서 새벽 4시 반까지 19시간을 매장에 매여있다 보면 아무리 젊어도 배겨낼 재간이 없었을 것이다. 어디 그뿐인가? 물건을 채우려면 남대문으로 새벽시장까지 보러 가야 했다. 그러니 시간이 24시간도 모자랄 판이었다. 그래도 그 용기가 참 가상했다.

사장은 독한 면도 있었다. 이제 겨우 네 살 된 아이를 시어머니에게 맡겨놓고, 집에 가면 잠깐 눈을 붙이느라 아이와 눈 맞출 시간도 없이 출근하기 바쁜 시간을 어떻게 견뎌나갈까 싶었다. 전화벨이 울렸다. 사장이었다.

"좀 팔려요?"

"아니, 통 안 팔려요."

"개시는 했어요?"

개시라는 말에 시간을 보니 11시가 넘었다.

"아직, 못했어요."

"큰일이네, 왜 이렇게 장사가 안되는지 모르겠네요."

"그렇게 말이에요……."

은하도 정말 답답했다. 사장의 인간미가 좋아서 모처럼 일할 맛이 나는데 은하 인건비도 나오지 않으니 미안해서 그만두어야 하는 것 아닌가 싶기도 했다. 적어도 아르바이트 비용은 빠지고도 한참 남아야 하는데, 통 손님이 붙지 않았다.

"자기, 커피 한잔할래?"

앞집 매장은 어린아이 속옷을 팔았다. 겉옷은 안 팔려도 속옷은 쏠쏠히 팔리는 편이었다.

"아줌마는 손님이 척척 붙네요. 그런 게 노하운가 봐요."

"노하우는 무슨, 하긴 장사도 운이 있는 것 같이."

"여기서만 3년째라면서요?"

"응, 자기가 앉은 매장은 그동안 주인이 일곱 번인가 여덟 번인가 바뀌었을걸. 이것도 부지런만 하면 밥은 먹고 살아. 밑천도 얼마 안 드는데 자기가 한번 맡아서 해 보지 그래."

"저는 학생이고 등록금만 해결되면 학교로 돌아가야 해요. 그나저나 장사도 아무나 하는 게 아닌가 봐요. 여태 개시도 못했는걸요."

"그 매장은 너무 비싸. 아는 사람이야 메이커보고 사 가지만 애들 바지 하나가 2-3만 원 하면 백화점 가지 누가 동대문까지 나와서 사겠어?"

"맞아요. 정말 메이커 찾는 사람들이나 두말하지 않고 사가는 거 같아요. 어제는 그래도 매상을 15만 원은 올렸는데, 오늘은 여태 개시도 못 했으니 참 답답하네요."

"나도 아르바이트 많이 해봐서 알아. 밤새 장사했는데 알바비도 안 나오면 주인한테 미안해서 쥐구멍이 있으면 숨고 싶은 심정이지."

"맞아요. 사장님한테 미안해서 죽겠어요."

"괜찮아, 미선 엄마도 아르바이트 많이 해봤으니까 그 심정 잘 알 거야. 그나저나 애가 폐렴이라던데 아직도 입원 중인가? 요새는 나하고 타임이 다르니까 통 볼 수가 없네. 아무튼 미선 엄마 지독해. 자기 오기 전에 젊은 여자가 아르바이트 하나 안 쓰면서 풀타임 뛰고, 거기다 물건까지 혼자서 하러 가는 거 보면 혀가 다 내둘러져."

"그러게요. 참 열심히 사시네요. 어떨 때는 부러워요. 저도 그렇게 살았다면 지금 더 열정적으로 살았을 것 같아요."

"내가 이 매장 문을 연 게 쉰셋이었는데, 자기는 젊어서 좋겠다. 어서 오세요. 뭐 찾으시나?"

앞집에 손님이 왔다. 손님은 앞집 아줌마와 물건을 놓고 값을 흥정했다. 총 4만 원어치를 골라놓고 오천 원을 깎아 달라고 조르던 게 어느새 이천 원까지 줄었다.

"오늘 장사가 너무 안되니까 내가 천 원 더 손해를 볼게. 이천 원 밑으로는 절대 안 돼요."

결국 손님은 이천 원을 깎은 뒤 물건을 들고 뒤돌아섰다. 확실히 장사를 잘하기는 잘했다. 아마 은하 같았으면 손님이 끝까지 오천 원을 깎아달라고 우겼더라면, 그래도 팔았을 것이다. 사장도 그렇게 말했다.

"단돈 천 원이 남더라도 밑지지만 않으면 무조건 파세요. 현금이 돌아야 하니까요."

그런데 천 원 아니라 본전이라도 사자고 덤비는 사람이 코빼기도 비치지 않았다. 미칠 일이었다.

"자기, 나 먼저 들어갈게."

"네, 들어가세요. 수고하셨어요."

앞집 아줌마가 손을 탁탁 털고 매장을 나섰다. 시계를 보니 어김없이 6시였다. 그래도 새벽 5시를 넘기면서 손님들이 좀 붙어서 모처럼 매상을 많이 올렸다. 처음으로 20만 원어치를 기록했다. 값을 깎으려는 손님들과 어지간히 실랑이는 벌였지만, 기분이 좋았다.

사장이 출근하자 은하는 매장에서 나왔다. 매장이라야 한 평이 조금 넘는 손바닥만 한 공간이었다. 물건들이 발밑까지 잔뜩 쌓여있어 앉아 있는 것도 불편할 정도였다. 아르바이트를 하기 전에는 저녁 12시쯤 잠을 자면 아침 6시나 되어야 일어나던 은하였다. 그런데 이곳은 밤새 불야성이었다. 도대체 뭐 하는 사람들이기에 새벽에 옷을 사러 다니는지 처음에는 이해가 가지 않았다.

6시, 지하매장에서 올라와 1층으로 나왔다. 토스트를 파는 포장마차에는 오늘도 손님들이 바글바글했다. 저런 손수레라도 하나 있어서 장사하면 좋겠다 싶었다. 그렇지만 길거리 좌판이라고 우습게 보아서는 안 되었다. 듣기로는 손수레 하나 놓을 공간에 권리금이 몇천만 원씩 붙어있다고 했다. 하기는 팔리는 개수를 보면 오히려 번듯한 가게보다 수익률이 훨씬 높아 보였다. 은하는 터덜터덜 걸어서 한 정거장을 거슬러 올라갔다.

밤을 새우는 일도 이제 어느 정도 적응이 되어 가는지 다리가 후들후들 떨리던 것도 정도가 훨씬 좋아졌다. 오늘은 또 무슨 걱정거리가 은하를 짓누를까? 잠깐 그런 생각이 들었다.

전화벨 소리에 잠에서 깼다. 시계를 보니 두 시가 다 되어 가고 있었다.

"저 미선 엄마예요. 혹시 주무셨어요?"

매장 사장이었다.

"아니, 안 그래도 이제 일어나야지 하던 참이었어요."

"저 죄송한데요, 오늘부터 안 나오셔도 되겠어요."

"왜요? 장사가 안돼서요?"

"네. 아무래도 정리를 해야 할까 봐요. 미선이도 요새 통 떨어지려고 하지 않고……."

"기왕 시작한 거 좀 잘되면 좋았을 텐데요."

"미안해요, 오늘이든 내일이든 은행 문 닫기 전에 한번 나오세요. 일단 임금 정산해 드릴게요."

"알겠습니다."

전화를 끊고 은하는 한참을 멍하니 앉아 있었다. 또 어디 가서 일자리를 구하나 하는 생각에 머리가 아파졌다.

그래도 그 시절 수종 오빠가 옆에 있어서 더는 외롭지 않았다. 은하는 일하는 짬짬이 오빠를 만나 수다도 떨고 맛있는 음식도 함께 먹었다. 지금도 그 시절을 떠올리면 은하는 마치 긴 터널을 빠져나온 것 같은 생각이 들었다. 터널을 무사히 빠져나온 것은 온전히 수종 오빠 덕이었다. 혼자가 아닌 함께라는 것이 눈물나게 소중하고 정겹던 순간이었다. 은하는 악착같이 등록금을 마련해 다시 학교로 돌아갔고 졸업을 했고 출판사에 취업도 했다. 그리고 3년 뒤 수종 오빠와 결혼식을 올렸다.

은미 언니

은미 언니를 떠올리면 은하는 마음이 먹먹했다. 작은오빠는 그래도 끝이 좋아서 다행이었는데 언니는 어쩌면 그렇게 인생이 풀리지 않는지 속이 상했다.

은미 언니는 동네에서 소 장사를 하는 부잣집 아들과 고등학교 때부터 연애했다. 결혼 전에는 언니를 많이 좋아하고 아껴주었는데 은하네 집이 망하면서부터 형부의 태도가 달라졌다.

"너랑 결혼하고 나서 되는 일이 하나도 없어. 너 때문에 내 인생을 망쳤다고."

형부는 매일 술을 마시고 들어와 집안 살림을 집어던지

고 언니에게 손찌검도 서슴지 않았다. 매일 그 모습을 보고 자란 아들 역시 비뚤어졌다.

언니는 묵호항에서 칼국숫집을 하며 생계를 이어갔다. 온종일 힘들게 일하다 집에 들어가면 아들은 컴퓨터 게임에 몰두해 엄마가 들어와도 쳐다보지 않았다.

"민우야 저녁 먹자."

"아이 씨발, 말 시키지 마, 배고프면 내가 알아서 먹어."

아들의 욕설에 언니는 기가 막혔다. 이렇게 살아야 하나? 하는 생각에 회의를 느끼고 있는데 대문을 걷어차고 남편이 집에 들어왔다.

"야, 너 내가 나가라고 했는데 아직도 집구석에 붙어있냐? 너 꼴 보기 싫으니까 내 눈앞에서 사라지라고 했잖아."

"내가 왜 나가? 나가고 싶으면 당신이 나가."

"이 쌍년이 어디서 말대꾸야."

형부는 언니를 향해 재떨이를 집어 던졌다. 하필 재떨이는 언니의 얼굴을 향해서 날아들어 코뼈가 부러졌다. 언니는 피를 흘리며 쓰려졌고 놀란 민우가 뛰어나와 119를 불렀다.

"내가 어지간하면 너한테 전화하지 않으려고 했는데 좀 와줘라."

은하가 병실을 찾았을 때 언니는 코를 15바늘이나 꿰매고 혼자 누워있었다. 형부도 민우도 코빼기도 보이지 않았다.

"언니, 차라리 이혼해. 이렇게 살아서 뭐 해?"

"민우 고등학교만 졸업하면……. 이제 1년 남았어."

그 당시에는 은하도 세 아이를 키우고 있었기에 아이를 위한 언니의 심정을 이해할 수 있었다. 그렇지만 이렇게 몸이 만신창이가 될 정도로 맞고 사는 것은 아이의 교육을 위해서도 절대 잘하는 일이 아니라는 생각이 들었다. 어머니를 닮아 음식 솜씨가 좋은 언니는 칼국수 집이 제법 잘되었다.

"언니는 음식 솜씨도 좋고, 어디 가서 칼국수 집 하나 차리면 충분히 먹고살 수 있잖아."

"나만 생각하면 당장이라도 이혼하고 싶지, 그렇지만 자식을 낳았으니 최소한의 노력은 해야지."

"형부는 왜 시간이 지날수록 더 거칠어지셔?"

"하는 일마다 다 안되니까 의욕이 없어서일 거야."

"언니, 진단서 떼자. 이거 최소한 전치 두 달은 나올 거야."

"진단서 떼면, 고소라도 하라고?"

"고소는 안 하더라도 협박용으로 쓸 수는 있잖아."

"뭐하러, 필요 없어."

언니는 삶을 포기한 사람처럼 의욕이 없었다. 이럴 때 오빠들이 형부를 찾아와 바람막이가 되어준다면 얼마나 좋을까? 은하는 버팀목 하나 없는 언니의 신세가 너무 가슴 아팠다. 서울로 돌아와서도 은하는 언니의 생활이 궁금했다.

얼마 후 형부가 여자가 생겨 집을 나갔다는 소식이 들려왔다. 남편이 바람이 나서 집을 나갔는데 언니는 속이 다 시원하다고 했다. 잠을 자다가도 언제 또 남편이 술에 취해 들어와 폭력을 행사할까 싶어 겁에 질려 살았으니 그럴 만도 했다. 형부가 집을 나간 후 민우도 고등학교를 졸업했다. 그런데 한동안 편히 사는가 싶던 언니에게 전화가 걸려왔다. 언니의 전화는 좋은 일보다 나쁜 일이 더 많았기에 또 무슨 일인가 걱정부터 앞섰다.

"은하야, 어쩌냐, 민우가 사고 쳐서 서울에서 구속됐다."

"무슨 일로?"

"나도 몰라. 일단 경찰서로 가봐야 해. 나 너무 겁나고 떨리는데 같이 좀 가주지 않을래?"

"언니 언제 올 건데?"

"지금 출발할 건데 오후 4시면 청량리역에 도착할 거야."

"그럼 언니 청량리역에서 만나."

약속한 시각에 청량리역으로 가자 언니가 허둥지둥 개찰구를 빠져나오는 모습이 보였다. 얼마나 정신이 없었으면 앞치마를 입은 채였다.

"언니, 장사하다 왔구나. 얼른 그 앞치마 좀 벗어."

"아, 내 정신 좀 봐. 앞치마 입은 줄도 몰랐다. 무슨 생각으로 여기까지 왔는지 모르겠어."

"어디로 가면 돼?"

"성북경찰서래. 아마 그 지역에서 일을 저질렀나 봐. 동해 경찰서는 하도 들락거려서 겁이 안 나는데 갑자기 서울이라니까 가슴까지 콩닥콩닥뛴다. 제발 별일 아니어야 할 텐데……."

"언니 너무 걱정하지 마. 별일 아닐 거야."

은하는 언니와 성북경찰서를 찾아갔다. 민우는 경찰서 안에 있었는데 곧 의정부교도소로 이송될 예정이라고 했다. 죄목은 폭행치사였다. 술을 마시고 패싸움이 붙었는데 민우한테 맞은 아이가 급소를 맞았는지 병원으로 옮겼는데 하루 지난 뒤에 숨을 거두고 말았다는 것이었다. 상대가 죽었다는 말을 들은 언니는 자리에서 주저앉았다.

"어째, 기어이 큰일이 터졌구나."

은하가 물었다.

"그러면 우리 민우는 이제 어떻게 되는 건가요?"

"일단 고의성이 없었다는 것을 증명해야 하는 게 큰일이에요. 합의금도 준비하셔야 하고요, 유족과 합의가 되지 않으면 실형을 오래 살아야 할 겁니다."

"일단 우리 아들 좀 만나게 해주세요."

"잠시 기다리세요."

잠시 후 풀이 죽은 민우가 나타났다. 뜻밖에 언니에게 늘

기세등등하던 민우는 언니를 보자 주저앉아 울기 시작했다.

"엄마, 잘못했어요. 그런데 내가 죽이려고 그랬던 건 절대 아니에요."

민우의 표정은 평소와 달리 겁에 질려 있었다.

"이놈아, 무슨 억하심정이 있어서 남을 죽도록 팼어? 네 아비가 매일 엄마 패는 거 보고도 느끼는 게 없었니? 하긴 매일 보고 자란 게 폭행이니 누굴 탓하겠니? 다 엄마 잘못이지……."

"엄마, 제발 합의해 주세요. 합의가 안 되면 평생 감옥에서 살아야 할지도 모른대요."

평소 욕을 달고 살던 조카가 언니에게 존댓말까지 쓰며 자신을 살려달라고 우는 모습이 아이러니했다.

민우가 유치장으로 다시 들어가고 형사가 말했다.

"좋은 변호사를 선임하면 형량을 많이 줄일 수 있을 겁니다. 그래도 사람이 죽었으니 최하 3년 이상은 받을 거예요. 3년 이하여야 집행유예로 나올 수 있는데 아마 실형은 면하지 못합니다."

은하는 경찰서를 나와 언니를 은하네 집으로 데리고 왔다.

"큰일이다. 우리 집은 형부가 전세에서 월세로 돌린 후 보증금 한 푼 없고, 가지고 있는 돈이라야 칼국숫집 보증금 3천만 원이 전부인데 이 일을 어쩌면 좋니?"

"언니 일단 돈이 필요하니까 내일 당장 가게부터 처분하고 다시 와. 그사이 내가 변호사를 알아볼게. 작은오빠한테 전화해볼까? 현우가 지금 로스쿨 다니고 있잖아."

"아니야, 전화하지 마. 안 그래도 나 사는 거 쪽팔려 죽겠는데 같은 사촌끼리 하나는 사람 죽이고 하나는 변호사를 알아봐 주는 것도 좀 그렇다. 현우가 변호사도 아니고 누구한테 부탁해야 할 텐데, 차라리 모르는 사람이 낫지. 솔직히 민우 하는 꼴을 봐서는 애저녁에 인간 되기는 글렀는데, 이참에 감옥에서 푹 썩으라고 하고 싶은 심정이야."

"그래도 언니, 해 볼 수 있는 데까지는 해 봐야지."

"그나저나 가게를 내놓는다고 바로 나갈지도 모르겠다."

다음 날 언니는 동해로 돌아갔다.

은하는 주변의 지인들을 동원해 좋은 변호사를 물색하느라 여기저기 돌아다녔다. 그러나 당장 3천만 원이 있다 해도 변호사 선임은 어림없었다. 변호사 선임보다 합의금이 더 문제였다.

며칠 후 올라온 언니는 일단 가게를 내놓고 가게 팔리면 준다는 각서를 쓰고 가게 주인에게 3천만 원을 빌려왔다.

"좀 알아봤니?"

"언니, 가지고 있는 돈으로 변호사는 꿈도 못 꿔. 변호사는 국선변호사로 가야 할 것 같아. 그리고 그 돈은 일단 합의금으로 써야 해. 물론 합의금도 최소 억 단위라 어림없겠지만……. 나도 좀 마련해 볼게."

"너한테는 늘 미안하다, 언니가 돼가지고 늘 동생 신세나 지고……."

그 뒤에 유족들과 만나 합의를 하고 재판을 따라다니는 과정은 무척 힘들었다. 재판이 있던 날, 언니와 함께 서초동 법원을 찾았다. 변호사는 국선변호사를 선택했는데 국선치고는 꽤 신경을 써주었다. 의정부교도소에 있던 민우는 그 안에서 무슨 말을 들었는지 무조건 국민참여재판을 신청해야 한다고 우겼다. 국민참여재판은 배심원들의 마음을 움직일 수 있는 여지가 있어야 하는데 술을 먹고 패싸움을 하다가 사람을 죽여놓고 무슨 국민재판 운운이냐며 언니는 혀를 찼다.

"정말 내 속으로 낳은 자식이지만 저 안에서도 어떻게든 살겠다고 아등바등하는 게 징그럽다. 나 같으면 죽은 아이에게 미안해서라도 속죄하며 살겠구만……."

남편에 이어 하나 있는 아들까지 언니의 인생을 구렁텅이로 처박는 것이 너무 안쓰러웠다.

"언니, 기왕 벌어진 일이니 마음 단단히 먹어. 이런 일이 없었다면 좋았겠지만 어쩌겠어, 죽은 사람한테는 미안하지만 산 사람은 또 살아내야지."

은하는 재판정에 직접 가 보는 것이 처음이었다. 재판정은 그리 크지 않았고 방청객들도 몇 명 되지 않았다. 대부분 법을 공부하는 사람이거나 나이가 많아서 할 일 없는 노인이었다. 일찍 도착해서 기다리고 있으니 죄수복을 입은 민우가 피고인석으로 들어왔다. 민우는 언니와 은하가 앉아 있는 모습을 흘깃 쳐다보고는 시종일관 고개를 떨구고 있었다.

변호사는 언니를 증인으로 세워 민우가 자라온 환경에 관해 신문했다. 언니는 하루가 멀다하고 남편에게 맞아서 아들이 그 화를 삭이지 못해 폭력적으로 되었다고, 언니는 남편을 죽일 놈을 만들어가며 민우를 열심히 변호했다. 배심원석에서 혀를 끌끌 차는 동정 여론이 일었다. 또 하나 정상이 침착된 것은 죽은 아이가 민우에게 맞은 즉시 죽은 것이 아니라 병원으로 옮겨져 다음 날 죽었다는 사실이었다. 즉사가 아니라 다른 원인이 있을 수도 있다고 변호사가 변론했다.

재판은 집요했다. 민우가 커온 과정과 학교 선생님들이 써준 생활기록부도 모두 까발려졌다. 다행히 중학교 때까지는 아이가 착하고 공부도 잘했다는 사실이 참작되었다. 배심원들이 모두 퇴장하고 다시 좌석으로 돌아왔다.

과연 어떤 결말이 나오게 될지 입안에서 침이 바작바작 말랐다. 변호사가 최종변론을 마치자 판사가 검사를 보며 형을 어떻게 내릴 것인가를 물었다. 검사가 낮은 목소리로 10년이라고 내뱉었다. 언니는 은하의 손을 잡았다. 손이 덜덜 떨리고 있었다. 조카도 이렇게 처참한 마음이 드는데 엄마의 마음은 어떨까, 상상이 되지 않았다.

언니는 평소 민우가 어떤 아이인가를 증명하기 위해 증언대에 서서 최선을 다해 민우를 변호했다.

재판 전에 국선변호사가 말했다. 죗값은 받아야 한다고, 언니도 민우가 죗값을 치러야 한다는 데는 이견이 없었다. 다만 형량이 5년을 넘지 않기를 바랐다. 언니는 남의 집 귀한 아들을 때려서 죽게 했으니 아들이 혀를 깨물고 죽어도 시원찮다고 말했다. 그러나 한편으로는 5년만 넘기지 않았으면 좋겠다고, 제발 5년이라는 말을 염불처럼 중얼거렸다.

다섯 명의 배심원들이 차례로 자리를 잡고 앉자 판사는 그들이 내민 판결문을 받아 들었다. 판사가 계속 뭐라고 말했지만 아무 소리도 들리지 않았다. 맨 끝에 말한 4년이라는 소리만 귀에 또렷하게 들렸다. 은하는 언니의 손을 두 손으로 꼭 잡았다.

재판이 끝난 뒤 다시 만난 국선변호사는 민우의 선택이 탁월했다고 말했다.

"무엇보다 어머니의 진술이 배심원들의 마음을 움직인 것 같아요. 늘 아버지에게 맞고 사는 것을 지켜본 민우의 울분을 대변해 주었다고나 할까요. 어쨌든 3년 형 이하여야 집행유예로 나올 수 있는데 형은 살아야 합니다."

"집행유예는 바라지도 않았어요. 검사가 10년을 구형했는데 4년이면 정말 잘된 일이에요. 변호사님 감사합니다. 정말 감사합니다."

언니는 절이라도 올릴 기세로 고개를 숙여 감사함을 표했다.

"검사 측은 항소를 한다고 하네요. 형량이 죄에 비해 너무 가볍다고……."

"그러면 어떻게 되나요? 형량이 다시 조정될 수도 있나요?"

"그럴 가능성도 없지는 않아요. 그렇지만 많아야 1년 정도? 혹시 형량이 늘더라도 5년은 넘기지 않을 겁니다. 아니, 그런 일이 생기지 않기를 바라야지요."

국선변호사는 웃었다. 처음에는 어찌나 깐깐하게 굴던지 마치 언니가 죄인인 것 같이 몰아붙이더니 겪어보니 그리 나쁜 사람은 아니었다.

"은하야 애썼다. 고맙다. 만약에 너도 없었으면 나 혼자 어쩔뻔했니?"

새로 만난 여자와 아예 살림을 차렸다는 형부는 재판이 끝나도록 코빼기도 보이지 않았다.

"내일 민우 만나고 나면 동해로 내려갈게. 가서 형부하고 이혼 도장 찍고 나도 살길을 마련해야겠다."

"앞으로 어떻게 살려구……."

"설마 산 입에 거미줄이야 치겠니? 가게도 팔렸다니까 정리하고 살길을 알아봐야지. 아들 감옥살이 뒷바라지하려면 어쨌든 돈을 벌어야지."

민우 나이 올해로 20살, 형부와 고등학교 때부터 연애해서 결혼한 언니는 그야말로 빈손이었다. 남은 것은 형부한테 맞아 병든 온몸의 멍과 감옥에 갇힌 아들, 언니는 헛웃음을 웃었다.

"참 인생 별거 아니네."

온종일 물 한 모금도 먹지 않던 언니는 법원 근처 국밥집에서 소주 한 병을 거뜬히 비워냈다.

"너한테 미안하다. 언니라고 좋은 꼴도 못 보이고 도움도 못 주면서 매일 너한테 신세나 지고……. 돌아가신 어머니도 불쌍하고, 은선이도 불쌍하고, 내가 여건만 되면 은선이라도 데리고 있었으면 좋았을걸. 그 어린 게 독사 같은 올케 밑에서 어떻게 살았을꼬."

언니는 긴장이 풀렸는지 소리를 내 울었다. 은하도 눈물이 앞을 가렸다. 눈앞에 빈털터리로 앉아 있는 언니가 너무 가여웠다. 언니는 동해로 내려간 뒤 형부와 이혼했고 가게도 정리했다.

"이혼은 순순히 해줘?"

"안 해주면 그동안 병원 다닌 거 다 떼어다가 고소한다고 했어. 그랬더니 두말하지 않고 도장 찍더라. 쫄보 새끼. 그렇게 겁도 많은 놈이 까불기는."

"언니는 괜찮아? 기분이 어때?"

"속이 다 시원하다. 날아갈 것 같아. 이럴 줄 알았으면 민우 고등학교 졸업할 때까지 기다릴 게 아니라 진작 이혼하고 민우를 데리고 나왔으면 좋았을걸. 아직 서류 정리까지는 3개월 숙려기간이 필요해서 완전히 끝난 건 아니야, 빨리 3개월이 지나면 좋겠어."

가게까지 처분한 언니는 오갈 곳이 없어 간병인 일을 시작했다. 병원에서 먹고 자고 일하다가 일주일이나 보름에 한 번 쉬는 날은 민우가 있는 서울구치소로 면회를 다녔다.

"은하야 너한테 이런 부탁까지 하기는 좀 미안한데 민우 면회 좀 같이 가자. 면회하러 자주 가면 그게 다 점수로 환산되어서 감형 점수에 참작된대. 그 새끼는 감방에 들어앉아서 그런 것만 연구하나 봐. 어제 전화 왔는데 이모도 좀 모시고 오라고 하더라고."

"알았어 언니, 그렇지 않아도 나도 민우가 어떻게 지내는지 궁금했어. 언제 갈까?"

"다음 주에 쉬는 날 올라갈게."

언니와 약속한 날이 되어 은하는 민우를 면회 가기 위해 서울구치소를 찾았다. 그동안 의정부교도소에 있던 민우는 형이 완전히 결정된 이후 서울구치소로 이송되었다.

면회 신청을 한 후 은하는 언니와 나란히 앉아서 전광판을 바라보았다. 이곳에서는 이름 대신 모든 것이 숫자로 통했다. 얼마 기다리지 않아 민우 수감번호가 전광판에 떴다. 은하는 언니와 함께 일어나 휴대전화를 사물함에 넣고 민우를 만나기 위해 열 개의 작은 방이 죽 늘어선 곳에서 그중 한 방으로 들어갔다.

잠시 기다리자 민우가 나왔다. 죄수복을 입은 민우가 살짝 웃으며 인사했다.

"이모 오셨어요?"

"그래 오랜만이다. 안에서는 지낼만하니?"

"네. 제가 폭행치사로 들어와서 그런지 아무도 안 건드려요."

순간 은하의 귀에는 민우의 말이 자랑삼아 말하는 것처럼 들렸다. 폭행치사는 말 그대로 사람을 때려서 죽인 것이니 한 방에 있는 사람이 겁을 먹을만도 했다. 민우와 이런저런 이야기를 나누는데 금세 10분이 지났다.

"이모, 우리 엄마 좀 잘 부탁드려요. 정신 차리고 나가면 엄마 잘 모실게요."

형식적인 말이었으나 은하는 제발 그렇게 되었으면 좋겠다고 생각했다. 돌아오는 길은 쓸쓸했다. 언니는 바로 원주로 가야 한다고 말했다.

"간병인은 할만해?"

냉면 집에서 비빔냉면 두 개를 주문하고 기다리면서 은하가 물었다.

"협회에 가서 교육받고 실습 1주일 한 다음에 바로 투입됐는데 딱히 힘들다고 말하기보다 좀 비위가 상하는 일이 많아. 병원에서 환자들하고 같이 생활하니까 기분도 가라앉는 것 같구. 그래도 일주일에 5번만 일해도 한 달에 70만 원에서 100만 원은 벌어. 24시간 풀타임을 뛰면 훨씬 더 많이 벌고. 바쁘니까 시간은 잘 가서 좋아. 잡생각도 안 나고."

언니가 실습을 받은 곳은 암 병동이었다. 그야말로 죽기만을 기다리는 환자가 왜 그렇게 많은지, 첫날은 병실에 배인 약 냄새와 구토 냄새가 섞인 이상야릇한 냄새를 견디기 힘들어 밥은커녕 물도 한 모금 마시기 힘들었다고 한다. 환자들은 시도 때도 없이 토했다.

언니가 맡은 할머니는 위암에 치매까지 걸린 노인이었다. 처음 인사를 하자 언니의 손을 꼭 잡고 고모님 오셨냐고, 어찌나 정중하게 인사를 하던지 민망할 지경이었다. 할머니는 잠깐만 한눈을 팔아도 휴지를 입에 넣고는 했다. 먹는 음식을 하도 토하니까 음식에 대한 스트레스가 많은 모양이었다. 어쩌다 제정신이 돌아오기는 하는데 가만히 보고 있으면 참 안쓰럽다고 했다. 간병인을 하려면 사전지식이 필요했다. 언니는 짬이 날 때마다 위암에 관계된 각종 사례를 읽어 내려갔다.

각종 사례를 보면 처음엔 무조건 암이 무서웠다고 밝히고 있었다. 언니가 맡은 할머니도 그랬다. 처음에는 무서웠다고, 물론 주변에서는 그래도 살 만큼 살고 나이를 먹은 후 걸린 병이라 그나마 다행이라고 말한다고 했다. 그러나 같은 병실을 쓰는 사람이 하나둘 죽어 나가고 언젠가는 자신도 저렇게 스러져 버릴 것을 생각하면 지금도 악몽을 꿀 정도로 무섭다고 했다. 물론 아픔 때문에 고통을 호소할 때는 빨리 죽고 싶다고, 제발 죽여달라고 매달려 빌고 싶은 마음이지만 그 순간이 지나면 안도의 한숨을 내쉬는 자신이 너무 싫다는 소리도 했다고 한다.

할머니는 두 아들과 딸 하나를 두었는데 아들이 서로 모시려고 하지 않아 딸네 집에서 10년 이상 살림을 돌보며 얹혀살았다. 딸이 직장생활했기에 어린 젖먹이 둘을 할머니가 오롯이 키워냈다. 어느새 아이들이 커가고 더는 손길이 필요하지 않자 사위의 눈총이 시작되었고, 할머니는 이러지도 저러지도 못하는 상황에서 덜컥 암 진단을 받은 것이다.

병원에 일주일 이상을 같이 있었지만, 할머니를 찾는 사람은 딸 하나뿐이었다. 딸은 어머니가 손주를 키우느라 고생을 너무 많이 했고, 이 눈치 저 눈치를 살피느라 스트레스로 암이 생긴 것이라며 올 때마다 눈물을 글썽였다. 언니가 간병인 생활을 시작한 지 일주일 만에 여섯 사람이 누워있던 병실에서 두 사람이 죽어 나갔다. 그중 한 할머니는 다른 간병인이 약을 바꾸어 먹인 바람에 약이 목에 걸렸는데 그 다음 날 유명을 달리했다. 약을 잘못 먹인 간병인은 소문이 날까 봐 전전긍긍이었다. 물론 약이 목에 걸려서 죽었다는 보장은 없지만, 두고두고 개운치가 않다고 했다.

할머니는 요새 갑자기 왕성한 식욕을 나타냈다. 그렇지만 그렇게 잘 먹어도 얼굴에 화색은커녕 오히려 죽음의 빛이 드리우고 있다는 생각이 들 정도로 안색이 좋지 않았다. 잠깐씩 잠이 들어 깨어나지 않을 때면 언니는 다가가 맥박을 짚어보았다. 요즘 들어 할머니는 부쩍 딸아이가 자주 찾지 않는다며 짜증을 부렸다. 온종일 함께 있는 시간이 많아서인지 일주일 만에 할머니가 어떻게 살아왔는지 시시콜콜한 과거까지 모두 알게 될 정도였다. 그것도 제정신이 돌아왔을 때만 듣게 된 이야기였다.

아침에는 우리 고모님 오셨다고 깍듯이 인사를 하고 잠시 후에는 '야, 이년아, 니가 여기가 어디라고 나타나? 시애미 죽는다니까 고소하지 이년아.'하며 당장이라도 침대에서 내려와 머리채라도 잡아챌 표정으로 덤빈다고 했다. 그런 경우는 빨리 자리를 피하는 게 상책이었다. 일단 눈에 안 보이면 마음의 안정을 되찾고 의식도 제대로 돌아오기 때문이었다. 할머니의 이야기로는 두 아들보다 며느리와 사이가 더 안 좋다고 했다. 아마도 그 말은 사실인 듯 일주일이 지나도록 문병을 오는 사람은 여전히 딸 하나뿐이었다. 딸은 올 때마다 우리 어머니 잘 좀 부탁한다고 언니에게 부탁하고는 했다. 그럴 때마다 언니는 할머니가 어머니의 팔자를 닮은 듯해 더 신경이 쓰였다.

할머니의 덩치는 또 얼마나 좋은지 머리 한번 감기려면 혼자 힘으로 할 수가 없어 다른 간병인의 도움을 받아야 했다. 가끔 누워서 잠을 청하는 할머니의 숨소리가 고르지 못하면 더럭 겁이 나기도 했다. 혹시라도 돌아가실까 걱정스러웠다. 그럴 때면 돌아가신 아버지와 어머니가 떠올랐다. 언니 역시 은하와 마찬가지로 부모님의 임종을 지키지 못했다. 아버지는 병원에 달려갔을 때 이미 돌아가신 뒤였고 어머니는 돌아가신 지 며칠이 지난 뒤 집에서 발견되었다.

암 병동에 입원한 환자들은 대부분 자식의 얼굴을 보지 못하고 죽는 경우가 허다했다. 자식도 지켜보지 못하는 임종을 간병인이 지켜보는 것이다. 임종 소식을 알리면 병원으로 오는 도중 숨을 거둘 때가 많아서 마지막은 간병인의 몫이었다. 돈이 아쉬워서 이 일을 하기는 하지만 오래 할 일은 아니라는 생각이 들었다. 환자들과 함께 오래 있다가는 언니도 금방 앓아누울 것만 같았다. 그러나 지금 언니는 찬밥 더운밥을 가릴 처지가 아니었다. 쉰밥이라도 준다면 씻어서라도 먹어야 할 형편이었다.

할머니가 돌아가시면 또 새로운 일자리를 구해야 했다. 의외로 일자리는 많아 일거리가 떨어질 염려는 없다는 것이 위안이 되었다. 24시간 근무를 3일씩 하고 나면 몸이 무척 피곤했다. 워낙 깔끔한 할머니라 30분 만에 한 번씩 소변을 받아내는 데 밤에 잘 때도 예외가 없었다. 그런데도 어찌나 말이 많고 자기 자랑이 심한지 젊은 시절 참 대단하게 살았을 것 같다는 생각이 들었다고 했다.

언니는 일하는 짬짬이 아들의 안부가 궁금하다고 속내를 말했다. 중학교 3학년 때부터 가출을 밥 먹듯이 하며 속을 썩였기에 공부 잘하는 것은 바라지도 않았고 아무 사고 없이 고등학교 졸업장만 받기를 빌고 또 빌었는데, 그래서 고등학교 졸업을 하고 나자 할 일을 다 한 듯 마음이 홀가분했는데, 언제 또 서울에는 가서 이 사달이 났는지 생각하면 기가 막힐 뿐이었다.

딸이 아닌 사내아이라 커가면서 어미 품을 파고들기보다

뚝뚝 떨어져 나가는 것 같아 서운할 때가 많았다. 남편 복이 없으니 자식 복도 없는가 보았다. 아무튼 밤을 새워가며 암 병동에서 지내다 보니 잡생각 할 사이 없이 시간은 잘 갔다.

때때로 혼자라는 생각에 외롭기도 했으나 암 병동에서 외로움 따위의 감정은 사치였다. 매일 죽느냐, 사느냐의 갈림길을 오가는 사람들을 보면서 언니는 도를 닦는 심정으로 하루하루를 견뎌냈다.

병원은 전형적인 아침형 사이클이었다. 저녁 9시만 되면 모두 불을 끄고 자리에 누웠다. 대신 새벽 5시면 기상했다. 언니는 저녁형 인간이라 초저녁부터 잠이 오지 않았다. 간이 의자에 누운 몸도 편치 않았고 30분에서 1시간 간격으로 일어나 뒤척이는 할머니를 돌보자니 깊은 잠은 자지 못했다. 텔레비전이라도 마음 놓고 보면 시간이라도 잘 갈 텐데 그것도 동전이 있어야 가능했다. 누군가 동전을 넣고 연속극을 보면 같이 보았다.

할머니는 곤히 잠들었다. 시계를 보니 저녁 12시였다. 언니는 침대 밑에 있는 보조 의자를 꺼내 새우처럼 웅크리고 누웠다. 오늘은 할머니가 주무시다가 몇 번이나 깰지 알 수 없었다. 그러나 명확한 것은 이제 할머니의 운명이 며칠 남지 않았다는 것이 실감이 났다. 개똥밭에 굴러도 이승이 낫다는데, 목숨이 붙어있는 한 열심히 살아야겠구나, 그런 생각이 들었다. 연이틀 잠을 못 자서인지 좁은 간이침대에 머리를 대자 한꺼번에 졸음이 몰려왔다.

"고단한 삶, 이 고단한 삶은 언제나 끝이 날까? 그렇지만 시작이 있으니 반드시 끝도 있겠지?"

"그럼 언니 반드시 끝이 있을 거야."

언니는 짬이 나면 은하에게 전화를 걸어 하소연했다.

"너한테 늘 미안하고 고맙다, 그렇지만 이렇게 하소연하지 않으면 못 견딜 것 같아서 그래. 조금만 더 참아주라."

"언니, 전화를 받는 것 정도는 언제든지 할 수 있으니까 언제든 전화해."

은하는 언니의 전화를 끊고 아르바이트를 전전하며 외롭고 고통스럽게 살았던 순간을 떠올렸다. 그래서 전화 정도는 얼마든지 받아줄 수 있었다.

미숙이

고향 집을 둘러본 뒤 오랜 시간 회상에 잠겨 있던 은하는 아버지 산소를 찾았다. 아버지 산소는 집과 가까이 있어서 금방 도착했다. 아무도 돌보는 사람 없는 무덤에는 잡초가 무성해서 관심 있게 보지 않으면 이곳에 무덤이 있다는 것도 모를 정도였다. 은하는 마을에 아는 사람이 있나 생각해보았다. 제일 먼저 미숙이가 떠올랐다. 미숙이는 같은 대학에서 조경을 전공한 남자와 결혼해 횡성으로 이사했다. 미숙이 동생 미남이가 아직 이곳에 살고 있으니 제초기를 빌려서 잡초라도 정리하고 싶었다. 은하는 미숙이에게 전화를 걸었다.

"미숙아, 오랜만이다."

"그래 잘 지내고 있지?"

"나 지금 청수골에 와 있어."

"무슨 일 있니?"

"그냥 고향이 그리워서 왔지."

"네가? 고향이 그리워서 왔다고?"

평소 고향이라면 고개를 젓는 은하의 말이 믿기지 않는다는 듯 미숙이가 되물었다.

"언제 갈 건데?"

"내일 올라가려구."

"그럼 오늘은 어디서 잘 거니?"

"아직 숙소 안 알아봤는데, 오늘 평일이라 호텔도 많고 자는 건 걱정 안 해도 될 것 같아."

"너 그러지 말고 우리 집에 와서 자고 자라. 차는 가지고 왔지?"

"렌트했어. 그런데 너희 집에 갈 시간까지는 안 될 것 같아. 일단 아버지 산소 좀 정리하고 둘러볼 곳도 있어서 시간이 빡빡해."

"그러면 너 일 보고 있어. 내가 그쪽으로 갈게."

"아니야, 바쁜데 그럴 거 없어. 내가 일간 횡성으로 놀러 갈게. 참, 미남이 전화번호 좀 알려줘. 제초기 좀 빌리게."

"제초기 빌려도 너는 못 해. 그게 은근히 사용하기 어렵고 사고도 자주 나거든."

"그럼 낫이라도 하나 사 올까? 아버지 산소를 너무 방치했더니 눈 뜨고 볼 수 없을 정도다."

"그러지 말고 미남이한테 내가 부탁할게. 오늘은 아니더라도 시간이 있는 날 산소 좀 돌봐달라고."

"안 그래도 바쁜 애한테 누나 친구 아버지 산소를 손봐달라고 어떻게 부탁하니? 그건 말이 안 된다."

"참, 요새 동사무소에서 산소 맡아서 관리해 주니까 차라리 돈을 주고 거기에 맡기는 게 어때? 우리도 아버지 산소 맡겼더니 아주 편해. 일 년에 한식하고 추석 두 번 정리해 주더라."

"아, 그게 좋겠다. 그런 거 있다는 말은 들은 거 같아."

"아무튼 너 숙소 잡고 있어. 저녁에 내가 갈게."

"네 남편한테 미안해서 그렇지, 정말 올 거야? 오면 나야 너무 좋지."

"그럼, 너 본 지도 오래됐고, 나도 일간 너 보러 서울 한번 가려고 했거든. 잘됐다. 나도 차 가지고 움직이면 여기서 한 시간 반밖에 안 걸려."

"아무튼 알았어. 그럼 미남이 전화번호는 필요 없겠다. 안 그래도 바쁜 사람인데 부탁하는 것도 미안했는데……. 일단 동사무소로 가 볼게."

"그럼 저녁에 만나서 저녁 같이 먹자."

"알았어. 너를 볼 수 있다고도 생각도 못 했는데 잘됐다."

전화를 끊고 은하는 울컥 울음이 나올뻔했다. 사실 미숙이는 동기간보다 나았다. 서울에서 아르바이트하며 고생할 때, 아파서 외롭게 누워있을 때, 어머니 얼굴 다음으로 떠오른 얼굴은 바로 미숙이었다. 한동안 연락을 끊어서 수년이 지난 후 미안한 마음에 전화를 걸었을 때도 책망보다 죽은 사람 돌아온 듯 반갑게 맞아주던 미숙이의 마음 씀씀이가 고마웠다. 그 뒤 미숙이와는 계속 연락을 주고받았고 일 년에 서너 번씩 만나 회포를 풀었다. 저녁에 미숙이를 만난다고 생각하니 은하는 왠지 힘이 솟았다. 은하는 동사무소가 문을 닫기 전에 발걸음을 재촉했다.

차를 몰고 동사무소를 찾아갔다. 동해에 도착한 뒤 아직 아무것도 먹지 않았는데 점심때가 훨씬 지났어도 배가 고프지 않았다. 동사무소에 도착해 찾아온 이유를 말하고 산소의 위치를 알려주었다.

"오늘 당장은 어렵고 내년 한식부터 하는 게 어떨까요?"

"아니요, 이번에는 일단 시간 되시는 대로 다듬어주시고 내년부터 정기적으로 해주세요."

"그러면 며칠 내로 처리한 뒤 사진 찍어서 보내드리겠습니다.”

“감사합니다. 비용은 드리고 갈게요.”

“네, 다음부터는 입금하시면 벌초한 뒤 사진 보내드리니 확인하시면 됩니다.”

아버지 산소를 부탁하고 나오자 마음이 홀가분했다. 산소에 소주 한 잔도 못 올리고 왔으니 곧 다시 찾아보아야겠다는 생각이 들었다. 아버지 살아생전에 다섯 명이나 되는 자식을 낳아서 거두고 키웠는데 돌아가신 뒤 제삿날이나 명절에 찾아와 벌초는커녕 술 한 잔 올리는 자식이 없다는 사실이 씁쓸하기 그지없었다. 하기는 자신부터도 등 돌리고 살았는데 누구를 탓할 처지가 아니었다.

어머니를 모신 봉안당에는 가끔 찾아갔다. 어머니가 쓰러져서 돌아가신 뒤 시신이 일주일이나 지난 뒤 발견되어서 산소를 쓸 수도 없었다. 그래서 화장해서 봉안당에 모셨고 어머니 생신날과 돌아가신 날 두 번씩 찾아뵈었다. 처음에는 마음이 울적하거나 어머니가 보고 싶을 때면 시도 때도 없이 찾아갔다. 어머니가 외할머니 계신 논골담길을 찾아가신 심정을 알듯도 했다.

은하는 작은오빠가 부탁한 부지를 돌아보기 위해 상속청구권 청구서를 꺼내 주소를 확인했다. 내비게이션에 주소를 입력한 후 그 장소를 찾아갔다. 가서 보니 도로가 접한 곳에 밭이 만 평 있는데 그곳에 도로가 새로 나면서 국가가 땅을 매입하려고 계획하고 있었다. 큰오빠가 논밭 팔고, 산 팔고, 집까지 처분하면서 어째 이렇게 큰 땅을 발견하지 못했는지 그 점이 의문스러웠다. 이제라도 이 땅이 나타났으니 웬 떡이냐 싶었을 것이다. 그러나 이 땅마저 혼자 독식하려는 큰오빠의 계획이 이번에는 순조롭게 진행되지 않을 것이었다. 나머지 형제들이 그새 똑똑해졌고 큰오빠에 대한 마음의 원한이 아직 풀어지지 않았기 때문이었다.

은하는 시계를 보았다. 오후 4시가 지나고 있었다. 미숙이와 저녁을 먹으려면 지금 밥을 먹으면 안 될 것 같았다. 은하는 차를 묵호항으로 돌렸다. 항구에 가면 밥을 먹지 않더라도 시장이 옆에 있으니 이것저것 군것질을 하면 될 듯했다.

묵호항으로 가는 길에 다시 논골담길 근처를 지났다. 다른 길도 있었으나 은하는 일부러 그 길을 지나갔다. 묵호항에는 사람들이 많지 않았다. 은하는 묵호항 안쪽 깊숙이 들어가 재래시장 쪽으로 갔다. 구운 오징어와 군밤, 붕어빵, 만두, 찐빵 등 겨울 간식거리를 파는 가게가 즐비하게 늘어서 있었다. 은하는 어묵과 붕어빵을 함께 파는 가게를 찾아 길가에 서서 뜨거운 붕어빵을 호호 불어먹었다. 시장에 따라가면 어머니는 늘 간식을 사주셨다. 한창 클 때여서인지 아니면 지금처럼 과자가 많지 않아서였는지 어쩌면 간식들이 그렇게 다 맛있는지, 어린 은하가 어머니를 따라다닌 것은 혹시 간식거리 때문이 아니었나 싶은 생각이 들었다.

간단히 요기한 뒤 은하는 묵호 어시장 쪽으로 나와 생선을 파는 곳을 둘러보았다. 요새 오징어가 잘 안 잡혀서 한 마리에 만원이나 간다고 상인들이 울상이었다.

"오징어를 먹느니 차라리 회가 더 싸요."

은하는 자라면서 오징어를 질리도록 먹었다. 막 잡은 오징어를 회로 썰어 먹으면 달착지근한 맛이 났다. 그리고 말린 오징어는 불에 구우면 구수한 맛이 있어서 겨울에는 간식 대용으로 입에 달고 살았다. 아버지가 어업에 종사하지는 않았으나 아무래도 바닷가라 생선은 늘 상에 오르는 반찬이었다. 늘 먹고 자라던 생선이라 그런지 은하는 지금도 마트에 가면 생선 판매대를 빼놓지 않고 들렀다. 고등어, 갈치, 임연수, 가자미, 꽁치 등 밥상에 생선이 빠지지 않으니 처음에는 질색하던 아이들도 이제는 생선을 주지 않으면 왜 오늘은 생선이 없느냐며 묻곤 했다. 확실히 어렸을 때 길들여진 입맛은 잘 변하지 않는 모양이었다.

은하는 숙소를 잡았다. 혼자였으면 작은 호텔에 가서 하룻밤 자고 갔을 텐데 미숙이가 온다고 하니 좋은 곳으로 숙소를 잡고 싶었다. 은하는 망상오토캠핑장 홈페이지로 들어가 카라반을 예약할 수 있는지 살펴보았다. 원래 카라반은 인기가 많아 늘 예약 마감이 되었는데 겨울이고 평일이라 그런지 마침 비어있는 카라반이 있었다. 은하는 예약을 누르고 결제를 했다. 알맞은 시간에 전화벨이 울렸다.

"은하야, 어디에 있니? 나 지금 톨게이트에서 막 나왔어."

"여기 묵호항 어시장으로 와, 와서 저녁 먹고 회 떠서 숙소로 가자."

"숙소는 어디로 잡았니?"

"망상오토캠핑장 카라반으로 잡았어. 오늘 평일이라 운이 좋았어."

"와, 잘됐다. 조금만 기다려."

횟감을 구경하고 있는데 언제 왔는지 미숙이가 옆에 와서 팔짱을 끼었다.

"빨리 왔네. 신랑 저녁도 안 주고 왔구나."

"가끔은 혼자 먹어도 돼. 우리 남편은 일없는 날은 24시간 나랑 붙어있는 삼식이잖아."

"조경 사업은 잘돼?"

"응, 그럭저럭 현상 유지하고 있어."

"일단 저녁부터 먹자. 횟집으로 갈까?"

"아냐, 회는 사 들고 가고 어디 가서 따뜻한 칼국수나 국밥 한 그릇 먹자."

'따뜻한 칼국수'라는 말에 은미 언니가 생각났다. 언니가 운영했던 칼국수 가게가 바로 근처에 있었다.

"은미 언니는 잘 지내니?"

미숙이도 은미 언니의 칼국수 집이 떠올랐는지 언니의 안부를 물었다.

"응, 지금은 간병인 하고 있어. 잘 지내는지는 모르겠어. 일이 워낙 힘들어서."

미숙이는 고개를 끄덕였다. 두 사람은 자연스럽게 은미 언니가 운영했던 칼국수 집으로 발걸음을 옮겼다. 칼국수 두 그릇을 시킨 후 가게를 둘러보았다. 옛날 언니가 했을 때와 별로 달라진 것이 없었다. 그러나 칼국수 맛은 훨씬 못했다. 한 입 먹어보고 미숙이는 인상을 썼다.

"멸치가 샤워만 하고 나갔나 보다. 칼국수 국물이 맹탕이야. 이러면 뜨내기손님은 모르고 오지만 단골손님은 없겠다."

미숙이가 다시 작은 소리로 말했다.

"옛날 은미 언니 칼국수하고 겉절이김치 맛은 끝내줬는데……. 너희 어머니가 음식을 좀 맛깔나게 하셨니? 너도 요리는 곧잘 하지?"

"나도 못 하는 편은 아니지만 요리 솜씨는 은미 언니가 다 물려받았잖아. 우리 회도 사고 맛있는 것도 좀 사 갈 거니까 조금만 먹고 남겨."

은하는 칼국수를 반도 먹지 않았다. 어시장에서 회를 사고 주전부리할 간식도 샀다.

"마트에 들러서 물하고 라면, 소주도 좀 사자."

은하의 말에 미숙이 대답했다.

"우리 내일도 운전해야 하니까 술 많이는 못 먹겠다."

두 사람은 손에 잔뜩 들고 있던 먹거리를 트렁크에 실었다.

"내가 먼저 갈게, 잘 따라와."

"은하야 여기는 내 고향이기도 해."

미숙의 말에 두 사람은 웃었다.

관리사무실에 들러 키를 받은 후 카라반을 찾아 문을 열고 들어가니 날은 어느새 저물어 밖이 캄캄했다. 간단히 짐을 정리한 후 커튼을 젖혔다. 바다가 바로 코앞이었다. 해변 앞에는 잘 만들어진 산책길 데크가 있었는데 바닥에 야간 조명등이 들어와 어슴푸레 파도가 치는 모습이 보였다. 밀려드는 파도 소리도 규칙적으로 들려왔다. 날이 어지간하면 바닷가로 달려 나가고 싶었으나 겨울 밤바다는 매서웠다.

"얘, 너 생각나니? 우리 고등학교 2학년 땐가 동네 친구들과 어울려서 백사장에서 밤새던 거?"

"맞아 그때 겨우 허락받고 백사장에서 텐트 치고 잤지, 우리 오빠들이 오며 가며 돌봐준다는 전제하에."

그때 작은오빠가 아버지 몰래 캔맥주를 몇 개 사다 주었는데 처음 먹어보는 맥주는 맛이 썼다. 그래도 끝없이 밀려오는 파도를 안주 삼아 시간 가는 줄 모르게 행복했었던 순간이었다. 은하는 밤늦도록 추억을 소환해 미숙이와 대화를 나누었다.

"너 쏘카 예약해 오길 정말 잘했다. 내일 서울까지 운전 안 해도 되니 내 마음이 편해. 안 그러면 이렇게 이야기도 못 하고 너 재워야 했는데."

"다 선견지명이 있었나 봐."

은하도 기분 좋게 대답했다.

"그나저나 큰오빠는 어떻게 지내시니?"

"나도 잘 몰라. 솔직히 큰오빠라는 존재 자체를 잊고 살 때가 더 많아. 이젠 미운 감정도 없고, 한 형제 같지도 않아. 그냥 마음으로 정리했다고나 할까? 어쩌면 큰오빠를 없는 사람 취급하고 사는 게 마음이 편해서일 거야. 큰오빠한테는 미안한 일이지만……."

"나 같으면 죽을 때까지 용서하지 못할 것 같아. 만약 우리 미남이가 그런 짓을 했다면 난 아마 너희 형제들처럼 가만히 있었을 것 같지 않아."

"큰오빠는 아버지를 많이 닮았고 우리는 순한 어머니를 닮아서 그런지도 몰라. 옛날부터 큰오빠와 아버지가 부딪치면 둘 중 하나는 부러져야 끝났거든. 결국 아버지가 부러지셨지만……."

“내가 들은 이야기는 너희 큰오빠 그렇게 잘살고 있는 것 같지 않더라. 복자 언니는 암에 걸려서 오늘내일한다고 들었어. 그리고 아들 둘이 돌아가면서 부모 속을 어찌나 썩이는지, 복자 언니가 자기 아들들이라면 끔뻑 죽었잖아? 그런데 그 애들이 복자 언니가 꿍쳐놓은 돈을 꼬치에서 빼먹듯이 다 빼먹어서 지금은 빈털터리에 빚도 많이 졌다더라. 옛말에 좋은 끝은 없어도 나쁜 끝은 반드시 있다고 하더니 제대로 벌 받는 거지 뭐.”

“에휴, 기왕 형제들 등쳐먹고 나갔으면 잘 살기라도 하지. 인과응보겠지.”

“잘하면 너희 형제 모두 만날지도 모르겠다.”

“그러게, 어쩌다 콩가루 집안이 되어서 법정에서 만나게 되겠네.”

은하는 휴, 한숨을 내쉬었다. 이런저런 이야기를 나누다 미숙이가 먼저 잠이 들었다. 은하도 눈을 감았다. 참 긴 하루를 보냈다는 생각이 들었다. 미숙이가 한 말이 마음에 걸렸다.

“너희 큰오빠 그렇게 잘살고 있는 것 같지 않더라. 복자언니는 암에 걸려서 오늘내일한다고 들었어. 그리고 아들 둘이 돌아가면서 부모 속을 어찌나 썩이는지, 복자 언니가 자기 아들들이라면 끔뻑 죽었잖아? 그런데 그 아들들이 복자 언니가 꿍쳐놓은 돈을 꼬치에서 빼먹듯이 다 빼먹어서 지금은 빈털터리에 빚도 많이 졌다더라. 옛말에 좋은 끝은 없어도 나쁜 끝은 반드시 있다고 하더니 제대로 벌 받는 거지 뭐."

아들 하나가 속을 썩여도 우리 집처럼 집안이 망할 수 있는데 아들 둘이 번갈아 가며 속을 썩이니 큰오빠 부부도 참 대책이 없겠구나 싶었다. 이제는 나이를 먹어서 과거 자신들이 저지른 짓을 반성하고도 남을 듯한데 사람의 속마음을 어찌 알까? 이 생각 저 생각을 하다가 은하도 어느새 잠이 들었다.

새벽녘 어슴푸레 눈을 뜨자 주변이 온통 벌겠다. 은하는 자리에서 일어나 커튼을 살짝 걷어보았다. 해가 뜨고 있었다. 은하는 서둘러 옷을 입고 바닷가로 나갔다. 사람들이 해변으로 모여들어 떠오르는 해의 장엄함을 카메라로 담고 있었다. 동해에 자주 오지만 오늘처럼 해가 뜨는 것을 처음부터 지켜본 적은 드물었다. 해가 뜨는 것을 보려면 날씨도 따라주어야 하는 데 운이 좋았다. 은하는 미숙이를 깨우기 위해 카라반으로 돌아왔다.

"미숙아, 일어나 해 뜨는 거 보자."

곤히 잠든 미숙이는 손을 내저었다.

"야, 난 해 뜨는 거 안 봐도 되니까 더 잘란다."

미숙이는 피곤하다고 일어나지 않았다. 옷을 더 겹쳐 입고 다시 바닷가를 향했다. 동이 틀 때까지 기다리고 싶었는데 너무 추웠다. 칼바람이 불고 발이 시려서 도저히 서 있기가 힘들었다. 몸이 덜덜 떨리기 시작하자 은하는 다시 카라반으로 들어왔다. 카라반에서는 커튼을 젖히면 침대에서 앉은 채로 동이 트는 것을 바라볼 수 있었다. 그래서 이 카라반은 새해에 묵고 싶은 사람이 너무 많아 경쟁률이 세서 예약할 수 없었다. 다음 달 예매가 시작되는 1일 아침 9시 정각에 미리 로그인을 하고 기다려도 1분도 지나지 않아 예약이 다 찼다. 은하도 몇 번 시도했지만 엔터 키를 누르는 손들이 얼마나 빠른지 한 번도 성공한 적이 없었다. 차라리 누군가 예약한 것을 취소하는 것을 기다리는 것이 편했다. 매일 시간이 날 때마다 홈페이지에 접속하면 운 좋게 예약을 취소하는 카라반을 잡을 수 있었다. 그렇게 몇 번 카라반을 잡아 머문 적이 있었다.

미숙이는 아침 9시가 되자 일어났다. 은하도 다시 잠이 들어 미숙이가 깨우는 소리에 눈을 떴다.

"해 뜨는 건 잘 봤니?"

"응, 너무 좋았어."

"너는 아직 젊다. 나는 해 뜨는 건 많이 봐서 그런지 잠을 더 자는 게 좋더라."

"나는 아직 철이 덜 들었나 봐."

은하의 말에 미숙이는 '기집애' 하며 웃었다.

"오늘 스케줄은 어떻게 돼?"

"일단 저녁 6시 기차표야."

"온종일 뭐 하려고?"

"여기저기 다녀보고 싶어서. 옛날 우리가 질리도록 갔던 곳들, 촛대바위도 가 보고 싶고, 한섬 해변도 가 보고 싶어. 많이 변했을 거야."

"별로 변한 것도 없어. 가끔 VIP 고객들이 우리 부부 고향이 동해라고 하면 안내해 달라고 해서 모시고 여기저기 다니거든, 그런데 나는 자주 와서 그런지 고향에 대해 너처럼 그렇게 절절한 기분이 안 들어."

"너는 고향이 아직도 청수골에 남아 있어서 그래. 미남이도 여기 있고, 너희 아버지 돌아가신 지도 그리 오래되지 않았잖아. 나는 반강제적으로 떠난 셈이고, 집도 팔리고 가족들도 뿔뿔이 흩어지고……. 아마 그래서 미련이 남아 있는 것 같아. 아마 나도 별 아픔 없이 고향을 떠났다면 너랑 같을지도 몰라."

"반강제적이라……. 그렇게 말하니 일리가 있다. 역시 국문학과라 그런지 단어 선택을 잘한다."

"우리 아침 먹자."

"좋아, 해장해야지."

미숙이가 라면을 끓였다.

"역시 해장은 라면이 최고야."

"누가 알면 술 엄청나게 먹은 줄 알겠다. 소주 한 병도 둘이 다 못 비웠는데."

"야, 뭐 양으로 술 먹냐? 분위기로 먹는 거지."

미숙이와 은하는 끊임없이 이야기를 주고받으며 웃어댔다.

"너랑 있으면서 웃는 게 몇 년 치 웃음을 한꺼번에 웃는 기분이야."

"나도 그래, 우리 꼭 여고 시절로 돌아간 것 같지 않니?"

"맞아. 그때는 뭐가 그리 우스웠는지, 낙엽이 굴러가는 것만 봐도 즐거웠지."

"수종 오빠는 여전히 잘해주지?"

은하는 고개를 끄덕였다.

"너희 두 사람도 천생연분이었어."

"맞아, 우리가 민박집을 한 덕에 남편을 만났지."

"이제야 말이지만 사실 나도 수종 오빠 좋아했었다. 너무 잘생겼잖아."

"잘생기긴 했지. 왜 네가 먼저 고백했으면 혹시 아니? 너랑 결혼했을지."

"야, 그런 씨알도 먹히지 않는 말 하지도 마라. 내가 처음 두 사람을 봤는데 너는 온몸을 비비 꼬고 있고, 수종 오빠는 너 바라보느라고 정신을 못 차리더라. 둘이 이미 눈이 맞았는데 내가 무슨 수로 끼니? 그래서 나는 애당초 마음을 접었지. 진정한 친구라면 사랑도 양보하리라 하고."

미숙이 연극을 하는 것처럼 톤을 높이는 바람에 은하는 다시 소리 내 웃었다.

"그래 내가 결혼한 건 다 미숙이 네 덕이다. 내가 무슨 수로 너를 이기겠니? 너하고 놀면서 공기놀이 빼고 너를 이겨본 적이 없는데."

"맞아. 우리도 어지간히 붙어 다녔지."

"그래도 바닷가에 왔으니 모래사장을 우아하게 걸어줘야 하는 거 아냐?"

미숙이가 말했다.

"아까 새벽에 나가 보니 너무 춥더라. 이따가 우리 한섬 해변에 가서 잠깐 걸어보자. 그래도 거기는 사방이 막혀 있어서 여기보다는 덜 추울 거야. 겨울 바다는 정말 춥다."

"오케이, 우리 그럼 몇 시에 나갈까?"

"차 한 잔 마시고 11시에 나가자."

두 사람은 커피를 타서 여유 있게 마시고 짐을 꾸렸다.

"차 한 대는 두고 같이 움직이는 게 좋겠지? 아무래도 내 차가 낫겠어. 렌터카는 여기 두고 일정이 다 끝나면 와서 찾아가자."

"아니야, 어차피 이 차는 동해역까지 가져가야 해. 다시

오기 번거로우니까 이동은 각자 하자. 어디든 가서 주차 후에 만나면 시간 절약이 될 것 같아."

"기집애, 나는 너랑 더 오래 있고 싶은데, 어쩔 수 없지."

차를 몰고 카라반 키를 반납하기 위해 사무실을 향해 가는데 캠프장의 멋진 리조트들이 눈에 들어왔다. 언젠가 저기서 꼭 한번 묵어보리라 생각하고 아직 실행하지 못한 리조트였다. 저쪽 오토캠핑장 끝자락에는 한옥으로 지어진 숙박시설이 있는데 그곳도 내부가 어떨지 궁금했다. 여름밤에 산책 삼아 가 본 적이 있었는데 군데군데 조명이 멋지게 켜져 있는 한옥이 운치 있어 보였다. 이번에는 미숙이 차가 앞서고 은하가 그 뒤를 따라 오토캠핑장을 빠져나왔다.

촛대바위도 관광객이 불편하지 않도록 잘 정비되어 있었다. 미숙이와 함께 촛대바위가 보이는 바로 앞까지 올라가서 사진을 몇 장 찍었다. 잠깐 올라갔는데 지대가 높아서인지 바람이 너무 불어서 목에 두른 스카프가 벗겨질 뻔했다.

망상해수욕장도 좋지만 사실 해 뜨는 명소는 추암 촛대바위가 훨씬 알려져 있었다. 애국가 첫 소절의 배경 화면으로 유명한 촛대바위는 거북바위, 부부바위, 형제바위, 두꺼비바위, 코끼리바위 등 기암괴석이 온갖 형상을 연출하고 있는 가운데 기이하고 절묘하게 하늘을 찌를 듯이 솟아있었다. 자연경관도 수려하고 아침 해돋이가 가히 장관이라 새해를 맞이하여 일출을 보려는 사람들이 몰려드는 곳이었다.

"확실히 겨울 바닷가는 바람이 살인적이다."

"일단 한섬 해변으로 가자. 거기서 점심을 먹던지."

"오케이."

미숙이가 몸을 부르르 떨며 발걸음을 재촉했다. 차를 타니 온몸이 사르르 녹았다. 은하는 히터를 두 단계 더 높였다. 한섬 해변은 주차장도 그리 넓지 않고 들어가는 길도 좁아서 한여름에는 도로 옆 주차장에 차를 세우고 들어가는 것이 좋았다. 그러나 지금은 어디를 가도 사람이 없었기에 좁은 길을 따라 한섬 해변 코앞까지 들어가 차를 주차했다.

한섬 해변은 한섬과 감추산 사이에 오목하게 들어서 있어서 다른 곳보다 바람이 덜 불었다. 관광객들에게 많이 알려진 곳이 아니라 사람들이 별로 없어서 은하네 가족은 여름이 끝나갈 무렵 하루쯤 날을 잡아서 한섬 해변에서 휴가를 즐기고는 했다. 아버지를 비롯한 온 식구가 해변에 그늘막을 치고 마지막 여름을 만끽했던 추억의 장소였다.

한섬 해변은 동해선 철길 아래 자리한 아담하고도 호젓한 해변으로 동해역에서 차로 5분 정도면 갈 수 있었다. 그리고 동해 시내와 인접해 있어서 의외로 동해 시민들이 많이 찾는 바다였다.

이곳도 많이 개발되어서 바닷길이 잘 정비되어 있었다.

바닷길은 한섬 해변에 있는 감추사에서 한섬, 고불개, 가세마을을 잇는 2.2km 길이의 해변 산책로로 이어져 있었다. 전체 구간 중 삼 분의 일은 해안 절벽에 설치된 데크 산책로로 걷기 편하게 되어 있고 양옆으로 울창한 솔숲과 바다가 펼쳐져 있었다.

은하와 미숙이는 오른쪽 길을 택했다. 해변을 따라 '하트다리'라고 쓰인 데크길을 걸어가면 바닷가로 내려갈 수 있었다. 이 해수욕장은 해변 전체가 한눈에 들어오는 아담한 크기였다. 망상해수욕장에서 멀리 떠내려가 구조대원에게 구조된 적이 있는 은하가 수영을 무서워하자 아버지는 그 이듬해부터 이곳으로 휴가 장소를 옮겼다. 이곳은 해변이 아담하고 한눈에 들어와 안심하고 물놀이를 할 수 있었다.

"그래도 바닷가에 살면서 일 년에 한 번쯤은 해수욕도 해야지. 남들은 차를 타고 몇 시간씩 달려서 찾아오는 바다를 우리는 10분도 안 걸려서 갈 수 있잖니."

맞는 말이었다. 이렇게 날을 정해놓지 않으면 바닷가가 바로 코앞이어도 어머니가 수영하러 일부러 바닷가를 찾지는 않을 터였다. 우리는 오빠 언니와 편을 나누어 해변에서 비치볼을 가지고 놀기도 하고 배구를 하기도 했다. 은하는 친구들끼리 어울려 바닷가 모래사장을 자주 드나들었지만 중·고등학교에 다니는 언니, 오빠는 바닷가에 갈 일도, 가지도 않았다. 그렇게 하루를 신나게 놀고 오면 피부가 까맣게 그을었다.

"나는 피부가 그을려서 수영하기 싫어."

한참 멋을 부릴 나이의 언니는 살이 탄다고 따라 나오지 않으려고 했다.

"이렇게 여름 햇빛에 피부를 태워줘야 겨울에 감기도 안 앓는다."

언니는 아버지의 말에 입이 튀어나왔지만, 막상 나오면 빼지 않고 잘 놀았다. 해수욕장에 파라솔을 치고 돗자리를 펴고 앉아 준비해온 김밥과 수박, 참외 등 과일을 먹었다. 오는 길에 사 온 통닭도 뜯어 먹었다. 온종일 먹고 물놀이하고 먹고 물놀이하고를 반복하면 그날 저녁은 완전히 곯아떨어졌다. 아버지는 우리가 노는 모습을 흐뭇한 표정으로 바라보셨고 모처럼 어머니도 우리와 함께 수영하고 물장난도 치셨다. 생각해보니 그때가 가장 행복한 시간이었다.

지나가는 사람에게 부탁해 '하대암'과 바닷가를 배경으로 미숙이와 사진을 찍었다.

"저 하대암이 푸켓의 제임스 본드 섬과 똑 닮은 바위란다. 저 바위가 은근히 인기가 많아."

미숙이의 말에 은하는 고개를 끄덕였다.

데크를 더 걸으면 '리드미컬 게이트'라는 산책길이 나오는데 길이가 약 100m 되는 길에 멋진 조형물이 설치되어 있었다. 저녁에는 LED 조명이 멋지게 빛나는 야경이 펼쳐지지만, 저녁까지 있을 시간이 없어 다음으로 미루었다.

"여기는 낮에 올 게 아니라 밤에 와야겠다."

은하의 말에 미숙이가 맞장구를 쳤다.

"맞아. 난 밤에 몇 번 와봤는데 저녁 6시부터 9시까지는 음악이 흘러나오는 라이트 쇼를 감상할 수 있어. 정말 낭만적인 산책길이야. 너도 다음에 꼭 저녁에 와서 걸어봐."

"야, 춥다. 우리 카페에 가서 몸 좀 녹이자."

은하의 제안에 미숙이가 고개를 끄덕였다. 처음에 주차했던 곳 근처에 카페가 있었다. 우선 그곳으로 가 따뜻한 차 한 잔을 마시며 몸을 녹였다.

"기왕 온 김에 저쪽으로도 잠깐 갔다가 가자."

"뱃머리 전망대? 좋지."

몸을 녹인 뒤 카페에서 나와 이번에는 왼쪽 산책로로 들어섰다. 약간 경사진 오르막길을 걷는 동안 오른쪽으로 아름다운 숲길이 이어졌고 그 너머로 한섬 해변이 한눈에 들어왔다. 언제봐도 아담하고 예쁜 바다였다. 걷는 동안 아기자기한 포토존이 잘 꾸며져 있어서 사진을 찍게 했다.

시작점에서 약 300m 정도를 걸어 올라가면 오른쪽으로 뱃머리 전망대가 나왔다. 말 그대로 항해사가 운전하는 뱃

머리 모양으로 되어 있고 핸들을 잡으면 마치 항해사가 된 기분이었다. 미숙이가 뛰어가더니 핸들을 잡고 멋지게 포즈를 취했다.

"자 너도 서봐."

이곳도 성수기에는 사람들이 줄을 서서 포즈를 취하는 곳인데 오늘은 사람이 몇 명 없었다. 은하도 핸들을 잡았다. 바람이 너무 세게 불어 머리가 미친 여자처럼 흩어졌다.

"머리 때문에 사진 볼만하겠다."

은하가 멀리 떨어져 사진을 찍는 미숙이가 들으라는 듯 큰소리로 말했다.

"마린 포트홀까지만 보고 돌아가자."

마린 포트홀은 파도의 침식 작용으로 생긴 항아리 모양의 구멍을 말하는데 이곳에서는 파도의 침식 작용으로 생긴 길쭉한 암석인 시스택을 관찰할 수 있었다. 그래서 바다 조망과 함께 지질관광도 할 수 있는 곳이라 최근 주목을 받는 여행지가 되었다. 가 보니 침식 작용으로 생겨난 멋진 바위들이 인상적이었다.

"이제 돌아가자."

은하는 고개를 끄덕였다.

"여기도 참 많이 왔던 곳이야. 우리 아버지가 해마다 우리를 이곳으로 데려왔잖아. 갑자기 그 생각이 나서 오고 싶었어."

“너희 아버지가 호랑이라고 소문은 났지만 생각해보면 잔정이 많으셨던 것 같아.”

“맞아, 우리가 부모님의 그 깊은 사랑을 어떻게 다 헤아릴 수 있겠니? 나도 자식을 셋이나 낳아 키웠지만, 아직도 우리 부모 마음을 다 헤아릴 수 없어.”

“확실히 이번 여행이 너한테는 추억여행이 맞구나.”

은하는 천천히 주차장을 향해 걸었다.

“우리 어디 가서 뜨끈한 매운탕 한 그릇 먹고 가자.”

“좋은 데 있어?”

“여기 오면 들르는 단골집 있어.”

“겨울 여행은 차 없이 못 다니겠다. 이상하게 바닷가는 바람이 더 강하게 부는 것 같아.”

“맞아. 바다는 여름이 최고지.”

늦은 점심을 먹고 조용한 카페에서 이런저런 이야기를 나누다 보니 어느새 헤어질 시간이 되었다.

“미숙아, 와줘서 정말 고마웠어. 다음엔 내가 횡성으로 갈게.”

“그래, 말만 하지 말고 진짜 와.”

미숙이와 아쉬운 작별을 한 뒤 은하는 렌터카를 반납하고 기차에 올랐다. 돌아오는 길은 해가 떨어져 밖이 잘 보이지 않았다. 은하는 눈을 감고 잠을 청했다.

원수는 외나무다리에서

겨울이 지나고 있었다. 지난겨울에는 눈다운 눈도 몇 번 내리지 않았는데 벌써 겨울이 끝나가고 있었다. 동해에 다녀온 뒤로 작은오빠와 한 번 만났고 몇 번 더 통화했다. 작은오빠는 조카 현우에게 부탁해 큰오빠가 혼자서 땅을 소유하는 것에 나머지 형제들은 찬성하지 않는다는 서류를 준비했다.

"그 많은 재산을 다 어쩌고 급전까지 필요한지 영문을 모르겠다."

큰오빠가 어떻게든 그 땅을 담보로 돈을 마련하려 한다는 움직임이 여기저기서 감지되었고 들려오는 소문이 흉흉했다.

그러던 어느 날 언니에게 전화가 왔다.

"은하야, 어제 내가 병원에서 누구를 만났는지 아니?"

"누굴 만났는데?"

"복자 언니 만났다."

"그 병원에서?"

"응. 글쎄 내가 모시고 있는 할머니와 산책하는데 웬 여자가 보호자도 없이 혼자 앉아 있더라. 그런데 가만히 보니 낯이 익더라고. 처음엔 살이 워낙 많이 빠져서 몰라볼 뻔했어."

"그래서 아는 척했어?"

"아니, 모르는 척하고 병실로 돌아왔어. 아는 간호사한테 복자 언니 이름 말하고 무슨 병으로 입원했느냐고 슬쩍 물었더니 췌장암이란다. 게다가 말기래. 병원도 수두룩 많은데 왜 하필이면 이 병원에서 맞닥뜨리니……. 아는 체를 하기도 그렇고, 모르는 체하기도 좀 그렇다."

"몸 아픈 거야 나이 들면 어쩔 수 없지 뭐."

"다행히 복자 언니는 오며 가며 스쳐 지나가도 나를 못 알아보는 것 같더라. 머리를 다친 것도 아닌데……. 멍하니 앉아 있을 때도 움직임도 별로 없고 눈에 초점도 없어."

전화를 끊고 은하는 왠지 마음이 편치 않았다. 20여 년간 어디서 뭐 하고 사는지 소식도 없던 큰오빠가 갑자기 수면 위로 쑥 올라온 기분이었다. 자세한 내막은 알 수 없으나 어디에서건 잘 먹고 잘 살고 있으리라고 생각했다. 뭔가 개운

하지 않고 찜찜한 기분으로 며칠이 지난 후 은미 언니에게 다시 전화가 걸려왔다.

"나, 이제 완전히 자유부인이야. 이혼 숙려기간도 끝났고 동사무소에 서류 접수하고 왔어. 속이 후련하다."

"형부는 별말 없으셔?"

"자기도 사람이면 나한테 뭐라고 할 수 있겠니? 민우 안부도 안 묻더라. 아비도 뭐도 아니야. 참 내 정신 좀 봐, 내가 너한테 전화한 건 복자 언니 때문이야. 마침 복자 언니랑 어울려 지내는 여편네를 만났는데 입에 게거품을 물고 욕하더라."

"왜?"

"땅이 만 평 있는데 팔리면 준다고 서류까지 떼가지고 와서 돈을 빌려 갔다나 봐. 그런데 그 뒤 아파서 입원했다고 하는데 쇼하는 거 아니냐고, 돈 떼게 생겼다고 난리를 치더라. 생각해보니 그 땅 만 평이 바로 현우가 서면으로 서류를 제출했다는 문제의 그 땅 같아."

"큰오빠 재산이 한두 푼이 아닐 텐데……. 새언니가 왜 돈을 빌렸을까?"

"내가 복자 언니네 사정을 슬쩍 물어봤더니 술술 불더라. 큰아들이 유치원을 차렸는데 원생들이 입학하려고 밤새 줄을 서서 기다릴 정도로 꽤 번창했다나 봐. 그런데 유치원 차가 빗길에 미끄러져서 전복되는 바람에 원생이 하나 죽고

12명이 다치는 대형 사고가 터졌단다. 하필이면 아이들이 안전띠를 하지 않은 아이가 많았대. 그래서 유치원을 팔아서 죽은 아이 합의금 주고 다친 아이들 병원비와 합의금 물어줬단다. 그 이후로 며느리는 도망가고 큰아들은 실의에 빠져서 매일 술에 절어 산대."

분명 좋지 않은 소식인데 은하는 큰오빠가 받아야 할 벌을 아들이 대신 받는구나 싶었다.

"둘째는 완전 개차반이란다. 고등학교 때부터 여자를 알아서 여자 문제로 속을 많이 썩였는데 최근에는 미성년자를 건드려서 된통 걸렸다더라. 분명히 대학생이라고 해서 같이 여관에 들어갔는데 여자가 꽃뱀이었나 봐. 하룻밤 자고 난 뒤 경찰서에 찾아가 강간당했다고 울며불며 한바탕 난리를 쳤대. 둘째가 분명히 대학생인 줄 알았다고 아무리 말해도 자기는 고3이라고 말했다고 박박 우기더란다."

요즘은 미성년자와 성행위를 하면 가장 죄질이 무거운 범죄로 특정되었다. 특히 만 19세 미만의 미성년자를 건드렸다가는 '아동·청소년의 성 보호에 관한 법률'이 적용돼서 5년 이상의 징역이나 죄질에 따라 무기징역까지도 받게 된다는 뉴스를 본 적이 있었다.

"그러니 두 아들이 번갈아 가며 일을 저지르니 부부가 그 뒤처리하느라 정신없었겠지. 당연히 마누라는 이혼한다고 친정으로 갔고, 솔직히 안 된 일이지만 나는 큰오빠 부부가 벌 받는 것 같아서 속이 다 후련하더라. 그 천벌 받을 일을 저질러놓고 자식까지 술술 잘 풀리면 세상 불공평하고 억울해서 어떻게 살겠니?"

"그러게, 아무튼 암에 걸려 죽을 날 받아놓았으니 안되기는 했네. 언니라도 오가며 신경 좀 써줘."

"내가 미쳤니? 그년 머리채를 휘어잡지 않은 것만도 감사해야지. 결국 나도 우리 집 망하는 바람에 남편에게 평생 무시당하고 살았는데……. 따지고 보면 이게 다 그 연놈들 때문이잖아. 친정이 떡 버티고 서서 버팀목이 되어줬다면 남편이 절대로 나한테 함부로 못 했겠지."

언니는 늘 집안이 망해서 자기 팔자가 이 모양 이 꼴이 되었다고 푸념이었다. 언니의 인생은 집안이 망한 이후 꼬였다고 생각하는 눈치였다. 은하는 아니라고 생각했다. 물론 집안이 건재하면 좋겠지만 어차피 서른 넘은 인생은 자기 자신이 책임져야 하는 것이었다. 사는 것이 내 의지니 남 탓을 하면 안 될 것 같았다. 그러나 언니는 워낙 한이 쌓여서인지 은하와는 생각이 달랐다.

"새언니 상태는 어때? 얼마나 버틸 수 있어?"

"말도 마, 누워있는데도 빚쟁이들이 찾아와서 악다구니를 치니 차라리 죽는 게 더 편하겠더라."

"큰오빠는? 본 적 있어?"

"아니, 가족은커녕 간병인도 없는 거 같아. 여기서도 골칫덩이야. 큰오빠도 빚쟁이한테 쫓겨 다니고 큰아들은 폐인에, 둘째는 합의가 안 돼서 감방에 들어앉아 있는지 코빼기도 안 보인다. 어쩌다 보니 우리 집구석이 감방을 들락거리는 집구석이 되었다."

언니는 혀를 끌끌 찼다.

"변호사 조카도 있잖아. 너무 나쁘게만 생각하지 마. 이럴 때 며느리들이라도 있으면 좋았을 텐데."

"지금이 어떤 세상인데, 진즉 다 도망갔지. 우리 때와 달리 여자들이 좀 약니?"

"그나저나 어쩌다가 병을 키웠을까?"

"원래 암 중에서 췌장암을 발견하는 게 제일 어렵거든. 다른 암과 달리 초기 단계에서 눈에 띄는 증상이 거의 없어. 그래서 발견했을 때는 이미 치료 시기를 놓치는 경우가 많아. 내 환자 중에도 췌장암 환자가 있었는데 솔직히 말기에 가장 아프고 고통스러운 것도 췌장암 환자야. 너무 아프니까 차라리 죽여달라고 소리치는 것도 본 적 있어. 나도 말은 이렇게 하지만 사실 걱정이 되긴 해. 시누이올케 사이로 말고 그냥 환자 대 간병인 입장에서……."

"자세히 좀 알아봐, 얼마나 살 수 있는지."

"너는 뭐 부처님 가운데 토막이니? 나는 복자 언니를 다시 만난 것부터가 재수 없는데……."

"미운 건 미운 거고, 사람이 죽어간다잖아."

"모르겠다. 저절로 알게 되면 어쩔 수 없지만, 일부러 알아보고 싶지는 않아. 한 가지 걱정은 이러다가 큰오빠 딱 맞닥뜨리면 어쩌나 싶다."

은하는 더 말을 꺼낼 수 없었다. 늘 집안에 대한 원망으로 가득한 언니의 삶에 원인제공을 한 것이 바로 복자 언니인데 곱게 보일 리가 없었다.

은하는 인터넷을 뒤져 췌장암에 대해 검색해 보았다. 췌장암 환자들은 초기에 소화가 되지 않는다고 느껴서 위내시경 검진을 받고 위염 치료를 한다. 그러나 치료가 1주일이 지나도 나아지지 않고 지속된다면 췌장암을 염두에 둬야 한다. 다른 암에 비해 췌장암은 고약한 암이다. 흔히 완치의 기준으로 삼는 5년 상대 생존율이 10%대에 머물고 있다. 치료법의 발전 속도도 무척 더디다. 최근 10년간 다른 암의 5년 상대 생존율은 평균 29.5%p 향상됐으나 췌장암은 불과 1.4%p 증가에 그쳤다. 위암 환자는 10명 중 7명이 생존하는 시대가 됐지만, 췌장암은 5년을 버티는 환자가 고작 1명 정도다. 게다가 췌장암은 조기 발견이 무척 어렵고 증상이 나타나면 이미 3~4기에 접어든 경우가 대부분이다.

췌장이 몸 깊숙한 곳에 있기 때문이다. 비교적 특징적 증상인 황달, 통증, 체중 감소가 나타났다면 이미 암이 많이 진행되었을 가능성이 크다. 통증의 경우 암이 2기 이상 진행됐을 때는 명치 끝에 느껴지며 등 쪽으로 뻗치기도 한다. 다이어트 같은 특별한 이유가 없는데도 체중이 10% 이상 빠지면 의심해 볼 수 있다. 가장 안타까운 사실은 췌장암의 경우 80% 이상은 수술이 힘든 3, 4기에 발견된다는 점이다. 수술을 통해 완치를 기대할 수 있는 1, 2기는 20% 미만이며 수술하더라도 90%는 재발한다.

은하는 여러 자료를 읽어내려가면서 다른 암에 비해 췌장암을 발견하는 것이 어렵고 발견했을 때는 이미 손쓸 수 없는 상태이며 5년을 넘기기 힘들다, 이렇게 메모를 해두었다.

은미 언니와 통화를 한 지 다시 며칠이 지났다. 은하는 왠지 기분이 가라앉았다. 뭔가 중요하게 해야 할 일을 잊고 지내는 것처럼 찜찜하기도 했다. 꿈자리도 뒤숭숭하고 잠을 자도 푹 자지 못했다. 그것이 복자 언니 때문이라는 것은 곰곰이 생각하지 않아도 알 수 있었다. 자신도 신경을 쓰지 않는다고 무시했지만, 복자 언니 소식을 처음 들었을 때부터 지금까지 머리에서 그 생각이 떠나지 않고 있었다.

"당신 요새 어디 아파?"

남편이 물었다.

"아니요."

"그런데 왜 그렇게 잠잘 때 뒤척여? 기운도 없어 보이고."

"내가 그래 보여요?"

"설마 큰처남댁 때문이야?"

은하는 정곡을 찔린 듯 대답하지 못했다.

"정 그렇게 신경 쓰이면 한번 갔다 와. 원주는 두 시간이면 가잖아. 혼자 가기 찜찜하면 이번 주말에 내가 같이 가줄까?"

은하는 역시 아무런 말을 하지 못하고 고개만 떨구고 있었다. 아무래도 찾아갈 필요까지는 없다고 고개를 저었다.

"아니에요, 굳이 찾아가서 만나고 싶지는 않아요."

"죽음 앞에서 용서하지 못할 게 뭐가 있겠어?"

남편의 말에 은하는 대답할 말을 찾지 못했다. 사실 자신의 저 깊은 의식 속에서는 나중에 후회하지 말고 어서 다녀오라는 음성이 들려오는 듯했다. 며칠을 넋 놓고 지내는 은하를 보며 남편이 말했다.

"내일 아침 일찍 출발하자고. 설마 아직도 고민하는 건 아니지?"

"고마워요. 나 혼자 가도 되는데……."

"데이트 삼아서 다녀오지 뭐. 오는 길에 좋은 데 들려서 맛있는 것도 먹고."

다음 날 아침 은하는 남편과 함께 집을 나섰다. 겨울의 끝자락, 아직 봄이 오지 않아서인지 고속도로는 한산했다. 승용차가 여주까지 달렸을 때 남편이 말했다.

"다음 휴게소에서 가락국수라도 한 그릇 먹고 갈까?"

아침을 거르지 않는 남편이라 뭔가 요기를 해야 했다.

"네, 그렇게 해요."

휴게소에 들러 가락국수 두 그릇을 시켰다.

"밥 먹지 그래요."

"휴게소 음식이 맛이 있나? 그냥 허기만 채우는 거지."

은하는 커피를 두 잔 사서 운전석 옆 컵걸이에 두었다. 남편은 출발 전에 커피를 몇 모금 마셨다.

"따끈하니 맛있네."

남편이 커피를 다시 컵걸이에 꽂았다.

"좀 더 마시지 그래요. 운전하면 못 마시잖아."

"괜찮아, 먼 거리가 아니라 금방 도착하니까."

휴게소를 빠져나온 차는 다시 고속도로를 달렸다. 원주성모병원은 원주 나들목에서 5분 정도 걸리는 곳에 있었다. 승용차가 원주 나들목을 빠져나오자 남편이 물었다.

"처형한테 알렸어?"

"네. 전화는 했어요. 마침 오늘 쉬는 날이라 같이 가준다고 했어요. 당신은 커피숍에서 커피 한 잔 마시고 있어요."

"아냐, 나도 마지막일지도 모르는데 한번 봐야지."

"아니에요. 함께 와준 것만으로도 큰 힘이 됐어요. 당신에게 우리 가족들의 험한 꼴 보이고 싶지 않아요."

"이 사람아, 나랑 같이 산 지가 지금 30년이 다 돼가는데 그런 말이 어딨어? 그러면 우리 집은 험한 꼴 없었나?"

"시댁하고 친정하고 같은가요?"

"난 같다고 생각하는 사람이야."

남편이 하도 우겨서 은하는 알겠다고 대답했다. 아르바이트를 전전하며 힘들게 살던 시절, 남편만이 유일하게 은하의 버팀목이 되어주었다. 그 힘든 시간을 아마 남편이 없었다면 버티어내지 못했을 것이다. 그래서 은하는 늘 남편에게 고맙고 미안했다. 은하는 언니에게 전화를 걸었다.

"언니 어디야? 우리 도착했는데."

"나 지금 와 있어. 암 병동 쪽으로 와."

암 병동을 물어 앞으로 가니 은미 언니가 반갑게 손을 흔들었다.

"처형 오랜만이에요, 그간 안녕하셨습니까?"

"안녕하세요? 제부가 같이 오는 줄 몰랐어요."

워낙 서로 왕래가 없었기에 두 사람이 만나는 것도 자주 있는 일이 아니었다. 언니는 앞장서며 뒤따라오는 남편이 듣지 못하게 조그만 소리로 말했다.

"같이 온다고 미리 말이라도 해주지 그랬어."

"말하면 뭐가 달라?"

"다르지, 그랬으면 염색이라도 하고 왔을 텐데. 나 완전 할머니 같지?"

"최 서방은 그런 거 신경 안 쓰는 사람이야. 괜찮아."

"내가 안 괜찮아."

언니는 자신의 몰골이 형편없다며 옷을 여몄다. 언니 처지에서는 오랜만에 보는 동생 남편에게 초라한 모습을 보이고 싶지 않았을지도 모르겠다는 생각도 들었다. 은하는 언니를 따라 데스크로 갔다. 언니가 아는 사람이 있어서 다행히 면회를 할 수 있었다. 면회도 인원 제한이 있어서 미리 신청하지 않으면 안 된다고 했다. 언니 뒤를 따라 복자언니가 입원해 있는 병실까지 도착했다. 엘리베이터를 타고 올라갈 때까지도 과연 이게 잘하는 일인지 의문이 들었다. 병실 앞에 서자 은하는 숨을 크게 내쉬었다. 그런데 작은 창문으로 환자 앞에 웬 남자가 서 있는 것이 보였다. 은하는 갑자기 심장이 쿵 내려앉는 듯했다. 아무래도 큰오빠 같았다.

"야, 그냥 보지 말고 갈까?"

언니도 큰오빠의 출현에 놀란 듯 망설이고 있었다. 마음을 다잡고 다잡아서 여기까지 왔는데, 평소 코빼기도 보이지 않았다던 큰오빠를 마주한다는 것은 계획에 없던 일이었다. 우리의 갈등을 눈치챈 남편이 우리가 뒤돌아서기 전에 큰소리로 노크를 하고 문을 드르륵 열었다. 은하는 어쩔 수 없이 남편의 뒤를 따라 병실로 들어섰다. 침대에는 정말 복자 언니가 맞나 싶은, 병색이 완연해 보이는 얼굴의 복자 언니가 누워있었다. 큰오빠는 우리 일행을 힐끗 보고는 눈이 휘둥그레졌다.

"너희들이 여긴 어떻게……."

그래도 양심은 있는지 당황한 표정이었다.

"내가 여기 간병인이라 언니를 몇 번 봤어."

은미 언니가 퉁명스럽게 말했다.

"형님, 오래간만입니다. 저희 결혼식 때 뵙고 처음 뵙는 것 같습니다. 저 최 서방입니다."

남편이 손을 내밀자 큰오빠는 어색하게 남편의 손을 잡았다. 눈을 감고 있던 복자언니가 사람들의 목소리에 게슴츠레 눈을 떴다. 우리를 바라보고 있었으나 별로 놀라는 표정은 아니었다.

"다들 나 죽는 거 고소해서 보러 왔어?"

복자 언니다운 생각과 말투였다.

"누워서도 그 심통은 달라진 게 없네요."

언니가 삐딱하게 맞받았다. 평소 같으면 속사포같이 무슨 말이든 퍼부었을 텐데 복자 언니는 기운이 없는지 대답하지 않았다.

"언제부터 이래요?"

은하가 큰오빠를 보고 물었다.

"1년도 안 됐다. 1년 만에 사람이 저렇게 초라하게 되더라."

"돈도 많은 양반이 간병인이라도 좀 써야지, 말기 환자를 저렇게 버려두면 되겠어요?"

은미 언니가 한마디 했다.

"돈이 많아? 돈은 먹고 죽으려고 해도 없다. 빚더미에 앉아 도망 다니느라 마누라 병원에 보내놓고 한 달 만에 와 보는 거다."

큰오빠는 자존심도 버린 지 오래됐는지 평소 같으면 입 뻥긋하지 않을 말들을 술술 내뱉었다.

"형님, 혹시 점심 안 드셨으면 어디 가서 식사라도 하시지요."

안 그래도 같이 있어 봐야 좋은 말이 나올 것 같지 않았는데 남편이 중재에 나섰다.

"그래요. 최 서방이랑 잠시만 나갔다 오세요. 우린 언니 좀 보고 뒤따라갈게요."

큰오빠와 남편이 병실을 나갔다. 은하는 옆 침대에 양해를 구하고 손님 의자를 잠시 빌려와 언니와 나란히 앉았다.

"어쩌다 이 지경이 됐어요. 우리는 언니 잘먹고 잘사는 줄 알았는데……."

은하의 말에서 자신을 걱정하는 진심을 느꼈는지 복자

언니의 말투가 한결 누그러졌다.

"벌 받는 거지 뭐."

"그걸 아는 거 보니 그래도 양심은 있나 보네요."

"세상 이치 뻔한 거 아니겠어? 그렇게 악착같이 진상 부리고 살았으니 벌 받아도 싸지 뭐."

"흥, 말 몇 마디에 언니가 지은 죄 안 없어져요. 그렇게 착한 사람 코스프레할 필요 없어요. 우리는 언니 바닥을 본 사람이에요."

은미 언니의 말에 은하는 인상을 쓰며 그만하라는 신호를 보냈다.

"그래, 무슨 말을 퍼부어도 어쨌든 찾아와줘서 고마워. 남편도 애새끼들도 거들떠보지도 않는데……."

"여건이 안되니까 못 오는 거겠지요. 부모와 자식 간은 천륜인데 그게 쉽게 끊어지겠어요?"

은하는 말하고 나서 아차 싶었다. 그 천륜을 끊은 게 바로 큰오빠였기 때문이었다.

"아가씨는 말이 고운 걸 보니 사는 게 그리 팍팍하지 않네. 큰아가씨는 뾰족하게 날이 선 걸 보니 사는 게 편치 않고."

"돗자리 깔아도 되겠어요. 내가 이렇게 악다구니로 사는 것도 다 언니 덕분이지요."

은미 언니가 빈정거렸다.

"아가씨, 나 좀 일으켜 줄래?"

은하가 새언니를 일으켜 안으려고 하자 은미 언니가 손사래를 쳤다.

"비켜봐, 그럴 때는 침대를 세워야 하는 거야."

은미 언니는 능숙하게 침대 옆에 있는 손잡이를 돌렸다. 침대의 상부가 앉아 있기 편하도록 서서히 움직였다.

"저기 거울 좀 줘봐."

은하가 작은 손거울을 가져다주다 복자 언니는 거울을 들여다보았다.

"귀신이 따로 없네. 내가 바로 귀신이야."

복자 언니는 긴 한숨을 몰아쉬었다.

"이제 마지막이 될지도 모르는데 고해성사는 해야겠지?"

은하는 마지막이라는 말에 가슴이 철렁했다.

"언니, 그래도 희망을 품으세요. 모든 게 언니 마음먹기 따라 달라질 수 있잖아요."

"희망? 그런 건 없어. 그 많던 재산 사라질 때는 한순간이더라. 움켜쥐고 아등바등 살아온 게 허무할 정도야. 집이고 가게고 전부 아버지 명의로 되어 있었으니 아버지가 다 팔아치우도록 우린 모르고 있었어. 생각해보면 오빠한테도 내가 너무 몹쓸 짓을 한 것 같아. 그 돈 써보지도 못하고 고스란히 친정에 빼앗겼는데, 이제 와서 이야기하는 건데 사실

오빠는 몰라요. 처음부터 내가 다 꾸민 짓이지. 남의 집 재산 거저 빼앗아왔으니 거저 빼앗겼어도 할 말 없는 거지. 그러니 내가 무슨 덕을 쌓았다고 자식들이 잘 풀리겠어? 그동안 내가 한 짓이 있는데…….”

큰오빠도 몰랐다는 복자 언니의 말이 가슴에 와서 콱 박혔다. 은미 언니가 끼어들었다.

“우리가 언니 보러 온 거는 고해성사 들으려고도 아니고 언니를 힐난하기 위해서도 아니에요. 그냥 안 보면 우리 마음이 불편할까 봐, 언니를 몇 번 마주쳤는데 모른 척하다가 나중에 마음의 빚으로 남을까 봐 온 거예요. 다 우리를 위해서니까 그리 애쓰지 않아도 돼요.”

간병인을 오래 하고 죽어 나가는 사람을 곁에서 많이 지켜보아서인지 은미 언니가 하는 말에 진심이 묻어 있었다.

“큰아가씨는 여기서 간병인 하고 있었구나. 알았으면 진즉 수소문해서 한번 찾아갔을 텐데. 나는 오늘 죽어도 하나 이상할 거 없는데, 그리고 당장 죽어도 미련은 없는데, 혼자 있으니 외로울 때가 많아. 너무 아플 때는 외로움 따위 감정을 느낄 새도 없지만. 솔직히 내가 너무 많은 악행을 저지르고 살았는데 나는 내 행동이 나쁘다고 생각하지 않았어. 누군가 어른이 있어서 그렇게 살면 안 된다고 혼찌검을 내주었으면 좋았을걸. 딸이 억지로 뺏어온 재산을 돌려주지는 못할망정 그걸 가로채는 아버지 밑에서 내가 뭘 배우고 살았겠어? 아무튼 하고 싶은 대로 원 없이 살았으니 후회는 없어. 다만 내가 선하게 살지 않아서 자식들이 잘 안 풀리고 고통받는 것 같아서 그게 미안할 뿐이지."

"언니, 자식들 걱정은 할 것 없어요. 그건 언니 잘못이 아니라 그 애들 몫이고 그 애들 인생이에요. 어쨌든 산 사람은 어떻게든 살아가게 되어 있으니까 걱정하지 말고 언니 몸이나 추슬러요."

"아가씨, 그렇게 말해줘서 고마워."

그때 기운은 없어 보이지만 그래도 곧잘 대화를 나누던 복자 언니가 갑자기 배를 움켜주고 고통스러워했다.

"은하야, 놀라지 마. 진통이 시작돼서 그래. 내가 간호사 불러올게."

은하가 놀라서 어쩔 줄 몰라 하는 사이 은미 언니가 침착하게 간호사를 불러왔다. 복자 언니는 진통제 주사를 맞고 잠들었다.

"진짜 얼마 안 남았나 보다. 말이라도 서운하게 하지 말아야겠다."

은미 언니가 조그맣게 말했다.

"이제 나가자. 우리가 해줄 수 있는 것도 없고, 도움을 줄 것도 없는 것 같다."

복자 언니를 두고 병실을 나서는데 발길이 떨어지지 않았다. 밖으로 나와 남편에게 전화를 거니 형님과 반주를 나누고 있다고 했다.

“당신도 술 마셨어요?”

“응, 형님 이야기를 듣다 보니 술을 안 마실 수가 없었어. 갈 때 운전은 당신이 해야겠다.”

“알았어요. 어디에 있어요? 우리가 그쪽으로 갈게.”

남편이 가르쳐준 병원 앞 해장국집을 찾아갔다. 큰오빠는 벌써 소주 한 병을 비워낸 참이었다.

“오빠는 병실에 다시 가야 하는데 말리지 그랬어요.”

은하가 남편에게 작은 소리로 말했다.

“우리 은미하고 은하가 왔구나. 내 동생들이 왔어.”

은미 언니가 발끈해서 대답했다.

“누가 동생들이야? 우린 큰오빠 진즉 호적에서 파냈어. 우리는 큰오빠 없어. 4형제야.”

“그래도 싸다. 나 같은 놈이 무슨 사람 구실을 하겠다고.”

“언니가 저렇게 아픈데 술이 넘어가?”

“나도 죽고 싶은 심정이다. 너무 그러지 마라. 지금 병원비 때문에 백방으로 급전 알아보는 중이야.”

“우리 돈 해 먹은 건 다 어쩌고?”

“나도 피해자야. 복자가 나까지 속이고 그렇게 많이 꿍쳐는지 나도 몰랐어. 장인어른까지 한패로 짜고 집이며 가게며 전부 장인어른 이름으로 되어 있으니 나도 깜빡 속았다. 복자는 사람의 탈만 썼지 사람 아니야."

"그걸 지금 변명이라고 하는 거야?"

"너희가 믿지 않아도 할 말 없다. 내가 등신이지 뭐, 애초에 복자를 우리 집에 들이는 게 아니었는데……."

언니도 은하도 기가 막혀 말이 나오지 않았다. 오빠의 변명이 우리에게 씨알이 먹힐 리 없었다.

"여보, 일어나요. 더 늦기 전에 가야지요."

은하는 감정이 더 격해지기 전에 서둘러 헤어지는 게 낫겠다 싶어 자리에서 일어섰다. 남편은 큰오빠 눈치를 살피다가 은하를 따라 일어섰다. 남편이 밥값을 계산하러 가자 큰오빠가 따라 나왔다. 헤어지기 전 오빠가 말했다.

"최 서방, 염치없지만 혹시 현금 있으면 좀 주고 가면 안 될까? 나 차비도 없어."

은하는 어이가 없었다. 남편이 지갑에서 5만 원권 몇 장을 꺼내는 것을 보고 언니가 말했다.

"그냥 가요. 줄 필요 없어요. 벼룩도 낯짝이 있지……."

남편은 꺼낸 돈을 큰오빠 손에 쥐여 주고 돌아섰다. 주차장까지 오는 동안 세 사람은 한마디도 하지 않았다.

"어디까지 가십니까? 제가 태워다 드릴게요."

"아니에요, 나는 기왕 나온 김에 내가 돌보는 환자 좀 보고 갈 거예요. 오늘 고맙고, 미안하고 반가웠어요."

"앞으로는 종종 만나요."

"그래요. 조심해서 올라가요. 은하야 너도 잘 가고 나중에 통화하자."

돌아서는 은미 언니의 발걸음도 무거워 보였다. 승용차가 출발하고 이천까지 올 동안 은하는 한마디도 하지 않았다. 남편은 은하의 마음을 헤아리는지 역시 말이 없었다.

"다음 휴게소에서 잠시 쉬었다 가자."

은하가 휴게소에 차를 주차했다. 먼저 내린 남편은 은하가 내릴 생각을 하지 않자 운전석 쪽으로 다가와 차 문을 열었다.

"당신도 내려. 잠깐 내려서 몸 좀 움직여. 커피 한잔 마시든가."

남편이 화장실에 다녀오는 동안 은하는 남편을 위해 커피를 주문했다. 남편은 화장실에서 나와 팔과 다리를 움직이며 몸을 풀었다.

"우리 양수리 들렀다 갈까?"

"아니, 그냥 가요. 애들 저녁해서 먹여야지요."

"말만 한 애들이 밥 한 끼 못 해 먹겠어? 처제도 있고, 정 신경 쓰이면 내가 전화해서 시켜 먹으라고 할게."

은하가 저녁을 준비할 기분이 아니라는 것을 남편은 잘 알고 있었다. 큰오빠와 헤어지고 내내 은하는 거지 같은 큰오빠 때문에 속상했다.

"솔직히 당신한테 너무 창피해요. 오빠가 어쩌다 그 지경이 되었는지. 아무리 그래도 자존심이 있지 어떻게 당신한테 돈을 달라는 말을 할 수 있어요?"

"괜찮아, 형님 맛있는 식사 한 끼 대접했다고 생각하면 되잖아."

"너무 기가 막혀서 말이 안 나와요. 부자는 망해도 3년을 먹고 산다는데 다 쇼하는 거 같아요."

"진실이 뭔지 잘 모르겠는데, 형님이 쇼하는 거 같지는 않아. 아까 우리 먼저 밥 시켜 먹는데 몇 끼를 굶었는지 허겁지겁 드시더라고. 솔직히 나도 좀 놀랐어."

은하는 한숨을 내쉬었다. 정말 이런 꼴을 볼 줄 알았다면 오지 말 것을 그랬다고 후회하고 있었다.

"아유, 내가 술을 안 먹었어야 당신을 양수리로 모시고 가서 기분을 풀어줄 텐데."

"양수리는 다음에 가요. 집에 가서 아이들 저녁 먹이고 쉽시다."

은하는 집으로 차를 몰았다. 집에 도착할 동안 두 사람은 아무런 말도 나누지 않았다.

인과응보

因果應報

병원에 다녀온 지 일주일이 되지 않은 어느 날 이상한 꿈을 꾸었다. 친정 모든 식구가 한 차에 타고 어딘가를 다녀오는 장면이었다. 목적지에 도착해 모두 내렸는데 복자 언니만 차에서 내리지 않았다. 그런데 아무도 복자 언니를 챙기지 않고 각자 짐을 들고 집으로 들어가는 것이었다. 은하가 다가가 창문을 두드렸다.

"언니 다 왔어요. 내리세요."

그러자 복자 언니가 슬픈 얼굴을 하고 은하를 바라보았다.

"아가씨, 저는 못 내려요. 더 가야 해요."

그때 차가 움직이기 시작했다. 유치원 셔틀버스 같은 노란색 24인용 승합차였다. 은하는 달리는 승합차를 따라가며 복자 언니에게 손을 흔들었다. 복자 언니도 차 안에서 손을 흔들었다. 꿈이었지만 너무 생생해서 은하는 마음이 몹시 불안했다.

은하는 자리에서 일어나 주방으로 갔다. 앞치마를 두른 후 식사 준비를 하고 있는데 남편의 휴대전화가 울렸다. 방 안에서 남편이 누군가와 통화를 하더니 일어나 주방으로 왔다. 은하는 된장찌개에 넣을 호박을 썰고 있다가 남편을 바라보았다.

"좀 더 주무시지, 왜 벌써 나와요? 누구 전환데 아침부터 사람을 깨우는 거예요?"

은하는 심드렁한 목소리로 남편에게 물었다.

"당신 얼른 앞치마 벗고 원주 갈 준비해. 처남댁이 돌아가셨대."

복자 언니가 죽었다는 소식은 은미언니를 통해 듣게 될 줄 알았는데 남편에게 전한 사람이 누군지 의문스러웠다.

"전화는 누구한테 온 거예요?"

"형님한테……"

"큰오빠가 당신 전화번호를 어떻게 알아요?"

"지난번에 원주에서 만났을 때 명함 하나 달라고 해서 드렸거든."

"아니, 그렇다고 당신한테 전화를 걸어요? 누가 반가워한다고……. 정말 어이가 없네요."

"아무튼 얼른 준비해."

"저는 갈 생각 없어요. 아니, 안 갈 거예요."

은하의 음성이 너무 단호해서인지 남편도 더는 권하지 않았다.

"나는 가더라도 오후에나 갈 수 있어. 회사에 처리해야 할 급한 일이 있거든. 간밤에 돌아가셨다니까 내일이 발인이겠네."

남편은 아무 말 없이 아침 식사를 하고 집을 나섰다. 남편의 뒤를 이어 민지, 민서, 민아가 차례대로 밥을 먹고 나갔다. 평소대로 소파에 앉아서 커피를 마시고 있는데 은선이 방에서 나왔다.

"언니, 밥 먹었어?"

"응. 먹었어."

은하는 밥을 먹지 않았지만 귀찮아서 먹었다고 대답했다. 밥을 먹고 설거지까지 마친 은선이 커피를 타가지고 은하 옆으로 와서 앉았다.

"언니 기분이 왜 그리 꿀꿀해보여? 무슨 일 있어?"

"그래 보여?"

"응. 안 좋아 보여."

"은선아, 간밤에 복자 언니가 죽었단다."

은선이는 커피를 마시다 말고 눈을 크게 떴다.

"그 마귀할멈이 정말 죽었다고?"

은선이야말로 복자 언니에게 제대로 당한 피해자였다.

"췌장암으로 오늘내일한다더니 생각보다 빨리 죽었네."

"너는 기분이 어떠니?"

은하는 조심스럽게 물었다.

"그 마귀할멈이 처음에는 나한테 잘해줬어. 물론 아이들이 크기 전이니 아쉬웠겠지만, 솔직히 엄마랑 둘이 지내던 서낭당 집에서 살 때 너무 무서웠거든. 밤이면 귀신이 와서 잠자는 내 모습을 이렇게 들여다보는 꿈도 매일 꾸었어. 자고 일어나면 온몸이 젖을 정도로 땀도 흘렸고. 그래서 복자 언니가 자기네 집에 와서 아이들 좀 봐달라고 할 때 차라리 잘됐다 싶었어. 엄마 혼자 남겨둔 게 좀 미안하기는 했지만, 큰오빠 집은 크고 먹을 것도 많고 아이들도 언니가 늦게 오니까 나를 무척 따르고, 여러 가지로 좋았어. 나중에 아이들이 다 크니까 언니가 그때부터 나를 좀 홀대하기는 했지만, 그래도 한 10년은 잘 지냈던 것 같아. 알고 보니 내가 동생이 아니라 그 집 가정부였지만……."

"그래, 처음에는 네가 필요하니까 잘해줬겠지. 그때를 생각하면 나도 가슴이 아프다. 내가 빨리 자리를 잡았으면 너 데려다가 공부도 시키고 했을 텐데, 미안한 게 많아."

"언니, 그런 말 하지 마. 내가 아무것도 모르는 척하고 시시덕거리면서 지내지만, 언니가 날 거둬준 거는 죽어도 잊지 않을게. 그나저나 언니 원주 갈 거야?"

"아니, 가고 싶은 마음은 없어."

"그래도 마음에 걸리지 않아?"

은하는 속마음을 들킨 것 같아 대답하지 못했다. 그때 전화벨이 울렸다. 은미 언니였다.

"은하야, 어젯밤에 복자 언니가 떠났다."

"알고 있어. 큰오빠가 오늘 아침에 최 서방한테 전화했더라고."

"뭐? 최 서방한테 전화를 했다고? 그 인간은 정말 양심을 찜 쪄 먹었나 보다. 어떻게 최 서방한테 알릴 생각을 다 한다니, 참 기가 막힌다."

"지난번에 만났을 때 명함 달라고 해서 줬대."

"너 혹시 올 거니? 나야 어차피 병원에 있으니까 장례식장 잠시 들여다볼 건데, 너는 내키지 않으면 일부러 올 필요는 없을 듯해."

"생각 좀 해 보고 알아서 할게."

"그래 기다리진 않을게."

옆에서 듣고 있던 은선이 말했다.

"언니, 그래도 나는 가 보고 싶어. 나를 내보낼 때는 마귀할멈같이 못되게 굴긴 했지만, 함께 15년을 살아서 미운 정 고운 정 다 들었거든. 언니가 가기 싫다면 시외버스 타고 나 혼자만이라도 잠깐 다녀올게."

"가면 큰오빠 만날 거야. 지난 번에 갔을 때 큰오빠 만났거든."

"그래? 언니들은 모르겠지만 사실 나는 큰오빠한테 감정 없어. 큰오빠가 몰래몰래 나 많이 챙겨줬었거든. 그래서 덕분에 훨씬 덜 외로웠어. 그리고 내가 공부만 좀 잘했어도 큰오빠는 날 대학에 보내줬을 거야. 대학 가라고 엄청 신경 써줬는데……."

"네가 애 둘에 집안 살림까지 도맡아 하면서 무슨 수로 대학을 가니?"

"아무튼 큰오빠가 전문대학이라도 가라고 원서까지 사 들고 왔는데 워낙 공부에 취미가 없어서 내가 싫다고 했어. 그런데 살아보니까 참 후회가 되더라. 그때 큰오빠 말을 듣고 그냥 아무 전문대라도 갔더라면 뭔가 내 인생이 조금 달라지지 않았을까 그런 생각도 들어."

"공부는 하고 싶은 거 있으면 지금도 늦지 않았어."

"언니 내 나이가 이제 곧 쉰이야. 이 나이에 공부는 무슨 공부,"

"얘, 지금은 백 세 시대 아니니? 쉰도 안 늦었어. 내 친구들도 지금 사회복지사니, 공인중개사니 공부하는 친구들 많

아. 요즘 추세가 많이 바뀌었잖니. 너도 하고 싶은 거 있으면 언니한테 말해. 언니가 이제라도 뒷바라지해 줄게."

"언니, 나는 언니 말만 들어도 행복해. 그런데 나는 지금 생활에 만족해. 돈만 조금 더 모으면 아주 조그만 카페 하나 차리고 싶어."

"그래, 그것도 좋은 생각이야. 아무튼 뭐든 좋으니까 하고 싶은 거 있으면 한번 해 보자."

오전 내내 은하는 아무것도 손에 잡히지 않았다. 은하는 주방에서 그릇들을 꺼내 정리하기 시작했다. 뭐라도 하지 않으면 속이 터져버릴 것 같아서였다. 온갖 그릇들을 꺼내 닦고 새로 배치하고 있는데 현관문 번호키 누르는 소리가 들렸다. 누가 일찍 들어왔나 하고 보니 남편이었다.

"내가 당신 이러고 있을 줄 알았어. 아무것도 손에 안 잡히지? 빨리 준비해 원주 가게."

"이러지 않아도 되는데 왜 자꾸 앞서가요?"

"내가 당신 마음속에 들어갔다 나왔잖아."

그때 나갈 채비를 하고 은선이 방에서 나왔다.

"어머, 형부 이 시간에 웬일이세요?"

"처제, 처제도 같이 원주 가자. 지금 가면 발인까지 보고 내일 올 거니까 얼른 준비하고 나와."

"저는 나갈 준비 끝났어요. 안 그래도 지금 원주 가려고 나서는 중이에요."

"봐, 처제도 두말하지 않고 간다잖아."

은하는 남편에게 떠밀려 간단히 짐을 꾸렸다. 남편의 배려가 한없이 고맙게 느껴졌지만 이럴 때는 남편의 지나친 배려가 부담스럽기도 했다. 짐을 꾸려 따라나서기는 했어도 은선 역시 평소답지 않게 말이 없었다. 오후 3시경이라 그런지 고속도로는 한산했다. 병원에 도착해 장례식장으로 향했다. 방은 제일 구석에 있는 작은방이었다. 손님은 하나도 없고 큰오빠 혼자 있었다.

"왜 이렇게 썰렁합니까?"

"왔어? 아무한테도 안 알렸거든. 최 서방한테 전화한 게 다야."

"장례 절차는 정하셨어요?"

"절차랄게 뭐 있나, 제일 간소하게 해달라고 했어."

"아들들은 안 옵니까?"

"연락은 했는데 올지 오지 않을지 모르겠네."

바로 그때 장례식 관계자가 들어왔다.

"결제를 해주셔야 나머지 절차를 진행하는데요."

그러자 큰오빠가 눈짓으로 남편을 불러냈다. 남편이 말없이 따라나섰다.

"언니, 우리 상복 입어야 해?"

"아니, 그렇게까지 할 필요는 없어. 입지 말자. 좋은 감정으로 온 것도 아닌데."

"알았어. 언니 말대로 할게."

잠시 후 남편이 돌아왔다.

"당신은 왜 부른 거야? 설마 당신한테 결제하라고 부른 건 아니지?"

남편은 대답 대신 은하의 어깨를 툭 쳤다.

"집에 가서 얘기하자. 별일 아니야."

정말 썰렁한 장례식이었다. 그 흔한 화환 하나 없고 손님은 은하 식구 외에는 없었다. 아무에게도 알리지 않았다더니 정말인가 보았다. 저녁나절 일을 마친 은미 언니가 왔다.

"뭐야, 왜 아무도 없어? 그새 다 다녀간 거야?"

"아무에게도 안 알렸대."

"아무리 그래도 너무 썰렁하네. 오빠랑 최 서방은?"

"큰오빠가 담배 피우는 데 따라 나갔어."

"작은오빠한테 알릴 걸 그랬나?"

"내가 전화했는데 안 오겠대."

"하긴 안 와도 할 말 없지."

그때 화장실에 갔던 은선이가 들어왔다.

"큰언니."

은선이는 큰언니를 부둥켜안았다.

"은선아. 오랜만이다. 잘 지냈니? 우리 막내. 언니가 잘살지 못해서 너한테 아무 도움도 못 주고……."

언니는 반가운지 은선이를 안고 울먹울먹했다.

"난 작은언니 덕에 잘 지내고 있잖아. 언니 많이 보고 싶었어. 그동안 고생 많았다며?"

"그렇게 됐다."

둘은 앉아서 도란도란 이야기를 나누었다. 오랜만에 세 자매가 모여 밤새 이야기를 나누니 좋았다. 큰오빠와 남편은 한쪽에 쓰러져 잠이 들었다.

"내일 새벽이 발인이지? 장지는 어디로 정했어? 고향으로 가나?"

"아니, 그냥 이 근처 봉안당으로 간대."

"장례비용은 얼마 안 나오겠다. 내가 간병인으로 수많은 장례식에 가봤지만 이렇게 사람 없는 장례식장은 처음 본다. 복자언니 친정 식구들한테도 인심을 잃었나?"

"아니, 복자언니가 원하지 않았대. 친정에는 알리지 말라고."

"정말 우리 아니었으면 큰오빠 혼자 상 치르게 생겼었네."

은하는 고개를 끄덕였다. 새벽 3시쯤 은하는 잠이 들었다. 두런두런 말소리가 들려 잠에서 깨자 5시 반인데 벌써 장지로 떠날 준비를 하고 있었다. 작은 영구차에 큰오빠 혼자 타고 영정을 들 사람이 없어서 남편이 들었다. 은하 차에는 세 자매가 타고 뒤를 따랐다.

화장터에 도착해 관을 옮기는 것은 사람이 없어 따로 부탁했다. 쓸쓸하고 초라한 장례식이었다. 복자 언니의 관이 불에 타기 시작하자 눈물이 흘렀다. 관과 함께 살이 타들어가는 아픔도 느끼지 못하고 이 세상에서 마지막 의식을 치르는 복자 언니, 아무도 진심으로 울며 죽음을 슬퍼해 주는 않는 그녀의 삶이 한없이 가엾고 불쌍한 인생이라는 생각이 들었다. 세 자매는 모두 흐르는 눈물을 막을 수 없었다. 여태 눈물 한 방울 보이지 않던 큰오빠도 소매로 연신 눈물을 닦았다. 남편의 말대로 사람의 죽음 앞에서 용서하지 못할 것은 아무것도 없는 듯싶었다. 그렇게 한 생명이 스러지고 있었다. 과연 죽음 뒤의 세상에서 어떤 판결을 받을지는 그 누구도 모르는 일이었다. 그렇게 한 생명의 죽음을 배웅하고, 산 사람은 또 끼니를 채우기 위해 식당을 찾았다.

"정말 고맙다. 이 은혜는 잊지 않으마. 특히 최 서방…….
언제가 될지는 모르겠지만 오늘 진 빚은 내 꼭 갚고 죽을게."

"아닙니다. 제가 뭐 남인가요?"

은미 언니가 수상한 눈으로 물었다.

"최 서방한테 무슨 빚을 졌다는 거예요? 또 돈이라도 빌렸어요?"

"아무것도 아닙니다. 나중에 집사람 통해서 들으세요."

말하지 않아도 은하는 알 것 같았다. 큰오빠가 갚겠다는 빚은 아마도 장례비용일 것이다. 지난번에 만났을 때도 자존심 다 팽개치고 손아랫사람에게 돈을 달라고 말하던 오빠였다. 며칠 사이에 형편이 나아졌을 리 없으니 아마도 장례비용은 남편이 치렀을 것이다. 다른 사람은 부르지 않고 남편에게 가장 먼저 복자 언니의 죽음을 알렸던 것도 사실은 돈이 없어서였을 것이다. 그런 생각이 들었다. 오죽하면 장례비용까지 남의 손을 빌려 치렀을까 싶어 은하는 알면서도 모른 척했다.

"큰오빠, 빚 갚으려면 지금 문제가 되는 만 평 땅이나 우리한테 양보해요. 아니 양보하는 것도 아니고 제대로 분배하자는 거죠. 더는 소송 같은 거 걸어서 얼굴 붉히지 맙시다."

큰오빠는 대답하지 않았다. 간단하게 요기를 하고 큰오빠, 언니와 헤어졌다. 큰오빠는 먼저 돌아서서 가는데 뒷모습이 금방이라도 쓰러질 듯 위태로워 보였다.

"갈 데는 있는 건가?"

은하가 혼잣말했다.

"함께 지내는 친구가 있다고 하더라고. 아마 그리로 가겠지. 우리 집으로 모셔서 며칠 지내도 괜찮은데 당신이 싫어할까 봐 말하지 않았어."

"잘했어요. 우린 할 도리 했으니 마음은 편해요. 당신 수

고했어요."

집으로 돌아와 은하는 밀린 잠을 잤다. 아침에 일어나지 못했는데 고맙게도 은선이가 아이들과 남편 밥을 챙겨준 모양이었다.

"나를 깨우지 그랬어."

"어젯밤에 나는 좀 잤는데 언니는 통 못 잤잖아. 형부도 언니 깨우지 말라고 하더라고. 정말 형부 같은 남자는 없을 거야. 언니는 그래도 결혼이라도 잘해서 다행이야."

"맞는 말이다. 형부 아니었으면 나도 인생이 팍팍했을 거야. 형부한테는 늘 고맙고 미안하고 그래."

"대신에 언니도 형부한테 잘하잖아. 두 사람 보면 그렇게 오래 살아도 금실이 좋다는 게 이해가 안 갈 정도야."

"금실이 좋기는, 우리 같은 부부도 많아."

"형부가 장례비용도 다 낸 거지? 어제 눈치를 보니 그런 것 같아."

"아무래도 그랬겠지?"

"그럼 안 봐도 비디오지."

"형부한테 염치없어서 큰일 났다. 그 빚을 또 어떻게 갚는다니……."

"지금처럼만 하면 되지 뭐. 언니, 어제 새언니 장례식 보니까 새언니 인생도 참 불쌍하더라. 가족도, 친구도 없이 정말 쓸쓸하게 살다 가는 것 같아. 저렇게 살면 안 되겠다는 생각이 들 정도로. 나는 내 삶이 쓸쓸하고 늘 별로 볼일이 없다고 생각했는데 그래도 새언니처럼 텅 빈 장례식은 아닐 것 같아. 그렇게 안 되도록 잘 살아야겠어."

"맞아. 쓸데없이 많은 사람이 몰려드는 건 바라지도 않아. 그래도 진정으로 슬퍼해 줄 사람 몇몇은 있어야 잘 살았다고 할 수 있겠지."

은선이 고개를 끄덕였다.

오후 들어 기운을 차린 은하는 노량진 수산시장에 가서 남편이 좋아하는 회를 조금 떠 왔다. 오늘 저녁에는 남편과 술 한잔 마시고 싶었다. 회사를 비워 일이 밀린 남편은 평소보다 늦게 귀가했다. 집에 들어온 시간이 11시였다.

"당신 여태 안 잤어?"

"내가 언제 당신 오기 전에 먼저 잠든 적 있어요? 몸이 몹시 아프면 모를까."

"맞아. 당신은 언제나 나보다 일찍 일어나고 늦게 잠들었지."

옷을 받아 걸어 옷장에 넣고 은하가 말했다.

"당신 좋아하는 회 떠다 놨어요. 술 한잔 하세요."

"좋지, 얼른 씻고 나올게."

은하는 회와 소주를 꺼내놓고 남편이 나오기를 기다렸다.

"자, 한 잔 받으세요."

"이거 오늘 분위기가 왠지 무서운데, 나 뭐 잘못한 거 있어?"

소주를 받고 은하에게 한 잔 따라주며 남편이 엄살을 떨었다.

"있지요. 당신 카드 얼마나 긁었어요? 장례비용이 많이 나왔죠?"

"생각보다 손님은 없어서 식대는 거의 없었고 장례식장 빌리고 관하고 수의, 상석에 올린 음식값, 꽃값 등 잡다한 비용들하고, 화장터는 시립이라 가격이 그리 비싸지 않았고, 조금 가격이 비싼 건 유골함하고 봉안당 비용이지."

"다해서 얼마 들었어요?"

"천오백만 원 들었어."

"천오백만 원이나요?"

"적게 나온 거지. 작년에 어머니 돌아가셨을 때는 똑같이 화장했는데 비교도 안 될 만큼 많이 나왔잖아."

"그거야 손님이 워낙 많았으니까요. 아무튼 미안하고 고마워요."

"별소릴 다하네. 내 친구들 이야기 들어보면 처가에도 돈이 꽤 들어간다고 하더라고. 우린 장인어른과 장모님이 일찌감치 돌아가신 데다 그동안 모임도 없었고 행사도 없어서 돈 쓸 일도 없었잖아."

"은선이도 데리고 있잖아요."

"아무튼 당신 마음만 편하다면 그깟 돈 좀 쓴 게 뭐 대수라고."

"오빠는 미안한 마음도 없이 결제하라고 하던가요?"

"아니야, 형님은 유골함도 필요 없고 봉안당에도 안 모신다고 했어. 그냥 나무상자에 담아주면 산이나 바닷가 나가서 뿌린다고. 그런데 바닷가 나가려고 해도 배 빌리려면 돈 들고, 돈 들지 않는 방법은 산에 가서 뿌리는 수밖에 없는데 요새 그게 불법이라잖아. 그래서 내가 책임진다고 했지. 형님이 당신 얼굴 보기 미안해서 안 된다고 하는 걸 내가 우겼어."

"잘했어요."

"어? 혼날 줄 알고 잔뜩 긴장했는데 이거 너무 싱거운데."

"어쨌든 친정 일인데 내가 왜 당신을 나무라겠어요. 미안할 뿐이죠. 그리고 큰오빠 처지 짐작이 가요. 오죽하면 자식들도 엄마 가는 걸 배웅 안 했겠어요? 나중에 그 마음의 짐을 어떡하려고……."

"그래 좀 심하긴 하더라고. 부모와 자식 간에 원수진 것도 아니고, 그리고 아무리 원수 간이라 해도 장례식에는 왔어야지."

"우리 자식들은 안 그러겠죠?"

"그걸 말이라고, 우리 자식들이 왜 그러겠어? 우리가 뭘 잘못한 게 없는데."

"잘못을 했다고 해도 그러면 안되는 거잖아요."

"당신 마음이 편치 않았구나."

"그럼요. 죽음이잖아요. 더는 어찌해볼 수 없는……."

그날 저녁 은하는 남편과 많은 이야기를 나누었다. 은하는 이렇게 평범하게 사는 평범한 일상이 그저 고맙고 감사했다.

자두연기

煮豆燃箕

작은오빠가 은하를 비롯하여 언니, 은선 등 4형제 모두 함께 만나자는 연락을 해왔다. 언니에게 알렸더니 도저히 병실을 비울 수 없어서 못 온다고 했다. 동생 은선도 머리 복잡한 건 싫으니까 언니가 다 알아서 하라고 말했다.

"은선아, 너는 큰오빠한테 그렇게 당하고도 또 나를 믿는 거니? 내가 네 몫까지 다 채가면 어쩌려고? 이제 너도 네 일은 스스로 책임져야지."

은하가 정색하며 말하자 은선이 대답했다.

"언니, 언니가 가질 수 있으면 다 가져가. 나는 관심 없어. 어차피 나한테는 없던 재산이었어. 그 돈이 얼마나 되는지는 모르겠지만 나는 그 돈 받으면 그동안 언니에게 신세 진 거 갚으려고 했어.”

은하는 은선의 말에 할 말이 없었다. 은선이 바보같이 사는 것 같지만 어쩌면 가장 마음 편하게 사는지도 모른다는 생각이 들었다. 은하는 작은오빠와 약속한 현우가 일하는 법률사무소로 찾아갔다.

“현우야 오랜만이다. 뭘 사올까 고민하다가 화분 하나 사왔다.”

은하는 준비해간 난 화분을 탁자 위에 놓았다.

“고모, 감사합니다. 그냥 오셔도 되는데요, 여기 제 사무실도 아닌데…….”

“네가 사무실 개업할 때는 고모가 큰 거 하나 맡아서 해줄게.”

“말씀만으로도 감사합니다.”

현우가 활짝 웃었다.

“자, 앉자.”

작은오빠가 먼저 의자에 앉았다.

“오빠, 은선이는 관심 없어 하고 은미 언니도 우리한테 일임하겠대. 다들 아직도 정신을 못 차리나 봐, 아니면 나만 세속적인가?”

은하의 말에 오빠가 덧붙였다.

“다들 너무 착해서 그래. 아무튼 우리 둘이 맡아서 하는

데까지 해 보자. 현우야 고모랑 아빠가 알아듣기 쉽게 설명을 해봐."

현우가 미리 프린트해 놓은 종이를 들고 와 탁자에 내려놓았다.

"상속 청구 통지를 받았다는 것은 일반적으로 고인의 토지 지분을 받을 자격이 있는 잠재적 상속자 또는 수혜자로 확인되었음을 의미해요. 그러니까 일단 통지를 받은 고모들과 큰아버지, 그리고 아버지 이렇게 다섯 명이 수혜자예요."

현우는 앞에 놓인 프린트 종이에 볼펜을 그어가며 설명했다.

"상속에서는 재산을 남기고 돌아가신 분을 '피상속인'이라고 합니다. 그러니까 할아버지가 피상속인이 되겠지요. 피상속인이 남긴 재산 중에 귀금속, 패물, 현금, 예술품 등의 재산은 상속인들이 점유를 취득함으로써 상속이 이루어지는데 쉽게 말해 가족들이 협의해서 각자 가져가면 그것으로 상속 절차가 끝난다는 말입니다. 워낙 고가의 물건이라 별도로 상속세 신고에 넣어야 할 정도의 물건이 아니라면 이렇게 재산을 나눈 후에 별도로 신고를 할 필요도 없어요. 그런데 우리는 재산이 현물이 아니라 토지잖아요? 토지는 별도의 토지 상속 절차 과정을 거쳐야만 하는데 그 이유는 토지나 건물 같은 부동산은 소유권변동에 부동산등기라는 추가요건이 꼭 필요하기 때문이에요. 이를 법률용어로 말하면 법률행위에 의한 물권변동에는 물권행위와 등기라는 두 가지 요소가 필요하다는 것인데, 쉽게 말해 등기를 넘겨받아야 진짜 내 재산이 된다고 이해하시면 됩니다."

여기까지 듣고 은하는 고개를 끄덕였다.

"우리 경우는 상속인들이 할아버지가 돌아가신 뒤에 꽤 오랫동안 상속등기를 하지 않은 상황에 해당해요. 왜냐하면 그 땅이 있는 것조차 몰랐으니까요. 그런데 우리나라 상속법은 피상속인이 사망한 순간 남은 가족이 재산권을 행사할 수 있어요. 즉 할머니도 이미 사망하셨으니까 남아 있는 다섯 형제의 공동재산이 되는 겁니다. 토지를 상속인들이 처분하거나 분배를 하기 위해서는 토지 상속 절차 과정을 거쳐야 합니다."

"여기까지는 나도 이해했어. 그래서 앞으로 우리는 어떻게 하면 되는 거야?"

작은오빠가 끼어들었다.

"할아버지가 남긴 상속부동산을 나누는 절차는 크게 두 가지 경우의 수가 있어요. 먼저 토지 상속 절차 문제에 관하여 상속인들 전원의 합의가 가능하다면 상속재산 분할협의서를 작성해서 상속등기를 하면 제일 간단한 방법이에요. 그런데 이때 작성해야 하는 상속재산 분할협의서에는 필요한 것이 몇 가지 있어요. 첫째는 피상속인의 인적 사항과 사망일시, 둘째는 공동상속인들의 인적 사항, 셋째는 상속부동산의 정확한 주소, 넷째는 상속재산의 분배 방법인데 여기서 이게 가장 중요해요. 이건 누가 이 토지를 소유할 것인지 또는 어떤 비율로 공유할 것인지 등을 정해야 하는 거예요. 만약 공동상속인들이 별 이견이 없다면 엔 분의 일로 나누는 게 통상적입니다. 그리고 다섯째, 상속인 전원의 확인 등의 내용을 기재해야 하고 상속인들은 모두 인감도장을 찍어야 합니다. 거기에 인감증명서를 첨부하면 가장 간단한 방법으로 재산 분할을 할 수 있어요."

"그렇다면 아직 형한테 이 방법으로 지급된 재산이 아닌데 형은 어떻게 이 서류로 돈을 빌릴 수 있는 거지?"

"그건 불법이고 그 서류를 보고 돈을 빌려줬다면 빌려준 사람이 바보지요. 제 생각에는 서류를 보여주면서 이 땅이 다 내 땅이다, 이렇게 말하면서 땅값보다 훨씬 적은 금액을 비싼 이자로 빌려달라니까 혹해서 준거 아닐까요? 그런데 이게 조금만 주의 깊게 보면 말도 안 되는 게 공동상속인들이 전원 상속재산 분할협의서를 작성한 후 담당 등기소에 등기신청을 하면 상속등기를 할 수 있는데 그러면 이 상속등기로 토지 상속 절차가 완료되거든요. 등기가 완료되어야만 상속부동산의 소유명의를 취득한 상속인이 이 재산을 제삼자에게 매각하거나, 대출을 받고 근저당권을 등기할 수 있어요. 그러니까 이 토지가 자기 거라고 말하고 다니는 큰아버지나, 그걸 믿고 돈을 빌려주는 사람들이나 다 무지한 거지요."

"맞아 일종의 사기지. 그러면 우리가 앞으로 해야 할 일은 뭐니?"

"큰아버지만 오케이 하시면 전원 합의로 간단하게 토지를 엔 분의 일로 나누어 각자 소유로 할 수 있어요. 그러나 만에 하나 상속인들 사이에 이견이 해결되지 않거나, 상속인 중 일부와 연락이 되지 않아 협의할 수 없는 경우는 부득이한 경우 가정법원에 상속재산분할 심판청구를 진행하면 됩니다."

"전문적인 단어라 왠지 복잡하게 들린다."

은하의 말에 현우가 웃으며 대답했다.

"맞아요 고모, 한마디로 말해 전원 합의해서 도장을 찍으면 각자 재산권을 행사할 수 있다, 이렇게 생각하시면 돼요."

"그러면 오빠가 우리 모르게 그 땅을 팔거나 자기 소유로 돌릴 경우의 수는 일도 없다는 이야기구나."

"네, 맞아요. 인감도장을 내주지 않는 한 그런 일은 없습니다."

"아, 그놈의 인감도장, 나는 인감도장이라는 말만 들어도 트라우마가 생긴다."

작은오빠가 인감도장이라는 말이 나오자 인상을 쓰며 고개를 절레절레 흔들었다.

"만에 하나 형이 욕심을 부려 우리와 협의하지 않거나 나타나지 않으면 어떻게 되는 거니?"

"그것도 상관없어요. 시간은 좀 오래 걸리겠지만, 만약 그럴 경우가 생긴다면 가정법원에 상속재산 분할심판 청구를 하면 재판을 통해 가정법원은 상속재산의 분배를 한 뒤 경매로 넘겨 대금을 비율에 따라 나눌 수 있게 해줘요. 그런데 이 방법은 전원 합의를 하는 것보다 시간이 오래 걸려요. 또 땅을 경매로 내놓아도 안 팔릴 수도 있고, 경매로 매각하기 때문에 정상적인 방법보다 금액이 많이 줄어들겠지요. 심하면 반값도 못 건질 확률이 높아요. 다행히 이 토지는 도로로 편입된다니 나라에서 사줄 거니까 반값도 못 건질 확률은 없겠네요."

"결국 다섯 형제가 전부 합의해야 하니 어떻게든 큰오빠를 한 번은 만나야겠네요."

"은하야, 네가 만나봐라. 나는 형 만나면 내가 어떻게 돌변하게 될지 걱정이라 안 만나는 게 좋을 것 같아."

"작은오빠, 세월이 그렇게 오래 흘렀는데 아직도 마음이 안 풀려?"

"안 풀려. 지금도 그때만 떠올리면 무식한 내가 바보 같고, 속이 상한다."

"그러면 만약 큰오빠가 죽는다면 장례식에도 안 갈 거야?"

작은오빠는 잠시도 고민하지 않고 대답했다.

"난 안 간다. 그렇게 쉽게 풀릴 거면 지금까지 가슴에 응어리로 가지고 있지도 않았어."

그때 남편이 했던 말이 떠올라서 은하는 한마디 했다.

"죽음 앞에서 용서하지 못 할 일이 뭐가 있겠어? 사실 이번에 복자 언니 장례식에서 나는 느낀 게 많아."

"은하야 너는 어려서 그때 상황이 잘 기억나지 않지만 나는 그때만 생각하면 지금도 분해서 자다가도 벌떡 일어난다."

"오빠, 나도 그때 그렇게 어리지 않았어. 대학교 3학년이었잖아, 아무튼 각자가 느끼는 아픔의 정도는 다른 거니까, 내가 뭐라고 할 말은 없어. 솔직히 나도 영원히 안 만나면 좋겠다 싶었는데 막상 보니까 큰오빠가 불쌍하더라."

"불쌍? 그렇게 말하니 그 자식 면상 한번 보고 싶네. 얼마나 불쌍한 얼굴로 사는지, 아무튼 말년에 제대로 벌 받았으니 꼬시다."

"그래서 만날 거야 안 만날 거야?"

"좀 더 생각해볼게."

"그럼 일단 약속은 잡아볼게."

은하는 오랜만에 만난 현우, 작은오빠와 함께 점심을 먹고 헤어졌다.

"현우야, 고맙다. 다음에 또 보자."

"네, 고모 안녕히 가세요."

은하는 현우와 인사를 나누고 돌아섰다. 거리를 걷는데 현우 얼굴에 민우 얼굴이 겹쳐졌다. 똑같은 형제들이 낳은 자식인데 하나는 변호사로 성장하고, 하나는 구치소에서 형을 살고 있다는 게 아이러니했다. 사람은 자라온 환경에 따라 살아가는 방법이 달라지는 걸까? 그러나 한편으로는 아니라는 생각도 들었다. 어려운 환경에서도 꿋꿋하게 자신의 삶을 개척하며 살아가는 반듯한 아이들도 많기 때문이었다. 아무튼 현우와 민우의 삶을 비교하니 만감이 교차했다.

집으로 돌아온 은하는 남편에게 큰오빠 전화번호를 물었다.

"당신 큰오빠 명함 받았지요?"

"아니, 안 받았는데. 내 것만 드렸어."

"그러면 당신이 전화 받았으니까 휴대전화에서 큰오빠 전화번호 좀 확인해서 저한테 알려주세요."

"왜? 큰형님을 만나게?"

남편의 얼굴은 은하가 그렇게 싫어하는 큰형님을 만난다는 게 이해가 가지 않는 표정이었다.

"어쩌다 보니 내가 총대를 매게 됐어요. 큰오빠와 협의를 해야 토지 문제를 해결하는데 아무도 안 만나려고 해요. 그런데 한 명이라도 협의하지 않으면 문제가 복잡하대요."

"형님이 협의해 주실까?"

"아마 해줄 거예요. 그때 보니까 한 푼이 아쉬워 보이던데 아쉬운 대로 엔 분의 일이라도 빨리 받으면 좋지 않겠어요?"

"같이 가줄까?"

"만약 작은오빠가 약속 잡았는데도 끝까지 안 간다고 하면요."

"오케이."

"당신이 옆에 있으니 든든해요. 천군만마 같아요."

"아부라도 당신한테 그런 소리 들으니 기분이 좋은데."

은하의 말에 남편이 큰소리로 웃었다.

"아부 아니에요. 진심."

은하도 웃으며 주방으로 갔다.

며칠째 큰오빠에게 전화를 걸어도 이상하게 받지 않았다. 이유는 알 수 없지만, 장례식장에서 쓸쓸히 돌아서는 큰오빠의 뒷모습이 생각나 은하는 왠지 불안했다. 다시 며칠이 지나자 작은오빠가 궁금했는지 전화를 걸어왔다.

"어떻게 약속은 잡았니?"

"아니, 신호는 가는데 큰오빠가 전화를 안 받아."

"문자라도 남기지 그랬어."

"이 문제가 문자로 해결될 일이 아니라서……. 아무튼 내일 전화 걸어보고 정 안되면 문자 한 번 넣어볼게."

"누구한테 쫓기나? 도대체 무슨 죄를 그렇게 많이 지었기에 전화도 못 받을까? 끝까지 속 썩이네! 정말."

작은오빠는 투덜거리며 전화를 끊었다. 은하도 계속 전화를 받지 않는 큰오빠가 슬슬 걱정되기 시작했다. 저녁에 남편이 퇴근하고 집에 돌아오자 은하는 남편에게 부탁했다.

"큰오빠가 내 전화는 안 받아요. 내 전화번호를 모르니까 아마 빚쟁이라고 생각하는 것 같아요. 당신이 한번 전화해 볼래요? 왠지 당신 전화는 입력해 두었을 것 같은데……."

"알았어. 그게 뭐 어려워서."

남편이 휴대전화로 전화를 건 뒤 은하가 들을 수 있도록 스피커를 눌렀다. 전화기가 세 번쯤 울리자 누군가 전화를 받았다. 그런데 전화를 받는 사람이 큰오빠가 아니었다.

"강석훈 씨 전화기 아닌가요?"

"강석훈이 전화 맞아요."

"좀 바꿔주시겠어요?"

"누구십니까?"

"전화를 받으시는 분은 누구신데요?"

"아이 씨, 내가 먼저 누구냐고 물었잖아."

상대는 갑자기 신경적으로 반말을 했다. 뭔가 불길한 예감이 들었다. 남편은 침착하고 참을성 있게 대답했다.

"저는 강석훈 씨 처남입니다. 형님 좀 바꿔주시지요."

"강석훈이가 지금 전화 받을 처지가 아닌데 이걸 어쩌나?"

목소리로 보아 나이도 그리 많아 보이지 않은 사람이 '강석훈 씨'가 아니라 '강석훈이가'라고 하는 말을 듣는 은하는 뭔가 잘못됐구나 싶어 가슴이 쿵 내려앉았다. 은하가 뭐라고 따지려고 하자 남편이 입술에 손을 대었다. 아무 말도 하지 말라는 표시였다. 대신 남편은 통화 중 녹음 버튼을 눌렀다.

"강석훈 씨한테 무슨 일이 있습니까? 거기 어디인가요?"

"왜 지금 달려오시게? 강석훈이 아들들은 제 아비 죽어간다고 전화해도 눈 하나 깜짝 안 하던데?"

"죽어가다니요, 그게 무슨 말씀입니까?"

"그렇게 궁금하시면 지금 여기로 오시든가."

"거기 어딘데요?"

"여기? 강원도 동해, 강석훈이 보러 오는 건 좋은데 빈손으로 와서는 얼굴 보기 힘들 거요. 뭐 그렇다고 경찰에 알리거나 누굴 달고 오거나 하면 우리가 가만있지 않을 거니까, 허튼수작은 부리지 않는 게 당신 신상에 좋을 거야. 아직 죽진 않았으니 죽기 전에 와서 얼굴 한번 보는 것도 나쁘지 않겠네."

남자는 그렇게 말하며 키들키들 웃었다. 은하는 시계를 보았다. 시간은 이미 자정을 넘기고 있었다. 남편은 여전히 침착한 어조로 말했다.

"지금은 너무 늦어서 갈 수 없고 내일 날 밝는 대로 갈게요. 주소 좀 찍어주세요."

전화는 일방적으로 끊겼다. 그리고 잠시 후 주소 하나가 문자로 들어왔다. 주소는 청수골 근처였다.

"이걸 어째요, 아무래도 큰오빠한테 무슨 사달이 난 거 같지요?"

은하가 떨리는 목소리로 말했다.

"아무래도 그런 거 같아. 목소리로 봐서는 깡패들 같기도 하고, 혼자 아니고 여러 명 떠드는 소리 당신도 들었지?"

"어떡하죠? 경찰에 알려야겠죠?"

"일단 가봅시다."

"만약 갔다가 우리에게 해코지하면 어째요? 아까 들으니까 올 때 빈손으로 와서는 얼굴 보기 힘들다 했잖아요."

"그 사람들이 필요한 건 돈이니까 우리한테 함부로 할 수 없을 거야. 아무튼 잠을 좀 잡시다. 새벽부터 운전하려면 그게 좋을 것 같아."

남편은 잠을 청하러 들어갔다. 그러나 남편은 쉽게 잠들지 못하고 뒤척였다. 은하 역시 누워있어도 정신이 말똥말

똥해 잠이 오지 않았다. 결국 뜬눈으로 밤을 새운 후 날이 밝자 남편과 함께 집을 나섰다.

"작은오빠한테도 알릴 걸 그랬나 봐요."

"지금은 너무 이른 시간이니까 가다가 휴게소에서 전화합시다."

"아무래도 현우가 있으니까 뭔가 도움은 되겠죠?"

"너무 걱정하지 말고 일단 가서 상황을 보고 결정해도 늦지 않을 거 같아."

남편은 빠른 속도로 차를 운전했다. 횡성휴게소에서 은하는 작은오빠에게 전화를 걸었다.

"형이랑 약속 날짜 잡았니?"

은하의 전화를 받은 작은오빠는 약속 날짜가 잡힌 줄 알고 물었다.

"아니, 오빠 큰일 났어."

은하는 간밤의 이야기를 들려주었다.

"그래서 지금 최 서방이랑 둘이 동해로 가는 중이라고? 그럴 거 뭐 있어, 주소를 줬으면 경찰에 신고하든지 아니면 경찰하고 같이 가야지."

"일단 가 보고, 다시 상황을 알려줄게."

"아무튼 그 주소 나한테 넘겨봐. 현우랑 상의해보고 어떤 게 좋은 방법일지 연구해 볼게."

은하는 주소를 작은오빠에게 전송했다.

어떻게 동해까지 왔는지 모를 정도로 남편은 속력을 냈다. 주소가 찍힌 곳에 도착하니 아침 8시였다. 허름한 창고건물 앞이었다. 은하가 차에서 내리려 하자 남편이 제지했다.

"당신은 같이 들어가지 말고 여기에 있는 게 좋겠어."

"당신 혼자 괜찮겠어요?"

"모르긴 해도 목적이 있으니 나한테 함부로 굴진 않을 거야. 혹시 내가 30분 안에 안 나오거든 경찰에 신고해."

은하는 차에 앉아 있는 것이 더 불안했지만, 남편 말을 듣기로 했다. 제발 아무 일이 없어야 할 텐데, 은하는 주문을 외듯 차 안에서 시계만 바라보고 있었다. 남편은 창고로 들어간 지 30분이 지나서 나왔다. 은하는 그 30분이 3시간, 아니 3일은 지난 듯 오랜 시간으로 느껴졌다.

"오빠는 어때요? 만나봤어요?"

남편은 고개를 끄덕였다.

"만나기는 했는데 많이 맞았는지 상태가 안 좋아."

"어떻게 해요? 당장 병원으로 가야 하는 거 아니에요? 안 된다고 하면 경찰에 신고부터 하죠."

"아냐, 신고해서 끝날 일이 아닌 거 같아. 우리가 예상했던 대로 빚쟁이들이 맞아. 이곳으로 온 이유도 형님이 담보로 잡힌 땅 때문인 것 같아. 진짜 땅이 있는지 보러 온 거겠지."

"얼마나 요구해요?"

"5억."

"그 큰돈이 당장 어딨어요?"

"형제들이 가지고 있는 지분을 다 포기하면 풀어주겠대."

"그렇게 한다고 하지 그랬어요, 지금 돈이 문제가 아니라 사람 생명이 더 귀한 거잖아요."

"나도 그렇게 말은 했어. 놈들은 남은 형제들의 토지 포기 각서를 다 사인해서 가져오면 형님을 풀어주겠대. 일단 내가 설득해 본다고 하고 나오긴 했는데 솔직히 당신과 은선 처제는 포기해도 처형하고 작은형님이 포기하겠어?"

듣고 보니 남편 말이 맞았다. 언니는 민우 합의금으로 1억 이상 빚을 진 상태였다. 은하가 그동안 모아두었던 적금을 헐어 5천만 원을 보태주었는데도 합의금으로는 어림도 없었다. 그러니 언니는 절대 포기하지 않을 것이다. 작은오빠 역시 큰오빠가 죽어도 장례식에는 참석하지 않겠다고 했으니 마찬가지였다.

"어떡하지요? 큰오빠를 구하려면 다른 방법이 없는데."

은하는 그 자리에서 언니에게 전화를 걸어 상황을 설명했다.

"내가 지금 내 발등에 불이 떨어졌는데 남의 사정 봐줄 때가 아니야."

상황의 급박함을 알려주어도 언니는 한마디로 거절했다.

"저러다 큰오빠가 죽어도 괜찮아? 그러면 언니 마음이 편하겠어? 돈이야 있다가도 없고 없다가도 있는 거고 사람 목숨은 살리고 봐야지."

"그러니까 당장 경찰서에 전화해서 그 깡패놈들 잡아 넣으면 되잖아. 지금이 어떤 세상인데 깡패 새끼들이 판을 치느냐고. 네가 못하면 내가 해줄게. 거기 주소를 대."

은하는 전화를 끊었다. 은하는 언니 말이 옳다고 생각했다. 어차피 혼자 힘으로 해결하지 못할 일이라면 경찰에 알리는 편이 나을지도 몰랐다.

"여보, 나는 큰오빠 얼굴을 봐야 안심이 될 것 같아요. 좀 보고 올게요."

"가지 마, 당신 형님 얼굴 보고 나면 걱정스러워서 아무것도 손에 잡히지 않을 거야."

"큰오빠는 뭐래요?"

"한쪽에 쓰러져 있는데 절대로 합의하지 말라고 소리치다가 나 보는 앞에서 또 얻어터졌어."

이러지도 저러지도 못하고 있는 사이 갑자기 경찰차 서너 대가 미끄러지듯 다가오는 것이 보였다.

"작은형님이 경찰에 알리셨나?"

은하 부부가 차에서 내리자 경찰이 다가와 물었다.

"혹시 강은하 씨 되십니까?"

"제가 강은하예요. 강석현 씨가 신고했나요?"

"지금 저 안에 인질이 있나요?"

"네. 있어요."

"사람은 모두 몇 명 있습니까?"

"형님 외에 3명이 더 있어요."

"남편분이 들어갔다 오셨죠?"

남편이 고개를 끄덕였다.

"저희가 옆에 서 있을 테니까 가서 다시 한번 형님을 보러 왔다고 말씀해주세요."

"알겠습니다."

남편이 다가가 문을 두드리자 안에서 '누구야?' 하는 거친 목소리가 들렸다.

"저 방금 들어갔다 나온 사람인데요, 전화 몇 통 걸어보니 상속을 포기한다는 동생이 있어서요. 의논 좀 하려고요."

그러자 문이 벌컥 열렸다. 그사이 살금살금 다가가 창고를 포위하고 있던 경찰이 남편에게 비키라는 손짓을 했다. 남편이 비켜서자 10여 명의 경찰이 번개같이 안으로 들어갔다. 언제 왔는지 119구급차도 와 있었다. 그 뒤의 광경은 텔레비전이나 영화에서 본 것과 같은 장면이 이어졌다. 10분도 지나지 않아 수갑을 찬 사람들이 잡혀 나왔다. 그러자 기다리던 119 대원들이 들것을 들고 창고로 들어가 오빠를 실어 내왔다.

"오빠."

은하는 빠른 걸음으로 달려가 큰오빠를 보았다. 큰오빠의 얼굴은 많이 맞아 일그러져 있었고 피는 얼굴과 옷 여러 군데에 말라붙어 있었다. 남편은 경찰서로 가고 은하는 구급차에 탔다. 구급차가 병원까지 가는 동안 혹시 큰오빠가 잘못될까 봐 두려워서 은하는 가슴이 타들어 가는 것 같았다. 병원에서 치료를 받는 동안 제발 큰일이 없게 해달라고 은하는 간절하게 빌고 또 빌었다. 응급조치를 취한 뒤 담당 의사가 보호자를 찾았다.

"환자가 얼굴과 몸 곳곳에 찰과상을 입어서 흉터는 지겠지만 팔, 다리, 신체 등 뼈에 골절이 생긴 곳은 없습니다. 다만 영양실조라 몸조리를 잘해야 할 것 같습니다."

"감사합니다."

은하는 몇 번이고 감사하다고 인사했다. 의식을 찾은 큰오빠는 일반 병실로 옮겨졌다.

"오빠, 괜찮아요? 어디 아픈 데 있으면 말해요."

큰오빠는 은하를 바라보다가 갑자기 눈물을 흘렸다.

"고맙다, 은하야. 너한테 이렇게 신세를 질 줄은 몰랐구나."

"신세는 무슨, 내가 할 일을 했을 뿐인데……."

은하도 왠지 눈물이 나서 휴지로 눈물을 닦았다.

"오빠, 울지 마세요. 이제 괜찮아요."

"최 서방은 어디 갔니?"

"경찰서에 갔어요. 상황을 설명해야 해서."

"은하야 내 얘기 똑똑히 들어. 그놈들이 말하는 5억은 터무니없는 액수다. 내가 빌린 건 7천만 원 정도야. 그놈들이 이자에 이자를 붙여서 우리 땅을 통째로 뺏으려고 나를 일부러 가둔 거야. 그러면 너희들이 나를 찾을 거고, 내가 맞은 모습을 보면 마음이 동해서 명의를 나한테 양도해주기를 바랐던 거겠지. 나는 그놈들한테 절대로 땅을 뺏기지 않을 거야. 오히려 내가 지분을 포기하면 너희들 명의로 될 거고, 그래야 그놈들도 그 토지에 손을 못 대. 절대로 너희 지분을 나한테 주면 안 된다. 그 이야기를 해주고 싶었는데 놈들이 전화기를 빼앗아서 주지 않으니 알릴 수가 없었어. 그리고 경찰에 신고를 한 건 정말 잘한 일이야. 안 그랬으면 아마 그놈들이 하자는 대로 하지 않고는 못 배겼을 거야. 정말 칼만 안 들었지 날강도 같은 새끼들, 생각만 해도 끔찍하다."

일의 자초지종을 듣고 난 은하는 다행이라고 생각했다.

"최 서방이 들어와서 그놈들과 대화하면서 그러더라. 네 사람 지분 중 아내 지분하고 막내 처제 지분은 당장이라도 넘겨줄 수 있다고. 그리고 나머지 두 사람도 설득하면 되니까 우리 형님을 당장 풀어달라고, 그 말을 하는데 나는 내 머리를 벽에 짓찧고 죽고 싶었다. 그동안 내가 한 짓이 있는데 너희들에게 끝까지 피해를 주는 것 같아서 속이 상했고 그런 짓을 하는 나를 용서하는 너와 최 서방을 보면서 한편으로는 부끄럽기도 하고 기쁘기도 했어. 지지리 못난 오빠를 형제라고 감싸는데, 내 속으로 낳은 내 새끼들도 아비 죽인다고 협박을 해도 코빼기도 안 비치는데, 네가 나를 그렇게 생각해 주니 목메게 고마웠다. 정말 고맙다. 너도 마음이 편치 않을 텐데, 그래도 핏줄이라고 나를 생각해 주는구나. 나는 이제 죽어도 여한이 없다. 단 마지막으로 토지는 지분을 포기하마. 그래야 그놈들이 어떻게 못 한다."

"그러다 또 잡혀가면 어쩌려고요?"

"죽기밖에 더 하겠니? 그리고 나 죽으면 한 푼도 못 건질 텐데 나를 죽이진 못할 거다."

큰오빠의 진심 어린 말을 듣고 나니 은하는 마음이 후련했다.

오후가 되자 작은오빠가 현우와 함께 병실을 찾았다. 마침 은하는 화장실에 다녀오다 병실 앞에서 두 사람을 만났다.

"으이그 저 원수 같은 놈, 끝까지 지랄한다, 아주 많이 지랄발광해. 인간이 보여줄 수 있는 밑바닥을 보여주는구나. 이제 하다하다 인질로 잡히기까지? 한심한 놈."

은하를 보자 작은오빠는 큰오빠 욕을 하며 이를 득득 갈았다. 그러나 은하는 작은오빠가 찾아온 것이 내심 고맙고 반가웠다. 작은오빠도 말은 험하게 하지만 진심으로 큰오빠를 걱정하는 듯해 보였다. 그렇지 않으면 죽어도 보지 않겠다고 했던 말을 뒤집듯이 병실을 찾을 리 없었다. 문을 열고 들어가자 누워있던 큰오빠가 일어나 앉았다. 두 사람은 한참 동안 말을 하지 않았다. 먼저 침묵을 깬 것은 큰오빠였다.

"너한테 면목이 없다."

"알면 됐어요. 참, 형도 가지가지 하네요. 산전수전 공중전 다 보여줘요."

"고맙다, 그래도 신고해줘서."

"현우가 했지 내가 한 거 아니에요. 현우가 아는 사람 총동원해서 강원도 검찰청으로 전화 넣었어요. 내가 전화했으면 경찰이 그렇게 빨리 출동 하지 않았을 거예요."

"현우야 고맙다. 큰아빠가 너 볼 면목이 없다."

"고마울 거 하나도 없어요. 토지를 혹시 또 날강도한테 도둑질당할까 봐 두 눈 시퍼렇게 뜬 거 밖에는……."

"토지 건은 걱정하지 마라. 내가 포기할 테니. 너희들이 알아서 해."

"죽다 살아나니 심술보, 욕심보도 사라진 거요?"

작은오빠가 여전히 비꼬며 말했다.

"그래, 다 사라졌다."

두 사람이 대화할 수 있도록 은하는 조용히 병실을 나왔다. 병원 마당에 봄을 알리는 목련이 흐드러지게 피어있었다.

문득 '자두연기煮豆燃萁'라는 단어가 떠올랐다. 중국 위나라 황제 조조가 죽고 난 뒤, 맏아들 조비는 평소 사이가 나빴던 동생 조식을 죽이려고 칠보시七步詩를 짓게 했다. 칠보시는 일곱 발자국을 걷는 사이에 시 한 수를 짓지 못하면 죽음을 면치 못했다. 그런데 동생 조식은 '자두연기'라는 시를 짓고 살아났다. 자두연기는 '콩을 삶으려고 콩깍지를 태운다'라는 뜻이다. 은하는 나직한 목소리로 시를 읊었다.

> 콩을 삶는데 콩깍지를 때니
> 콩은 솥 안에서 우는구나
> 본래 둘은 같은 뿌리에서 나왔는데
> 어째서 이리 급하게 서로를 삶아대는고.

이 시를 들은 조비는 아우를 죽이려고 했던 마음을 풀고 동생을 살려주었다. 결국 조식은 '다 같은 뿌리(부모)에서 자란 사이인데 어찌하여 함께 나랏일을 도모해야 할 형제끼리 괴롭히려 드는가'라는 애절함을 형에게 전한 것이다. 결국 은하의 큰오빠와 작은오빠, 그리고 다섯 형제는 모두 같은 콩깍지에서 나왔으니 핏줄을 무시할 수 없는 것인가 보았다. 뒤늦게 언니도 걱정이 되었는지 전화가 왔다.

"은하야 어떻게 됐니? 큰오빠는 살았지? 괜찮은 거지?"

"응 언니. 현우가 경찰에 연락해서 일당은 잡혀가고 큰오빠는 병원으로 옮겼어."

"다행이다. 그 원수도 핏줄이라고 온종일 일이 손에 안 잡히더라."

"그럼 다 같은 콩깍지에서 나왔는데 걱정이 안 되는 게 오히려 이상한 거지."

"뭐? 무슨 깍지?"

"아니야 언니. 아무튼 아무 걱정하지 마, 무슨 일 있으면 바로 알려줄게."

"무슨 일이 없어야지. 이래서 무소식이 희소식이라고 하나 보다."

은하는 전화를 끊었다.

이후 토지 건은 큰오빠 고집대로 지분을 포기한 채 정리에 들어갔다. 어차피 받아보아야 빚잔치로 다 날리니 이참에 동생들에게 빚도 갚을 겸 좋은 일을 하겠다는 취지였다. 서류를 접수하면서 작은오빠가 말했다.

"형이 마음을 곱게 쓰는 거 보니까 죽을 때가 됐나 보다. 사람이 죽을 때가 되면 평소에 하지 않던 짓을 한다는데."

"작은오빠, 이제 그만해. 큰오빠가 모처럼 우리를 위해서 좋은 일 한 번 해 본다는데 기분 좋게 받아들이자. 그런데 나는 큰오빠 몫은 따로 떼서 주고 싶어. 큰오빠가 지분을 포기한 건 사채업자에게 뜯길 것을 막는 차원에서 그런 거니까, 사실 퇴원해도 당장 있을 곳도 없는 것 같던데."

"주고 싶으면 네 몫에서 떼어줘라. 나는 차라리 보육원에 기부할망정 형한테는 한 푼도 주고 싶지 않다."

"알겠어. 어디까지 내 생각이 그렇다는 거니까."

일이 마무리되고 마음도 홀가분했다. 다만 퇴원한 큰오빠가 이리저리 헤매다가 또 빚쟁이들에게 해코지를 당할까 그게 조금 걸렸지만, 큰오빠가 알아서 잘하겠다고 우겨서 은하는 서울로 올라왔다.

다시 일상으로

민아가 현관문을 닫으면서 열린 문틈으로 눈인사를 했다. 패딩 위로 목도리까지 감고 있어서 얼굴은 눈밖에 보이지 않았다. 다행히 딸아이의 눈은 웃고 있었다. 대부분은 심통을 부리며 문을 쾅 닫고 나가기 일쑤인데 오늘은 기분이 좋은 모양이었다. 소파에 앉아 텔레비전에서 잠시 눈을 뗀 은하는 민아를 향해 살짝 웃어주었다. 일어난 지가 언젠데 여태 꾸물거리다가 이제 나가는 건지, 속이 터지지만 내색하지 않았다. 월요일이기도 하고 학교가 코앞이라 지금 나가도 지각은 아니었다.

오늘은 큰딸 민지가 일본으로 출장을 가는 날이라 배웅

을 하느라 일찍 일어났다. 민지는 새벽 5시 30분에 집에서 나갔다.

"아침에 뭐 간단히 먹을 거 준비해 줄까?"

어제 저녁에 짐을 싸고 있는 민지에게 묻자 고개를 저었다.

"아니야 엄마, 짐도 부칠 것 없고 티케팅도 온라인으로 다 마쳐서 시간이 많아. 공항 도착해서 발권만 하면 밥 먹을 시간 있어. 공항 가서 먹을게."

"동료랑 같이 가는 거지?"

"응 수습 한 명 데리고 가."

민지가 다니는 출판사는 세계에서 잘 팔리는 책을 번역해서 냈다. 그래서 가끔 현지 출판사와 계약을 하기에 출장이 잦은 편이었다. 유럽이나 미국을 오갈 때는 이모와 동생들이 부러워하고 같이 가고 싶어 안달을 내기도 했다.

"언니야, 이번에 이탈리아 갈 때 나 좀 데리고 가라. 어차피 언니 숙소 잡을 거니까 비행기표만 끊으면 되잖아. 응? 나 좀 데리고 가주라."

둘째 민서는 연신 언니 방을 드나들며 자기를 데리고 가달라고 사정했다.

"이번에는 일행이 있어서 안 돼. 나중에 나 혼자 갈 때 한번 생각해볼게."

민지는 이 핑계 저 핑계를 대며 함께 가는 것을 거부했다.

민지가 새벽에 나가는 것을 배웅하고 은하는 아침을 준비했다. 남편은 오늘도 변함없이 시계추처럼 6시 반에 일어나 씻고 7시 20분에 출근했다.

"아빠, 나 전철 역까지 좀 태워다주세요. 학교에 가서 공부 좀 해야 해요."

대학생인 민서는 오늘 9시 첫 수업에 퀴즈가 있다며 아빠와 함께 나갔다. 문제는 항상 민아였다. 오늘도 7시부터 딸아이를 깨웠다. 깨우는 데 빠르면 10분 늦으면 20분이 걸렸다. 몇 번이나 방문을 열고 '일어나라'를 반복했다. 민아는 일어나기 싫어서 이불을 머리끝까지 뒤집어썼다. 침대로 다가가 이불을 벗겨내자 더는 버틸 수 없다고 생각했는지 마지못해 일어나 화장실로 향했다. 잠시 후 민아는 머리와 몸에 수건을 두르고 나왔다. 계절이 봄이라 땀도 나지 않고 날씨가 건조하니 머리는 매일 감더라도 샤워는 이틀에 한 번만 하라고 해도 들은 체도 하지 않았다. 씻고 방으로 들어간 민아는 이제나저제나 기다려도 나오지 않았다. 방문을 열어볼까 망설이다가 은하는 그만두고 식탁에 앉아 먼저 밥을 먹었다. 밥을 다 먹고 설거지까지 마치자 민아가 나와 식탁에 앉았다.

"토스트 구워줄까? 아니면 크루아상 먹을래?"

민아는 아침이래야 겨우 빵 한 조각 먹으면서 빵이 딱딱하네, 질기네, 푸석하네 등 트집이 많았다. 식빵에 발라 먹을 잼도 딸기잼, 땅콩 잼, 요플레 등 잔뜩 꺼내놓고 겨우 한 조각 먹고 갔다. 그나마 빵 둘레는 어김없이 죽 돌려서 뜯어놓은 채였다. 그러거나 말거나 참견을 하면 안 되었다. 잔소리가 시작되면 서로 기분이 상할 게 뻔했다. 지켜보고 있으면 속이 뒤집히지만, 말하면 입만 아프니 그저 묵묵히 지켜만 볼뿐이다. 하긴 지금 고3이니 어떻게든 기분을 상하게 해서는 안 된다고, 은하는 꾹꾹 눌러 참았다. 은하는 어지간하면 민아가 기분 좋게 집에서 나가기를 바랐다.

"오늘은 토스트에 달걀부침 해줘."

민아가 머리를 말리는 동안 은하는 얼른 달걀부침 하나와 토스트를 구워 접시에 담아주었다.

"설탕도 좀 뿌려줄까?"

"응."

민지는 식탁에 앉아 토스트를 먹었다. 평소 민아가 빵을 먹는 동안 은하는 소파에 앉아 뉴스를 보았다. 다른 프로그램을 틀었다가 민아의 눈길이 멈추면 끝까지 보려고 해서 또다시 전쟁이 시작되었다. 민아가 텔레비전을 보는데 꺼버리면 입이 튀어나와 툴툴거렸다. 그러나 뉴스에는 별 관심을 두지 않기에 민아가 있을 때는 꼭 뉴스만 보았다.

"엄마 혹시 귤 있어?"

"갑자기 귤은 왜?"

"갈아서 가져가려고."

"귤은 간단하게 까먹으면 되지, 갈 게 뭐 있어?"

"아무튼 있어?"

"채소 상자 왼쪽 열어봐. 두어 개 있을 거야."

겨우내 식탁 위에 굴러다니던 귤은 거들떠보지도 않더니 갑자기 귤 타령인지 은하는 알 수 없는 민지의 행동에 고개를 저었다. 민지는 귤을 까서 믹서기를 꺼내더니 다 갈리자 물병에 담았다. 요즘 민지는 뭐든지 갈아서 먹었다. 사과도 깎아 놓으면 갈아서 숟가락으로 떠먹었다. 이 없는 노인네도 아닌데 왜 그리 갈아먹는 걸 좋아하는지 모를 일이었다.

7시 40분, 민지가 드디어 현관문을 나섰다. 은하는 가슴이 뻥 뚫리는 것 같았다. 금요일 저녁부터 주말 내내 끼니를 걱정하고 장을 보았다. 오랜만에 삼겹살을 구웠더니 기름진 그릇들을 뜨거운 물에 튀기고 뒷정리를 하느라 분주했었다. 밥을 먹고도 한창 크는 아이들이라 그런지 돌아서면 또 먹을 것을 찾았다. 만두를 삶아주거나 호빵을 쪄주거나 과일을 깎아주거나 간식거리를 챙겨주다 보면 그야말로 앉아 있을 새가 없었다. 그러니 월요일 아침 남편과 아이들이 모두 집을 나가면 뭔가 해방된 것 같은 기분이 들었다.

커피를 한 잔 내려서 소파에 앉은 은하는 리모컨으로 텔레비전 채널을 돌렸다. 주말의 힘든 일상을 바로 이 순간 보상

받는 기분이었다. 더군다나 오늘은 집에서 뒹구는 은선이도, 늦게 나가는 민서도 일찍 집을 나가서 완벽하게 혼자 남게 되었다. 얼마나 그리던 순간이었던지, 나갈 사람은 다 나가고 설거지도 마쳤고 오늘 나가야 할 약속도 없는 바로 이 순간, 너무 좋은 이 순간을 혼자서 누리기 아까울 지경이었다.

오늘 아침 홈쇼핑은 양가죽코트를 팔고 있었다. 여기도 양가죽, 저기도 양가죽, 가격과 길이와 디자인이 각기 다른 양가죽코트를, 이 가격 이 물량이 오늘을 마지막으로 다시는 없을 것이라고 호들갑을 떨며 호객하고 있었다. 채널을 돌렸다. 영화 채널에서 〈쇼생크 탈출〉이 상영 중이었다. 열 번도 더 본 영화였다. 주인공이 역겨운 하수도 구멍을 헤엄쳐 기어 나오는 하이라이트 장면이었다. 하수도 구멍에서 빠져나와 두 팔을 하늘을 향해 벌리고 서서 비를 맞는 앤디 듀프레인의 모습은 몇 번을 보아도 통쾌했다. 다시 한번 가슴이 뻥 뚫렸다.

요란하게 울리는 전화벨 소리에 은하는 눈을 떴다. 그새 잠이 들었는지 소파에 웅그린 채 누워있었다. 시계를 보니 11시가 넘었고 전화벨은 더는 울리지 않았다. 달콤한 잠을 방해한 전화였지만 쓸데없는 전화일 것이다. 요즈음 집 전화는 거의 울리지 않고 울려도 어지간해서는 받지 않았다. 전화가 울릴 때 받으면 아이들 과외를 맡겨보라거나 신문을 보라거나 그도 아니면 리서치 전화가 대부분이었다. 그래서 아예 전화를 안 받았더니 전화가 울리는 간격이 뜸해졌다. 이제 집 전화는 해지해도 되겠다는 생각이 들었다.

은하는 텔레비전을 끄고 방으로 들어와 컴퓨터를 켰다. 매일 기사 한두 꼭지 작성하는 것보다 돈이 되는 자서전을 한번 맡아보라는 편집장의 제안에 시작한 일이었다. 책상 위에는 마지막 원고라고 넘어간 원고가 벌써 네 번째 되돌아와 있었다. 이번에도 분홍색, 노란색, 파란색 포스트잇이 A4용지 양쪽에 빼곡하니 붙어있었다. 양은 많아 보이지만 한 장에 단어 한두 개 정도 바꾸는 것이라 가볍게 끝날 일이었다. 내일 수정본을 넘기기로 했으니 오늘은 끝을 내야 했다.

은하는 한 장 한 장 넘기며 문장을 수정하기 시작했다. '6남매로 태어나'를 '6남매 맏이로 태어나'로, '30년 공직생활'을 '33년 공직생활'로 고쳤다. 저자는 교정을 하도 보더니 그새 도사가 다 되었는지 은하가 놓친 오자도 체크가 되어 있었다. '부모님 은혜를 100분의 1도 다 갚지 못했다'라는 문장이 100분의 10으로 표시된 글씨를 보고 은하는 피식 웃었다. 83세의 나이에 부모님 이야기만 나오면 아직도 거짓말처럼 눈물이 그렁그렁 맺히는 저자가 생각나서였다.

"우리 부모님은 그 어려운 시절에 우리를 키우면서 말도 못 하게 고생했어요. 춘궁기가 되면 양식이 떨어져 한태재

너머로 가서 산나물을 뜯어다가 죽을 쑤어 쌀 알갱이는 자식들에게 건져주고 당신은 멀건 국물로 허기진 배를 채우시곤 했지요."

두 눈을 감고 마치 미리 쓰인 원고를 읽어나가듯 말하다가 어느 순간 휴지로 눈시울을 닦는 저자의 모습이 떠올랐다. 은하는 저자라면 부모님 은혜를 100분의 1에서 10으로 바꿀 수 있는 자격이 충분하다고 고개를 끄덕였다. 부모님 은혜라는 대목에서 아주 짧은 순간, 돌아가신 어머니 생각이 났다. 세월이 빠르다고 하더니 어머니와 이별한 지도 벌써 20년이 지나 있었다. 찌릿 한쪽 가슴이 저렸다.

마지막 수정을 끝내고 저장을 눌렀다. 시간은 2시를 넘기고 있었고 은하는 배가 고팠다. 막내 은선이 비어있는 친구 집을 봐준다며 며칠 집을 비우자 끼니를 일일이 챙겨 먹기도 귀찮았다. 은선이 집에 있었다면 아침을 먹고 점심을 차려 먹으러 벌써 주방을 어슬렁거렸을 것이다.

저자가 젊은 사람이라면 원고를 이메일로 보내면 되는데 노인이라 이메일도 없고, 자식들과 함께 살지 않으니 다른 사람을 통해 보내줄 수도 없어서 일일이 출력해서 만나야 했다. 저자는 매번 더는 고치지 않겠다고 미안해했지만, 이 원고가 마지막이 될지는 확신할 수 없었다. 저자에게는 이제 매달릴 일이 이 일밖에 없으니 열 번을 더 고쳐온다 해도 수정할 수밖에 다른 도리가 없었다.

저자는 A4용지 반장의 분량만 고칠 게 있어도 충청도에서 3시간을 달려 서울로 왔다. 일을 시작한 이후 갑자기 건강이 나빠진 저자는 처음 인터뷰를 시작할 때보다 훨씬 늙어 보였다.

은하는 인쇄를 누른 후 방에서 나왔다. 냉장고를 열어보니 콩나물무침과 감자볶음, 깻잎, 시금치 무침 등이 눈에 들어왔다. 가스레인지 위에는 갈치 조림도 있었고 아침에 끓여놓은 소고기뭇국도 있었다. 그러나 냉장고에서 꺼낸 것은 김치 하나였다. 은하는 식은 밥에 뜨거운 물을 부어 김치와 밥을 먹었다. 혼자 먹는 밥이 그리 맛있지도 않았고 반찬을 죽 꺼냈다가 다시 넣는 일도 귀찮아서였다. 정말 배가 고프지 않다면 먹고 싶지 않은 점심이었다.

늦은 점심을 먹은 후 은하는 걷기 위해 집을 나섰다. 3월 중반을 치닫는 날씨인데도 날씨는 꽤 쌀쌀했다. 곧 철쭉이 피면 황매산에 다녀오고 싶었다. 작년 가을에는 가을이 가기 전에 단풍을 보고 싶었는데 생각만 했을 뿐 실천에 옮기지 못했다. 내장산, 피아골, 선운사, 용문사 은행나무 등등 시간만 나면 불타는 단풍을 보기 위해 달려가던 시절이 있었다. 마치 여행을 떠나지 못하면 숨이 막혀 죽을 것 같았다. 결혼은 뒷전이고 매번 어딘가를 부유하는 은하를 향해 어머니는 아무래도 역마살이 있는 것 같다고 말했다.

그러나 결혼 이후에는 연휴만 되면 떠나지 못해 안달하던 역마살도 더는 기승을 부리지 못했다. 남편과 아이들을 챙겨야 하는 가정주부가 1년에 한 번 가족들과 여름휴가를 떠나는 것도 감지덕지했다. 그 여름 휴가도 하루가 다르게 아이들이 커가고 세 아이가 고학년에 들어간 이후 정지되었다. 까칠한 아이들은 더는 부모와의 여행을 좋아하지 않았고 큰아이의 입시가 시작되면서 여행은 사치가 되었다. 이제 일상의 탈출은 가까운 친구와 지인들과의 몫이었다. 그러나 그들과의 여행은 서로의 형편과 사정이 달라서 무산되기 일쑤였다.

은하는 재래시장을 향해 발걸음을 재촉했다. 운동이라고는 하루 만 보를 걷는 것이 다였다. 아니 만 보를 걷는 것은 이제 선택이 아닌 필수였다. 건강이 나빠져서 이렇게라도 걷지 않으면 안 되었다.

요즘 자고 일어나면 손발이 부었다. 종일 집에 있는 날은 저녁 무렵이면 발이 퉁퉁 부어 내 발이 맞나 싶었다. 걱정되어 병원을 찾아 혈액 검사를 받았다.

"신장에는 이상이 없는데 초기 갑상선 호르몬 저하증입니다. 무리하지 마시고 무엇보다 꾸준한 운동이 중요합니다. 못해도 하루에 40분 이상은 걸으셔야 합니다."

담당 의사의 권유가 아니더라도 나이가 들면서 불어나는 뱃살이 거북스러웠고 옷맵시도 나지 않았다. 다리에 힘이 빠져나가고 얼굴은 심술보처럼 볼 근육도 늘어졌다. 거울을 들여다보기 싫은 날도 있었다. 헬스를 끊어 2년을 다녔지만, 많이 가야 1주일에 두 번, 그나마도 러닝머신에서 걷다가 돌아오는 것이 고작이었다. 운동 자체가 싫기도 했고 가기도 싫었다. 그러나 이제 걷지 않으면 안 된다고 했다. 그래서 하루에 만 보, 아니 오천 보라도 걸어보려고 노력하는 중이었다.

재래시장은 집에서 두 정거장 떨어진 곳에 있었다. 큰딸이 생일선물로 사준 만보기를 손목에 차고 걸었다. 만보기를 차고 지인을 만났더니 대뜸 무슨 시계가 그리 투박하냐고 물었다.

"이거? 만보긴데 우리 딸이 생일선물로 사줬어……."

"좋겠다. 역시 딸이 최고네. 우리 아들놈은 이런 게 있는지도 모를 거야. 나도 하나 살까? 꽤 유용하겠는데."

지인은 은하가 차고 있는 만보기가 탐이 나는지 이리저리 살폈다.

"휴대전화에도 만보기 있잖아. 나도 그거 이용하고 있어."

또 다른 지인의 말에 다들 관심이 그리로 쏠렸다. 은하도 만보기가 생기기 전에는 휴대전화를 이용했는데 휴대전화는 늘 들고 다니는 것이 아니라서 집에서 종종거리고 다닐 때는 걸음이 기록되지 않았다. 사용해보니 손목에 찬 만보기가 훨씬 편했다. 그렇지만 별로 중요한 이야기도 아니라 이게 훨씬 편하다고 말하지 않았고 이야기는 금방 다른 화제로 넘어갔다.

지인의 말대로 큰딸은 까칠하지만, 은하를 꽤 챙겼다. 기숙사 고등학교에 다닐 때도 집에 자주 오지 못했지만, 밥을 먹고 나면 설거지를 하겠다고 나섰다. 은하가 괜찮다고 손사래를 쳐도 선생님이 집에 가면 방 청소, 설거지라도 꼭 한 번씩 하라고 하셨다면서 고무장갑을 끼었다. 아마 가족들과 떨어져 지내는 시간이 많다 보니 가족들과의 유대감을 위해 선생님이 아이들을 독려하는 것 같았다. 민지는 생일선물 하나를 사더라도 뭔가 은하에게 필요한 것, 의미 있는 것을 사주려고 노력했다.

"엄마 만보기를 살 게 아니라 워치를 사드릴 걸 그랬나 봐요. 요즘 워치가 여러 가지로 쓰임새가 많던데, 다음 달에 보너스 타면 하나 사드릴게요."

필요하면 은하가 사도 되는데 마음 써주는 큰딸이 고마웠다. 둘째 민서와 막내 민아는 은하의 생일이 언제인지 알려주지 않으면 아직도 잘 기억하지 못했다. 그래도 여러 지인의 말을 종합해보면 딸들의 인성이 그리 형편없지는 않았다. 물론 은하가 자랄 때와는 비교할 수 없었다.

"너랑 살았으면 좋겠다."

은하는 어머니가 했던 말이 떠올랐다. 대학 졸업 후 어머니를 서울로 모셔왔어야 했다. 그랬다면 어머니가 혼자 쓰러져서 일주일이나 방치되지는 않았을 것이다. 그 생각만 하면 은하는 가슴이 미어졌다.

졸업 후 겨우 제대로 된 방 원룸을 얻고 나니 결혼이 코앞이었다. 장남인 남편은 은하가 26살일 때 벌써 30살이었다. 게다가 시아버지가 병으로 몸이 좋지 않아 돌아가시기 전에 결혼식을 보는 게 소원이어서 은하가 안 된다면 선이라도 봐서 결혼식을 올려야 하는 다급한 상황이었다.

"나한테는 결혼보다 어머니를 모시는 게 우선이에요."

그러나 어머니가 말렸다.

"그게 무슨 소리냐? 뭐니 뭐니 해도 네 결혼이 우선이지, 최 서방 같은 남자를 어디 가서 또 만날 수 있겠니? 나는 걱정하지 말고 너만 잘살면 된다."

남편은 결혼하면 어머니를 모시자고 은하를 안심시켰다. 장남인 남편이 장모를 모시고 산다는 것이 말이 되지 않았으나 그때는 다른 방법이 없었다. 그런데 결혼 후 얼마 지나지 않아 시아버지가 덜컥 돌아가셨다. 친정어머니를 모셔야 하는데 시어머니가 혼자서는 무서워서 못 살겠다며 집으로 들어오셨다. 어쩔 수 없는 상황이었다.

지나고 나니 어머니와 마지막이 되었던 날이 생각났다. 추석이 되어 어머니를 찾아뵈었다. 어머니는 당뇨병으로 고생하고 계셨다. 시력도 많이 떨어지고 몸도 부쩍 말라서 몰골이 말이 아니었다. 하룻밤 어머니와 함께 지내고 돌아서는 데 어머니가 한 말씀 하셨다. 은하는 아직도 그 말이 귓전에서 맴돌았다.

"너랑 살았으면 좋겠다."

어머니의 그 말 한마디에는 어머니의 속마음이 고스란히 묻어 있었다.

"너는 어쩌면 엄마 맘을 이렇게 잘 알아주니? 마치 내 맘 속에 쏙 들어갔다 나온 거 같아."

평소 그런 말을 들을 때 은하는 참 행복했다. 나이가 들면 부모님에게 사랑은 주는 것이지 받는 게 아니라는 생각이 들었다. 어머니에게 필요한 물품을 사 드리면서 그나마 해 드릴 수 있는 게 기쁘기도 하고 늘 옆에서 모실 수 없어서 서운하기도 했다. 정말 마음 같아서는 "엄마 우리 집에서 같이 사세요"라고 말하고 싶었다. 그러나 현실은 엄마를 따로 모실 방이 없었다. 혹 남는 방이 있다 하더라도 시어머니와 친정어머니를 한집에서 모실 수는 없었다. 그런 현실이 안타깝기도 했다. 결국 어머니가 돌아가신 뒤 남편은 은하에게 죄인 같은 마음이 든다고 했다. 그 순간을 떠올리면 은하는 아직도 속이 상했다.

시장까지는 왕복 4천 보, 시장을 한 바퀴 돌면 5천 보는 가볍게 채울 수 있었다. 시간이 없는 날은 시장 쪽, 여유가 있는 날은 반대쪽에 있는 백화점으로 향했다. 백화점은 네 정거장 떨어져 있는 곳이라 다녀오면 만 보가 넘었다. 일주일에 3번은 백화점 쪽으로 코스를 잡았다. 동네 근처에 공원이나 호수가 있으면 걷기가 훨씬 운치 있고 좋을 텐데, 가장 가까운 뒷산이 왕복 두 시간이라 가볍게 걸을 정도는 아니었다. 산책하기 위해서라도 이제 정말 이사를 해야 할 것 같았다.

시장에 가도 딱히 살 것은 없었다. 생활용품이나 반찬거리는 평소 동네 마트를 이용했기에 아주 가끔 떡집에서 떡국 떡이나 손으로 직접 빚은 손만두를 사는 것이 전부였다. 대신 은하가 꼭 들르는 곳은 시장 입구에 있는 꽃집과 안쪽에 있는 새, 물고기를 파는 상가였다. 꽃집은 사람들로 늘 북적거렸다. 꽃집도 나름대로 계절별 꽃들이 잘 팔렸다. 꽃집은 지금이 성수기였다. 토마토, 감자, 고구마 등 모종부터 시작해서 달리아, 장미, 만데빌라 등 어여쁜 꽃들이 많아서 구경할 것도 천지였다.

젊어서는 꽃에 그다지 관심이 없었는데 나이를 먹고부터는 꽃에 눈길이 갔다. 화분을 몇 개 사다가 키워보기도 했다. 제일 먼저 눈에 들어온 꽃기린과 장미, 제라늄, 워터코인에 도전했다. 꽃기린은 선인장이라 물을 많이 주면 안 된다고 해서 일주일에 한 번 주었는데 첫해는 화려하게 꽃을 피우더니 이듬해에는 무슨 이유인지 시름시름 하다가 죽고 말았다. 왜 죽었는지 원인은 지금도 알 수 없었다. 장미는 예쁘기는 한데 벌레가 많이 생겨서 애를 먹었다. 어느 날 누렇게 죽은 잎을 손질해주는데 손에 좁쌀만 한 것이 묻어 나왔다. 놀라서 장미 잎을 뒤집어보니 벌레가 잔뜩 꼬여있었다. 인터넷과 유튜브를 뒤져 벌레 잡는 법을 검색했다. 그중 막걸리를 이용하는 방법이 좋아 보여서 물과 희석하여 잎에 뿌려주었더니 다행히 벌레는 사라졌다. 그런데 잎을 제때 물로 헹구어주지 않아서 잎이 노랗게 떠버렸다. 그래도 노랑장미와 분홍장미는 죽지 않고 살아서 계속 꽃을 피웠다.

가장 잘 자라는 꽃은 제라늄이었다. 제라늄은 봄부터 초겨울까지 끊임없이 꽃을 피웠다. 꽃이 시들면 곧 다른 꽃대에서 새로운 꽃이 피어났다. 베란다에 놓인 제라늄을 바라보는 것만으로도 행복했다. 가끔 꽃에 물 주는 것을 잊었다가 꽃이 시들어 죽기라도 하면 속이 상했다. 은하의 부주의로 꽃이 죽는 것 같아 요새는 선뜻 꽃을 사지 않았다. 마음에 드는 꽃이 진열되어 있으면 사진을 찍었다. 잘 키우지 못해 죽이는 것보다 그편이 훨씬 마음이 편했다. 은하는 꽃들을 한참 더 들여다보다가 발걸음을 돌렸다.

금붕어를 파는 가게에는 새와 토끼, 햄스터, 고슴도치, 거북이 등이 있었다. 걸어 다니며 이 생각 저 생각을 하기도 했지만 어떤 날은 아무 생각 없이 그냥 걸었다. 시장 안에는 할머니 몇 분이 직접 기른 채소를 파는 좌판도 있었다. 작년 여름에는 상추와 고추, 깻잎, 가지를 팔았는데 상추와 고추는 가끔 사 먹었다. 검정비닐에 채소를 담아주는 할머니의 투박한 손과 굽은 등을 보면 돌아가신 어머니가 떠올랐다. 어머니와 관사에 물건을 팔러 갔던 일, 시장 한쪽에 쪼그려 앉아 준비해 간 채소와 과일을 팔던 일도 생각났다. 은하는 창피해서 물건을 파는 일 따위는 엄두를 내지 못했을 텐데 어머니는 그 작은 체구 어디에 그런 용기가 숨어 있었을까?

닭집 앞을 지났다. 위생과 미관에 좋지 않다고 어느 순간 닭 잡는 집은 사라졌지만, 옛날에는 닭집에서 직접 닭을 잡아 털을 뽑아주었다. 지금은 마트에서 포장된 닭만 보니 그때의 기억은 까맣게 잊어버렸다. 그런데 불과 몇 년 전에 중국 광저우의 한 시장에 들렀을 때 시장 모퉁이에서 닭 잡는 가게를 본 적이 있었다. 그 시장의 풍경은 세월을 거슬러 내가 어렸을 때 보았던 우리 동네 시장의 풍경과 닮아 있었다. 40년도 훨씬 지난 그때의 풍경이 고스란히 되살아난 듯한 장면을 보니 감회가 새로웠다. 집 근처 시장은 큰 마트가 들어오면서 규모가 점점 줄어들더니 지금은 상권이 아예 죽어버려서 큰길가에 있는 몇몇 상점을 빼고는 문을 닫았다.

오늘도 여전히 꽃을 구경하고 새로 들어온 토끼를 구경했다. 작은 토끼 4마리가 귀를 쫑긋거리고 있는 게 어찌나 귀엽던지 만지고 싶었다. 어제까지 있었던 문조 한 쌍은 팔렸는지 새장에서 사라지고 없었다. 한동안 하얀색 문조를 길러보았던 경험이 있었기에 더 눈여겨보았던 새였다. 족발집에서는 모락모락 김이 나는 족발을 꺼내놓았다. 이 시간에 족발이 나오는 것을 아는 사람들이 줄을 서서 기다리고 있었다.

찐빵집에서는 뜨끈해 보이는 찐빵이 시선을 사로잡았다. 어렸을 때 어머니를 따라 시장에 가면 찐빵집에서 커다란 무쇠솥을 열고 찐빵을 꺼낼 때가 있었다. 늘 먹어도 질리지 않는 찐빵이었다. 어머니는 은하의 시선이 머무는 것을 보고는 찐빵을 사주셨다. 그때 먹었던 찐빵 한 개는 꿀맛이었다. 오빠, 언니, 동생은 먹지 못한 찐빵을 늘 어머니를 따라다니는 은하만 얻어먹었다. 어머니는 어떤 날은 튀김, 추운 날은 어묵을 사주셨다. 아마 그런 재미에 어머니를 졸졸 따라다닌 게 아니었나 싶은 생각도 들었다.

시장을 걸을 때는 어머니와의 추억이 새록새록 떠올랐다. 지금 생각해보면 어머니의 삶도 참으로 퍽퍽했겠다 싶었다. 어머니는 지금의 은하 나이에, 단풍 구경을 하지 못한 것이 못내 아쉬워 미련을 떠는 자신과 달리 일곱 식구의 생활을 책임지고 있었다. 당시 어머니의 눈에는 단풍이 들어오지 않았을 것이다. 말년의 어머니는 꽃을 좋아하고 자연을 좋아하고 집 앞 텃밭에 뭔가를 심는 것도 좋아하셨다. 여행 역시 여건만 되면 마다하지 않고 지인들을 따라나섰다. 그러고 보면 은하의 역마살도 엄마의 유전자를 물려받은 것이 아닐까, 은하는 그런 생각이 들어 잠시 웃었다. 물론 은하의 삶이 어머니보다 훨씬 윤택한 것은 아니지만 적어도 끼니 걱정은 하지 않고 살아가니 다행이라고 생각해야 하나, 그런 의문도 들었다.

떡집에서 떡국 떡 1킬로와 손만두 20개를 구매해 시장에서 나왔다. 집으로 돌아가는 길은 큰길이 아닌 뒷길을 이용해 걸었다. 시장 근처여서 한동안 가게가 죽 이어지다가 주택가가 나왔다. 집집이 심어놓은 나무와 집 앞에 내놓은 화초를 구경하며 집으로 향했다.

그나저나 저녁은 또 무엇을 해 먹나 고민이었다. 방금 나온 시장의 반찬가게에는 수십 가지 종류가 넘는 반찬가게가 즐비하게 늘어서 있었는데 당장 저녁 반찬이 고민이라니, 왠지 아이러니하다는 생각이 들었다. 만들어 놓은 반찬 몇 가지를 사서 접시에 담아놓으면 될 텐데 미련하다 싶었다. 그런데 시장 반찬은 남편도 아이들도 귀신같이 알아차렸다. 똑같은 나물도 뭔가 이상하다고 했다. 먹어보면 별 차이도 없는데, 오히려 은하가 만든 반찬이 더 맛없는 것도 있는데 한결같이 고개들을 저었다. 입맛에 길들여진다는 것이 무섭다는 생각도 들었다. 그래서 반찬가게를 지나면서도 선뜻 반찬을 살 수가 없었다. 저녁에는 참치와 두부를 넣고 김치찌개를 끓이던지 어제 사다 놓은 갈치를 구우면 되겠다고 생각하고 은하는 집으로 향했다.

집에 막 도착해 현관문을 여는데 모르는 전화번호가 떴다. 받아보니 큰오빠 전화였다. 큰오빠는 지금 강원도 속초에서 뱃일을 하고 있다.

"오빠 건강도 좋지 않은데 험한 뱃일을 어떻게 감당하려구요, 그러지 말고 당분간 우리 집에서 몸조리하다가 몸이 좀 좋아지면 그때 하고 싶은 대로 하세요."

은하가 말렸지만, 큰오빠는 안 될 말이라고 펄쩍 뛰었다.

"은선이까지 책임지고 있어서 최 서방 볼 면목이 없는데 나까지 신세를 지는 건 용납할 수 없어. 그건 사람으로서 할 도리가 아니야. 걱정하지 마라. 내가 지은 빚 다 갚을 때까지는 죽지도 못할 테니까……. 잘 먹고 건강 챙겨서 어떻게든 돈을 벌어보마."

큰오빠는 가끔 은하에게 전화를 걸어왔다. 전화번호는 빚쟁이 때문인지 계속 바뀌었다.

"당분간 전화는 쓰지 않을 거야. 이 전화는 같이 일하는 사람 휴대전화를 빌려서 하는 거다. 나는 건강 챙기면서 잘 지내고 있다. 안 그래도 뱃일은 하고 싶어도 체력이 따라주지 않아서 못하고 있어. 그냥 부두에서 일용직으로 이일 저일 닥치는 대로 하고 있다. 몸은 힘들어도 정말 살맛 난다."

큰오빠 목소리는 밝았다.

"너한테 전화 거는 시간이 왜 이렇게 좋은지 모르겠다. 나를 생각하고 염려해 주는 형제가 있다는 것도 행복하고……."

가끔 작은오빠도 은하에게 전화를 걸어 큰오빠 안부를 물었다.

"형한테는 전화 오니? 건강은 괜찮대? 전화는 아직 없다니?"

"오빠, 그렇게 한꺼번에 질문하지 말고 한 가지씩 물어봐."

은하는 웃음을 참으며 대답했다. 언니도 한 달에 한 번 정도는 잘 지낸다는 전화를 걸어왔다. 은하는 형제들 전화를 받는 시간이 포근하고 기분 좋았다. 이렇게 세월이 흐르면 언젠가는 다섯 형제가 함께 둘러앉아 식사라도 할 분위기가 만들어지지 않을까? 그렇게 되기를 은하는 바랐다.

동해만 떠올리면, 아니 형제들을 떠올리면 왠지 부담스럽고 징그러운 기분이 들었는데 지금은 그런 생각은 들지 않고 진심으로 그들의 안부와 일상이 궁금하고 걱정되었다.

"엄마, 이모가 내 빵 또 다 먹었어. 나 뭐 먹어?"

은선은 여전히 은하의 딸들과 티격태격하며 살고 있었다.

"잠시만 기다려, 엄마가 너 씻고 나올 때까지 빵 사다 놓을게."

은하는 즐거운 마음으로 작은 손가방을 들고 집에서 나왔다. 엘리베이터를 타고 내려오면서 은하는 이어폰을 끼고 휴대전화에 저장된 노래 〈그런 거라네〉를 눌렀다. 약간 타령조의 음률인데 가사가 좋아서 요즘 틈날 때마다 듣는 노래였다.

인생은 자고새면 오고
인생은 자고새면 가는
세상 그런 거라네
울고 웃는 거라네
그래서 한세상이라네
그래서 나그네라네
봄이 오면 꽃이 피고
가을이면 낙엽 지듯
인생 그런 거라네
피고 지는 거라네
그래서 한세상이라네
그래서 나그네라네
바람에 구름 가듯 떠도는 몸이

산길 물길을 가리랴
꿈은 내 것이로되
세상 내 것이 아닌걸
봄이 오면 꽃이 피고
가을이면 낙엽 지듯
인생 그런 거라네
피고 지는 거라네
그래서 한세상이라네
그래서 나그네라네
바람에 구름 가듯 떠도는 몸이
산길 물길을 가리랴
꿈은 내 것이로되
세상 내 것이 아닌걸
봄이 오면 꽃이 피고
가을이면 낙엽 지듯
인생 그런 거라네
피고 지는 거라네
그래서 한세상이라네
그래서 나그네라네

아파트 마당에 피어난 벚꽃과 개나리가 어우러져 봄의

향연을 보여주고 있었다. 은하는 숨을 크게 들이쉬었다. 벚꽃이 다 지기 전에 놓치지 않고 꽃놀이를 가야겠다고 마음먹었다. 한바탕 바람이 훠 불었다. 그래도 옷깃을 여밀 정도로 추운 바람은 아니었다. 은하는 막내딸이 아침을 먹고 학교에 가게 하려고 동네 빵집을 향해 빠르게 걸었다.

해설

가족사의 질곡과 화해의 도정

―전정희 장편소설 『가시나무 꽃이 필 때』에 붙여

김종회(문학평론가, 한국디지털문인협회 회장)

1. 전정희의 소설을 공들여 읽는 이유

전정희는 2016년 중편소설 「묵호댁」으로 무원문학예술상을 받으며 소설가로서의 길을 걷기 시작했다. 그동안 창작집 『묵호댁』과 장편소설 『두메꽃』 『하얀 민들레』 등을 펴냈으며 이 작품들로 여러 차례의 수상 경력이 있는 작가다. 소설 창작에 분주한 가운데서도 강원도 지자체들의 홍보대사를 비롯하여 문단·언론·방송 등에서 전방위적인 활동을 해왔다. 그의 소설은 대체로 현실적인 삶의 난관을 작품의 배경으로 설정하고, 온갖 간난신고艱難辛苦를 거쳐 마침내 마지막 희망을 찾아내는 서술 방식에 의거해 있다. 기실 이러한 글쓰기 문법은 작가와 작품을 건강한 창작 주체요 그 성과가 되도록 추동하는 힘을 보여준다. 어쩌면 이러한 성향이 전정희로 하여금 지속적으로 소설을 쓰게 하는 원동력인지도 모른다.

2017년에 전정희가 상재上梓한 장편소설 『하얀 민들레』는 이 작가의 감수성 넘치는 문체와 한 폭의 수채화를 보는 듯한 서정적 분위기를 잘 드러내는 작품이다. 소설이 근본적으로 작가에 의해 만들어진 가공의 세계를 표현하는 것이지만, 그 내면에는 어떤 방식으로든 작가의 직·간접 경험이 바탕을 이룰 수밖에 없다. 그와 같은 관점으로 살펴보면, 우리는 이 소설을 통하여 작가가 가진 여린 감성과 선한 마음의 동향 그리고 각박한 현실 속에서도 긍정적 기력을 산출하는 세상살이의 방향성을 짐작할 수 있다. 일찍이 역사주의 비평가들이 '글은 곧 그 사람이다'라고 언명言明했듯이, 이러한 소설적 행보는 작가에 대한 미더움과 우호적인 후감을 촉발하게 한다.

이 선명한 소설적 경향은 첫 창작집이자 그를 문단에 두루 알린 소설집 『묵호댁』에도 그대로 나타나 있다. 이 책은 2019년에 발간되었으며, 모두 9편의 단편소설을 수록했다.

필자가 이 소설집의 해설을 쓴 것은 그러므로 대략 5년 전의 일인데, 차제에 그 작품들을 다시 읽어 보면서 작가 전정희가 쉬지 않고 소설 창작의 붓을 붙들고 있었다는 사실에 흔연하고 기꺼운 느낌이었다. 그는 끊임없이 궁핍한 시대와 어긋난 사회질서에 대해 문제를 제기하고, 그에 맞서는 인물들의 내면 풍경을 적시摘示하며, 마침내 새롭게 모색해야 할 삶의 길을 소설적 서사의 전방에 펼쳐둔다. 이를테면 삶의 행로에 대한 방정식과 소설로서의 이야기 구성이 상호 조응하는 조화로운 세계가 그의 소설 가운데 있다는 의미다. 참고로 그때의 해설 한 대목을 여기에 옮겨둔다.

소설을 두고 인간사의 뒷그림이라고 생각하며, 그것이 우리 생애의 전면에 나선 어떤 변설보다 더 효율적인 감응력을 불러올 수 있다고 믿는 것이 인문주의자요 문학 예찬론자의 방식이다. 여기서 우리가 함께 읽는 전정희의 첫 창작집에는 세계와의 불화를 직접적으로 목격하면서도 그 높은 파고波高에 휩쓸리지 않고, 인간에 대한 신의를 되찾으려는 소설적 시도를 발견할 수 있다. 이는 앞으로도 이 작가가 우리로 하여금 더 진전된 작품을 읽게 해주리라는 기대를 촉발하게 한다. 문제는 삶의 실제적 인 상황이요, 그것을 누구나 공명할 수 있는 소설 문법으로 되살려내는 작가의 손길이다. 누군가가 '인생은 짧고 예술은 길다'고 했지만, 인생이 짧은데 항차 예술이 길 턱이 있겠는가.

삶의 희망을 탐색 하는 전정희 소설의 순방향과 역방향이 모두 소중해 보이는 이유다.

2. 사실주의적 서사의 전개와 그 미덕

전정희의 『가시나무 꽃이 필 때』는, 우리 문학의 거대담론을 다룬 소설들에서 볼 수 있었던, 시대와 역사에 대한 큰 그림을 그리지 않는다. 그것은 당초에 이 작가의 관심사와 거리가 멀었다. 대신에 이 땅에 발붙이고 살아가는 사람들과 그 삶의 실상, 그리고 그로 인한 소박하면서도 소중한 깨우침을 추수하는데 방점이 있다. 이러한 경향은 어쩌면 수용자인 독자의 공감과 호응을 도출하는 데 보다 효율적인지도 모른다. 그 명료한 사례를 우리는 한강 작가의 노벨문학상 수상에서 보았다. 그동안 후보로 오르내린 선배 작가들이 대체로 국가적 비극과 민족사의 수난에 중점을 두었을 때, 한강은 이를 개인의 내면적 상흔으로 이끌고 들어갔다. 이를테면 제재題材의 선택에 있어 세대별 차별성과 함께, 그 외형에 있어서도 한 페이지를 넘긴 것이다.

전정희의 소설적 이야기는 평이하고 단선적이지만, 반면에 정확한 사실주의의 발걸음으로 일관하고 있다. 그는 이 이야기의 전개를 전지적 작가 시점으로 서술하고 있으며, 강은하라는 중심인물을 상정하고 있으나 강은하를 통해 발화하지는 않는다. 강은하는 서울에서 비교적 편안한 삶을 살고 있는 중년 여성이다. 결혼 전에는 잡지사 기자로 일했으며, 현재는 여행 잡지 프리랜서로 일하고 있다. 신실한 남편과 세 딸이 있는, 굴곡 없는 일상의 주인공이다. 그 강은하가 어느 날 한 장의 통지서를 받는다. 가족들이 살던 강원도 동해시 옛집의 집터에 골프장이 들어서게 되어, 그 땅의 처분에 관한 가족 동의서 건이었다. 이 통지서 수령을 계기로 강은하는 가족사에 얽힌 과거를 소환하고, 또 현장을 보기 위해 고향을 방문한다.

어머니와 달리 소문에 둔감했던 아버지는 복자 언니를 예뻐하셨다. 며느리 사랑은 시아버지라는 말 을 증명이라도 하듯이 눈에 띄게 복자 언니를 챙겨주는 모습이 종종 눈에 띄었다. 그러나 그때까지만 해도 복자 언니의 등장이 우리 집에 거대한 먹구름을 몰고 오리라는 것을 아는 사람은 아무도 없었다.

작은오빠는 큰오빠와 7살이나 차이가 났다. 큰오빠가 결혼할 당시 작은오빠는 20살, 언니는 18살, 은하가 15살, 그리고 동생 은선이는 10살이었다. 우리는 아주 어린 나이는 아니었으나 복자 언니는 은하를 비롯해 작은오빠, 언니, 은선까지 어렵게 생각하지 않았다. 워낙 한동네에서 같이 자라서인지 시 동생들에게 존댓말을 쓰지도 않았고 도련님, 아가씨라고 부르지도 않았으며 보란 듯이 이름을 불렀다.

소설이 말하는 가족사 암운暗雲의 시작이다. 강은하의 가족은 2남 3녀로 한학자인 아버지 밑에서 유복하게 자랐다. 아버지 강석주는 말년에 교육에 뜻을 두고 학교를 설립했으나, 큰아들 강석훈과 황복자 부부의 농간으로 땅과 재산을 다 빼앗기고 억울한 죽음을 맞는다. 강석훈이 그와 같은 패륜의 길을 걷게 된 것은 그 아내 황복자로 인해서다. 이들 부부는 가족의 재산을 다 가로채고 또 가족을 무시하고 핍박하는 악덕을 마다하지 않는다. 그러나 결과는 자신들의 패망이다. 여기서 작가가 굳이 단정적으로 제시하지는 않으나, 천망회회 소이불루天網恢恢 疎而不漏라는 옛말을 떠올리게 한다. 하늘의 그물은 넓어서 성기기는 하나 새지 않는다는 뜻이다. 동시에 인과응보因果應報라는 더욱 적합한 말도 있다.

강석훈 부부는 자신이 그랬듯이 두 아들에게 재산을 빼앗기고도 아들들에게 인정이나 대우를 받지 못한다. 강석훈은 끝까지 힘겹게 살며, 황복자는 말년에 암에 걸리고 무일푼으로 고생하다가 비참하게 생을 마감한다. 문제는 이 큰아들 부부의 마지막을 응대하는, 강은하를 비롯한 가족들의 태도에 있다. 이들 가운데는 지은 죄로 벌 받는 것이라고 인식하는 이들도 있으나, 강은하 부부를 비롯한 일부는 그 삶의 마지막을 불쌍히 여기고 온정의 손길을 내민다. 이러한 불화와 용서의 구도는, 실제적인 우리의 생활 환경 곳곳에 잠복해 있는 모양새다. 소설을 읽으며 우리가 그 용서의 미덕을 수납할 수 있다면, 그렇게 영향을 미친 작가는 좋은 작가요 더불어 우리 또한 좋은 독자가 되는 형국이다.

은하가 수종 오빠와 같은 학교에 입학했을 때 수종오빠는 군대에 가 있었다. 군대에 가서도 수종오 빠는 시간이 되면 동해 바닷가를 찾았고 은하가 같은 학교에 입학했다는 사실을 알고는 한걸음에 강의실로 쫓아왔다.

"강은하 반갑다. 꼬맹이 아가씨가 어느새 이렇게 컸네, 이제 오빠한테 시집와도 되겠다. 오빠 제대 얼마 안 남았으니까 기다려라."

수종 오빠를 마지막으로 보았을 때 오빠는 제대 1년을 앞두고 있었고 은하는 어느새 2학년이었다. 그리고 집에 그 난리가 났고 은하는 휴학 후 아르바이트만 1년을 하고 있었으니 못 본 지 2년이나 지 난 셈이었다. 은하는 모처럼 시간 가는 줄 모르고 이야기를 나누었다.

이 소설에서 그나마 쾌청하게 맑은 지점, 강은하가 그 남편과 만나는 대목이다. 그 이외의 장면들은 거의 무겁고 어둡다. 왜 이 작가는 이렇게 파란만장한 가족사의 전말을 소설적 담화로 구성한 것일까. 그리고 이 소설을 형성하고 있는 이야기들은 작가의 직접 또는 간접적 체험과 얼마나 긴밀하게 연계되어 있는 것일까. 다시 말하면 이 소설의 서사에 작가 자신의 체험이나 가족사가 얼마나 개재介在되어 있는가가 독자의 궁금증일 수 있다. 하지만 그러한 사실을 소설의 얼개나 사건의 흐름과 직접적으로 연동하지 않는 것이 이 문학 장르의 본질이다. 작가는 현실을 있는 그대로 발설하지 않고, 일정한 문학적 여과나 카타르시스를 거친다. 전정희의 소설을 읽는 우리가 그 현실의 저변을 짐작할 뿐, 직접적인 소설 세계의 해명과 연계하지 않는 이유다. 보다 분명한 논점은 그러한 추론적 환경을 어떻게 소설 가운데 설득력 있게 설정하느냐에 있고, 그것이 또한 작가의 기량을 말하는 방편이기도 한 터이다.

3. 범상한 인물들이 그린 삶의 진면목

『가시나무 꽃이 필 때』에 등장하는 인물들은 거의 모두 처음의 캐릭터가 끝까지 그대로 유지되는 평면적 인물Flat Character이다. 이는 이 소설이 매우 극적인 사건 구조나 구성 기법을 도입하지 않았음을 말한다. 우리 주변에서 흔히 볼 수 있는 일반적인 인물들이, 객관적 상식의 수준을 지키며 작중에서 움직이고 있기 때문이다. 굳이 처음과 나중의 성격이 변화하는 입체적 인물Round Character이 있다면, 큰아들 강석훈 정도다. 그는 원래 괜찮은 아들이었다가 아내 황복자를 만나면서 행악자로 변하고, 나중에 모든 것을 잃고 난 다음에 선량한 마음을 회복하는 인물이다. 그의 변화에 부응하여 이 소설은 이해와 화합의 청신호를 내걸게 된다.

강은하의 가족은 남편 최수종과 세 딸이 있는데, 남편은 대기업의 부장으로 일하고 있는 가정적인 사람이다. 오늘날 우리 시대의 평범한 중산층이 살아가는 모습을 대변하는 듯하다. 그 남편은 강은하의 집이 고향에서 민박집을 할 때 손님으로 갔다가 강은하와 인연을 맺었다. 이들 부부 두 사람은 작가가 직접 설명하는 이야기의 진행에 가장 중점적인 역할을 맡고 있다. 이 소설에서 일종의 파격적인 흥미를 유발하는 인물은 큰아들 강석훈의 아내 황복자다. 욕심과 심술이 많은 캐릭터이며, 온갖 악명을 무릅쓰고 빼앗은 재산을 두 아들에게 휘둘려 다 날리고 병으로 세상을 떠나는 팜므 파탈Femme Fatale 유형이다. 작가의 주변에 실존하는 인물인지, 아니면 상상력에 의해 축조된 인물인지 알 수 없으나, 이 소설에서 가장 독창적인 개성을 발양發揚하는 인물이다. 다음 예문은 그 악녀 황복자가 나락으로 떨어지는 형편을 보여준다.

"내가 복자언니네 사정을 슬쩍 물어봤더니 술술 불더라. 큰아들이 유치원을 차렸는데 원생들이 입학 하려고 밤새 줄을 서서 기다릴 정도로 꽤 번창했다나 봐. 그런데 유치원 차가 빗길에 미끄러져서 전복되는 바람에 원생이 하나 죽고 12명이 다치는 대형 사고가 터졌단다. 하필이면 아이들이 안전띠를 하 지 않은 아이가 많았대. 그래서 유치원을 팔아서 죽은 아이 합의금 주고 다친 아이들 병원비와 합의금 물어줬단다. 그 이후로 며느리는 도망가고 큰아들은 실의에 빠져서 매일 술에 절어 산대."

분명 좋지 않은 소식인데 은하는 큰오빠가 받아야 할 벌을 아들이 대신 받는구나 싶었다.

작가에게 들은 제목의 '가시나무 꽃'이 가진 유래는 사뭇 의미가 깊었다. 다산 정약용의 저술 『흠흠신서』에 가시나무 꽃에 중독된 죽음의 일화가 나오는데, 그 기록이 형화중독荊花中毒 곧 가시나무 꽃에 중독되어 사망한 실화라는 것이다. 이 가시나무 꽃은 독성이 있지만 꽃이 피면 그 자체로서 아름답다고 한다. 작가는 이 상징의 의미를 차용하여, 형제들이 서로 독과 가시를 품고 있었다 해도 꽃이 피면 그와 상관없이 아름다움만 기억된다는, 새로운 의미화를 시도했다. 결국 작가의 창작 의도는 형제들이 겪은 그 험난한 기억을 뒤로 하고, 다시 마음을 연 화해와 용서의 미래를 전제한 것으로 이해할 수 있다. 거기에 그 많은 곡절을 넘어선 가족애의 힘이 있고, 그것이야말로 이 소설이 우리에게 전하는 시사점이자 교훈이라 할 수 있겠다. 작가는 그 형제 우애의 당위성을 강화하기 위해 다음과 같은 고사故事를 인용했다.

문득 '자두연기煮豆燃萁'라는 단어가 떠올랐다. 중국 위나라 황제 조조가 죽고 난 뒤, 맏아들 조비 는 평소 사이가 나빴던 동생 조식을 죽이려고 칠보시七步詩를 짓게 했다. 칠보시는 일곱 발자국을 걷는 사이에 시 한 수를 짓지 못하면 죽음을 면치 못했다. 그런데 동생 조식은 '자두연기'라는 시를 짓 고 살아났다. 자두연기는 '콩을 삶으려고 콩깍지를 태운다'라는 뜻이다. 은하는 나직한 목소리로 시를 읊었다.

콩을 삶는데 콩깍지를 때니
콩은 솥 안에서 우는구나
본래 둘은 같은 뿌리에서 나왔는데
어째서 이리 급하게 서로를 삶아대는고

이 시를 들은 조비는 아우를 죽이려고 했던 마음을 풀고 동생을 살려주었다. 조식은 '다 같은 뿌리 에서 자란 사이인데 어찌하여 함께 나랏일을 도모해야 할 형제끼리 괴롭히려 드는가'라는 애절함을 형 에게 전한 것이다. 결국 은하의 큰오빠와 작은오빠, 그리고 5형제는 모두 같은 콩깍지에서 나왔으니 핏줄을 무시할 수 없는 것인가 보았다.

우리가 지금까지 공들여 살펴본 전정희의 『가시나무 꽃이 필 때』는, 선이 굵은 줄거리에 의지하기보다는 세세한 장면과 구체적인 심리 묘사에 중점을 두는 편이었다. 따라서 이야기의 재미를 따라가기보다, 각기 인물의 내포적 생각과 감정적 동향을 잘 보여주는 문장이 줄지어 있다. 이러한 글쓰기의 경향은 전정희 소설의 성격적 특성을 이루면서, 앞으로도 이 작가가 이와 같은 창작 경향의 연장선상에서 소설을 생산해 갈 것으로 짐작하게 한다. 이 대목에서 작가에게 전하는 하나의 제언提言이 있다면, 앞으로 너무 결이 곱고 서정적인 방식의 운필運筆에만 치우치지 말고, 좀 거칠고 험해 보이더라도 과감하고 극적인 담론을 펼쳐 나갔으면 하는 것이다. 왜냐하면 그러한 영역에서도 충분히 제 몫을 다할 역량이 있다고 추론되기에 하는 말이다.

『묵호댁』에 수록된 단편소설들을 통해 보여준 서사 구성의 능력, 이야기의 확산과 재미의 담보를 가능하게 한 소설적 가능성 등을 염두에 두고 보면, 그는 이미 작가로서의 기반을 이룬 원론적 단련을 거쳤으며 더 큰 성장 발전의 내일을 점치게 한다. 더욱이 『하얀 민들레』 같은 작품을 통해 증명한바, 여성 작가로서의 감수성을 십분 활용한 공감의 세계는, 향후 그의 소설이 더 많은 독자와 만나는 유암柳暗하고 화명花明한 경계를 열게 할 것이기에 그렇다. 좋은 소설은 언제나 좋은 독자를 불러온다. 바라기로는 그가 더 치열하고 깊이 있게 소설적 지평을 확장해 나감으로써, 우리로 하여금 지속적으로 좋은 소설을 만나는, 화창한 봄날 같은 기쁨을 누리게 해 주었으면 한다.